ベケットのほうへ

宇野邦一

五柳叢書 112

五柳書院

絵を見るベケット

エル・グレコ
《オルガス伯の埋葬》1586-88年
サント・トメ聖堂（スペイン）蔵

ピーター・ハーマンズ・フェルスト
《老婦人の肖像》1646/1648年
アイルランド国立美術館蔵

カスパー・ダーヴィト・フリードリッヒ
《月をながめる二人の男》1819/1820年
ノイエ・マイスター絵画館蔵

カール・バルマー
《赤の頭》1930/1931年頃
アールガウアー・クンストハウス蔵

ジャック・B・イェイツ
《嵐 / GAILLSHION 》1936年
出典 Sothebys

ブラム（アブラハム）・ヴァン・ヴェルデ
《無題》1951/1952年
出典 Basel

ジール（ゲラルドゥス）・ヴァン・ヴェルデ
《地中海》1946年
出典 artnet

ベケットのほうへ

目次

言語対演劇

ドゥルーズとベケット

ベケット再考

I　言葉の死、言葉は死、しかし

1　声とイメージ

言葉の力、言葉の無力、言葉の暴力、言葉の欺瞞、過剰な言葉、乏しい言葉、明らかな言葉。曖昧な言葉、ぼろぼろの穴だらけの言葉。空気のような残光のような言葉、言葉の体をなしていない言葉。黴、灰のような言葉。それでも体面だけ保っている言葉。言葉なのか言葉以外のものか不明なしるし（シーニュ）、ほとんど無数の単語、言葉の限りない変化、用法、言い方、書き方、響き、ニュアンス、言外の意味。言外とは言葉でないものか、それも言葉のうちか。それは比喩だ、それは方便だ、それは言葉にすぎない。言葉に傷ついた。言葉にすぎないのに致命的。しかしやはり言葉だけのことではなかった。言葉が背負っているものが致命的で、言葉にそのように危険な毒や暴力さえ注入することができた人間が、力が、体制が存在した。それも言葉のせいか、いや人間のせいか、いや社会というものか。神の仕業か。神という言葉、言葉にすぎない。言葉にすぎないのではなく、まず言葉を作って、言葉によっていろいろ命令して世界を作ったという聖書の神。神が先か、言葉が先か。まだ人間という名のない、呻いたり吠えたりする動物が先に存在した。あらゆる間違いの、すれ違いの、誤解や過失のもとだった言葉。何も正しく伝えない。しかし言葉なしには何も伝わらなかった。言葉なしに伝えようではないか。しかし伝えられたものを、さらにどうやって伝えるのか。そこで言葉はただ言葉に反響していただけだ。終わりがなく、どう始めるかもわからない、そんな言葉の状況があったかもしれない。かもしれない。かもしれないことばかりだ。いやちがう。ちがうかもしれない。

「一つの声が闇の中の誰かにとどく。想像すること」。声、闇、誰か、想像……声がとりわけ主題である。いや主題などない。声、とにかくそれが言葉であること。それが何か伝えようとしている。おまえは闇の中で仰向けになっている、という声。そう語る声。私が闇の中で何をしていようと、あんたの知ったことではないだろう。この闇の中の、誰かわからない、わかってきても情けない、ろくに動けない、どうやらまだ呆けてはいない老人、廃人ではないか。声と一つの体、なけなしの頭脳、記憶。そんなものに誰が関心をもとうか。彼自身でなければ。しかしおまえと言い、彼というなら、少なくとも語り手以外に二人いることになる。つまり三人もいる。そのうえこんな作品を読むものがいるならば、あわせて四人になる。大賑わいではないか。じつはたったひとりしかいないのではないか。たったひとりが書く物語でも、大人数が登場して賑わう。ありふれたこと。それがあたりまえではないのだ。『伴侶』。タイトルが伴侶で、声が伴侶で、いや誰かいるのなら、それが声の伴侶で、実は誰もいない闇に、声だけ響いている（かもしれない）。

声だけでできた、かなりの数の作品を、特に劇作をベケットは書いた。『しあわせな日々』。穴の中で動かない女が喋る、物語る、物語になってはいない。「また天国みたいな一日」。ある女の空しい言葉の断片に、動物のように呻いてとぎれとぎれに反応する男。台詞は細かい身振りを指定する数々のト書きで寸断される。声を寸断することが目的であるかのように。それでも声は言葉で、かぎりなく無意味だが、意味がないわけではない。人生論さえ含まれていないわけではない。結局どんな声だって、単なる母音でも、「ああ」でも、「うう」でも人生論ではないか。声を折り畳んでは、また襞をのばして開いていけば、そこに意味が生じる。たちまち人生論である。哲学というほどではない。ベケットは、哲学に入れ込んだあとはそれを警戒し、敬遠した。

声だけといっても、声だけではない。声を聞くだけの作品、録音された声、あるいは暗闇からの声を聞く人物がいる。あるいは声を発する口だけが闇に浮かんでいる。声だけが響いているのではなく、それを聞くものがいる。それを見ながら聞くものがいる。あるいは本を読みあげる人物がいて、それを聞く人物がいる。声だけではない。それは言葉でもある。言葉であって、もはや声ではない。声なのか、言葉なのか。成形され分節された声は言葉であり、言葉ではなくやはり単なる声だ。わずかな空気の震え、それを発する口に繋がった身体という共鳴装置。そして声紋と言われるほど、それぞれに異なる質の音波が震えている。身体にとっては異質なノイズ、それでも全身は、おおむねこのノイズに慣れ親しんでいる。言葉に震え、意味によって喜んだり悲しんだりする。言葉、身体、言葉、精神、それらの微粒子。声は、精神でも身体でもないままに、言葉であり言葉ではない。「用心しろ、と自分の声が聞こえる、ウィニー、用心しろ、考えろ、言葉に見放されたときを」。

まず声が〈私〉から分離する。幻聴ではない。いや言葉は、もともと誰かの声、幻聴のようなもの、その誰かが目の前にいないのに、聞こえるようになる。私に語りかける声が、いつまでも響くようになる。そのこだまが繰り返される。幻聴。幻音。聴こえた響きをくり返す。いやイメージではあっても幻ではない。いやこの幻は、いつまでもおまえを放しはしない。言葉に見放されないかぎりは。

声が先にあるのか、文字はその後に生まれたのか、作られたのか。「声が作られた」とは、誰も言わない。誰も声を作り出しはしなかった（ほんとうか?）。それなら言葉は作られたのか。作られたものではないなら、作り変えることも難しい。どこまでも繰り返しながら、ほんのちょっとずらすことができるだけだ。どうやら文字のほうは作られた。作為が感じられる。純粋な声、不純な文字。このことについて思索して、これを反転させた哲学者がいた。すでに不純な声、もともと声より前に、あるいは声と同時に存在したかもしれない文字。声を操ることと、線や形を操ることのあいだに前後関係があったか確かではない。口腔の動きで声を成形すること、そのためには口が咀嚼や咆哮の動作から解き放たれなければならなかった。目に見える物たちに線や図形を操作して付加すること、それには両足で移動するようになった動物の二本の手が、器用な動きを獲得しなければならなかった。口は口で声を出し、両手は両手で勝手に戯れていた。あるとき声と図像が、まったく偶然のように出くわした。言葉も、文字も、この宇宙にふってわいた奇跡のようなものだ。

だから声とイメージは分離することがある。もともとその結合が奇跡のようなものだった。声と言葉、言葉と顔、言葉と身振り、言うことと聞くこと、聞こえるものと見えるものが、それぞれに分離しうるのは、それらが進化の過程の果てしない反復と習慣によって癒着されてきたものだからだ。知ではなく、知覚の考古学。しかし大げさに学というほどのことでもない。見ちがえ、言いちがえる。見たものを言いちがえる。見たものと言ったことが一致しない。もともと一致はなかったのだ。一致は作り出された。虚構だった。それならベケットは、虚構のむこうに真実を発見しようとしたのか。真実、もの自体、可想界、ノウメノン。しかしベケットの文学は、哲学的真実に対してきわめて辛辣で、それが一つの動機であったと言えるくらいだ。

2　不条理ゆえに

かつて「不条理」という言葉が、さかんに用いられたことがあった。演劇にも「不条理劇」が存在した。この言葉が吸い上げようとした問題、意味や感覚、雰囲気を思い起こしてみる。理にかなわない世界、理性に反する体制や行為。必ずしも非合理主義のことではない。そもそも不条理は、主義主張ではなかった。主義主張が通らず、反対することも難しい、受け入れがたいが耐えるしかない、そんな事態のようだった。あれから世界は、不条理を脱したのか。いやむしろますます不条理の度合はまして、もはや不条理とさえ感じられなくなった。この言葉さえ忘れられた。「六〇年代は日本でも不条理劇の時代といってしかるべきだと思いますが、世界的にいえば不条理劇は五〇年代に始まっています。五〇年代、六〇年代は演劇論の時代、要するに「演劇の変わらない本体が八〇パーセントだとすれば」可変的な、方法論化できる二〇パーセントを極度に拡大した時代といえるでしょう。これは、文芸思潮の中で、個人の自覚というものから近代が開始されて、そのいわゆる近代的自我が、社会主義的な、個人の社会に対する効用というものに変容されて、一方逆にそこから自意識過剰時代に入ってゆく風潮と一脈通じるものがあるように思われます。つまり不条理劇というのは、演劇概念の中でいえば、演劇意識過剰時代ということができるわけです」。ベケットの演劇は「きわめて自意識過剰な、つまり方法論過剰な演劇」であると、ここで別役実は断定している。(1) このくだりを読んで私は少し嘔吐を感じ、眩暈するのも感じた。別役は、ベケットの不条理劇を歴史的文脈に照らして、自意識過剰、方法論過剰の演劇として、きわめて簡潔に定義してみせているだけだ。それほど的外れなことを言ったわけではない。私を眩暈させた印象は何だったのか。

別役実の『ベケットといじめ』という本は、一九八六年に東京の中学生が「葬式ごっこ」といういじめに遭ったことがきっかけになって自殺した事件の考察(「いじめ」のドラマツルギー)から始めて、そのあとベケットの戯曲二編の読解に進むという構成になっている。「いじめ」の現象を通じて見えてくる社会的変化の兆候を、ベケットの「自意識」や「方法論」に重ねて現代演劇論を展開するという仕掛けは相当に野心的だが、講演をもとにしたこの小著は、そのもくろみを巧みにやりとげている。そもそもベケットの「演劇への悪意」に注目して、それを通じて現代演劇がはまり込んだ袋小路から脱出することを別役はめざしたらしい。ベケット演劇自体が両義的で、袋小路でもあり出口にもなりうるかのようだが、そこまでこの本は問いを穿ってはいない。私は別役がそこで披歴したベケットの「解釈」にかなり当惑し、動揺もした。『ベケットといじめ』は、もう三〇年以上前(一九八七年)に出た本であり、しかも彼が「不条理劇」の問題提起に遭遇しながら演劇活動を展開し始めたのは今から約半世紀前のことだ。その時代にベケットは、いまよりもはるかに切実に読まれ、演劇の現場に鮮明な衝撃を与えたにちがいない。

世界は、おそらく、いや確かに、ますます「不条理」になっている。近代的な「個」は退行し、人間は「関係」に一方的に規定されるだけの「孤」となった。そんなふうに「現代」を説明しながら別役が提案した「いじめのドラマツルギー」では、個人が主人公(主体)ではなく、関係が主人公であり、関係とはもはや主体でも客体でもない。「計画性と偶発性、首謀者と同調者、遊びの部分と悪意の部分、底意がある部分、それらがきわめて奇妙に混合している」[2]。そのような「混合」の中で、非人称性(無記名性)の悪意があいまいなままに集合し、それに攻撃された「孤」が、まるで戯れの続きのようにして死にいたることさえある。別役はこのような関係の社会心理学を図式化し、ドラマツルギーとして捉えながら、ベケットの不条理劇に対しても適用していくのだ。もちろんこの考察の目標は、ベケットの方法論でも、いじめの社会学でもなく、別役自身のさぐる演劇の可能性（その閉路、その出口）なのである。

別役実が劇作家・演劇人として活動し始めた一九六〇年代は、日本だけではなく世界中で、演劇論がさかんに闘わされた時代でもあった。図式化し数量化する思考に、あるこだわりを持っていた別役は、演劇には、ある無意識の変化しない部分があってそれが八〇パーセントを占め、あとの二〇パーセントは、演劇の自意識が方法論として批判的な省察を繰り広げる部分であるという。メイエルホリドやアルトーのように前衛演劇の方法論的な先駆者となった存在に比べると、ベケット自身はそれほど演劇の方法論を残してはいない。しかし『ゴドーを待ちながら』は不条理劇の代表的作品として受けとられ、別役のような劇作家にはまさに方法論的革新をせまる契機になったようなのだ。

近代演劇は、確かに近代的な個（自我）のドラマ、個の集合としての社会における個の葛藤に対応する表現であったにちがいない。そのような社会は言語によって過不足なく表現される（かのような）世界であり、まさに言語的世界でもある。このような近代、そしてそれに対する近代以降という歴史的図式は、もちろん簡潔すぎる紋切り型にすぎない。別役自身もそれに対する疑問をしばしば表明しているが、彼のドラマツルギーは、この図式をもてあそぶことで成立している。演劇の二〇パーセントにすぎない方法論だけで演劇を成立させることはできないし、それでは演劇が「面白くならない」が、現代演劇はこの二〇パーセントをくぐりぬける試練にあうべきだとも彼はいう。この本では『ゴドーを待ちながら』よりも、ベケットがいっそう大胆に演劇の構成要素を最小化した「行ったり来たり」や「わたしじゃない」のような作品を、「方法論」的二〇パーセントを究めた「面白くない」作品の代表のようにとりあげてみたのだ。

別役の読解は、ここでも図式的で、かなり的確で、ときに独創的である。新たな演劇のモチーフとは、「不条理」の中にある「孤」であり(「個」ではなく)、そのドラマでさえなく、むしろ出来事がないことこそが主題である。「行ったり来たり」では三人の女がベンチに座ったり、そこを去ったりする動作を繰り返す。一人が消えると、残った二人が消えた女の秘密か醜聞か何かをもらすように耳打ちして、相手をびっくりさせる。消えた女がもどってきて、今度はもう一人が消え、同じことが繰り返される。三回にわたって二人の女が、消えた一人をいじめていることになるが、三人とも同じようにいじめられ、しかもいじめられたことはわからないという不可知、不可視の「いじめ」の劇でもある。「秘密」(醜聞)の内容はわからなく、わかる必要もない。加害も被害も見えないが、ある匿名の暴力—悪意が次々転移していく。別役は、最後に三人の女が並んで対称的に手を結ぶ場面に着目している。そのとき上手《かみて》の女が他の二人の左手を握り、結婚指輪に触れ「わたし指輪を感じている」というのが最後のせりふである。わずかな言葉と沈黙のやりとり、反復と転移の後で告げられたのは、指のうえの宝石という硬い物質の感触である(しかしシナリオでは指輪をつけていないことになっている)。「確かめられたのは、指の中にポチンと光る鉱物質の指輪にすぎなかったというその孤独感。これこそ現代の対人関係に見合うものだと思いますが、どうでしょうか」[3]。別役はここでもためらいなく心理学的解釈を持ち出している。不適切だとは言わない。ベケットの演劇が、現代人の不条理な対人関係を表しているとは、恥ずかしいほど紋切型だが、別役はただ紋切型におちいっているのではなく、ベケット自身による紋切型の批判も敏感に受け止めていたのだ。最後に知覚されるささいな鉱物質(またはその痕跡)に着目することはそのしるしだと言えよう。

次には「わたしじゃない」というベケットの究極の劇作を別役はとりあげている。暗い舞台に照らし出されるのはただ女優の口だけで、その口が延々と、うわ言のようなモノローグを喋りつづけるだけの「演劇」である。原作では、その口と対面する聞き手の姿が、かすかな光のなかに浮かび上がることになっているが、聞き手の登場しない上演も多いようだ。「口」は語り続ける。「彼女」の話をする。六〇か七〇になって、それまでろくに喋らなかったのが、突然、言葉が、声がやってきて、それがとまらなくなった。外からやってきたその声は、その言葉は、彼女自身のものではない。そう口は語る。彼女と言葉は一致せず、彼女の話をするその口も彼女の口ではなく、その口が語っていることは、彼女が語っていることではない。誰かが言葉を発して誰かの体験を伝えようとする。しかし声、口、言葉、意味を決定する発話の基本的条件が寸断されている。闇の中の口は、壊れた発話機械のようなものだが、次々発話の構成要素を引き裂いてい

「行ったり来たり」の最後のシーン

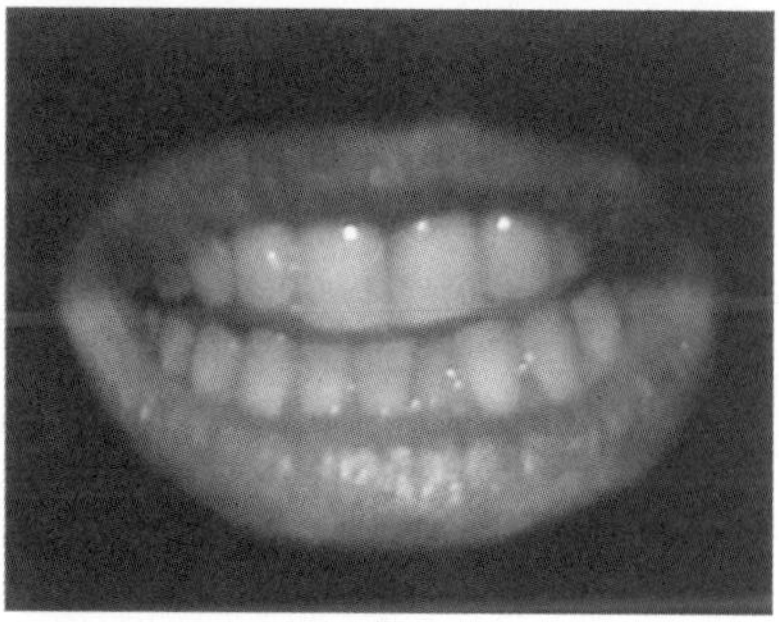

「わたしじゃない」口だけのイメージ
(「OBJET BECKETT」より)

きながら、ときどき叫ぶように発話し、どもるように呟き、「彼女」自身が語るかのように語り、「彼女」の状況を語り、「神は愛……彼女は救われるだろう……」などと祈るように言い、「それはどんなふうだった?……彼女はどんなふうに生きてきた?……」などと問い、どうやら決定しがたい「彼女」の物語と状況は終わりなく続いて、突然中断されるしかない。もはや「現代の対人関係」のような参照項をもちだすことさえ難しい。ここで問題になっているのは言葉の条件そのもの、対人関係よりも言葉と人間の関係それ自体である。対人関係の地獄よりも、むしろ言葉の地獄が問題になっている。もちろん二つの地獄は、分かちがたく絡み合っている。「行ったり来たり」のあとに「わたしじゃない」を考察した別役の選択には、ある必然性があった。「孤」であることの意識が言語自体にも浸透する、あるいはそのような意識が「言葉に襲われる」、と別役はそれを表現した。(4) それは「言葉から見放される」という状況でもある。

カフカの不条理……カフカは何が不条理だと考えたのか。ある日、虫に変身する。理由はない。グレゴール・ザムザ当人の責任でもない。いや人間をやめて虫にでもなりたかったかもしれないが、なろうと思ってなれるわけでもない。ある日、知らない人間たちがやってきて逮捕される。逮捕されたが自由に放っておかれる。そのうち裁判がはじまる。罪状はわからない。右往左往するうちに、とってつけたように処刑が行われる。現代の権力とは、官僚制とは、こういう奇妙なものになった。それだけではない。カフカは若くして病死したが、この時代のユダヤ人はみな強制収容所で死なされる可能性があった。不条理どころではない。別役実がとりあげた東京の中学生は、「葬式ごっこ」の弔いの対象になって、「オレが来たら、こんなの飾ってやんのー」と笑っていた。カフカ的といえないこともない。犠牲者は、その場では怒りもしないし抵抗もしない。薄笑いすることもある。そういう不条理は、いつでもあった。十字架のキリストが神に見棄てられたことは、非常に不条理ではなかったのか。「不合理ゆえに我信ず」。不条理を条理とする神学や哲学の弁証法は、やはり不条理なのではないか。とにかくカフカが最初の不条理の発明（発見）者だったわけではないとしても、カフカのように不条理を浮かび上がらせた書き手はどうやら彼以前にはいなかった。いやいないことはなかった。あの『白鯨』を書いたメルヴィルの、実に不条理な短編『バートルビー』。あらゆる命令も依頼も「せずにすめばありがたいのですが」と拒絶して飢え死にしてしまう青年。誇張してはいけない。決してカフカだけが「不条理」を発見したわけではなかった。いたるところに不条理はあって、むしろ条理や道理や理性が、この世界を覆いつくすわけがなかった。不条理ほどありふれて凡庸な事象があるだろうか。

一人の日本の劇作家がベケットに読みとった「不条理」に思いをめぐらしてきた。その概念に私は躓いた。翻訳の作業を通じて、いっそう親密に触れるようになったベケットの言葉から、「不条理」という言葉を私は思い浮かべたことがなかった。現在（二〇二一年）の文脈からは、この概念はひどく紋切型に思えるが、「不条理」を思い浮かべて試行錯誤を重ねた思想も創作も、一時代には切実にそれに直面し、それを叙述し、考察し、それぞれの不条理劇や、非合理主義を作り出したのだ。別役は、その不条理を、「近代」以降に、近代的個人の消滅に、言語の覇権の衰退に結びつけている。意識、意志、理性に導かれる世界が没落し、何かしら不気味なものに外部から決定される状況に直面した思想家たちは、いちはやく無意識や、存在や、疎外のほうに考察の的を移動させたのである。それでも理性、論理、分析、体系性は放棄されたわけではなかった。別役も「不条理」を簡潔に分析し、図式化して解明することを諦めてはいない。「いじめ」の社会的現象から、ベケットの「行ったり来たり」に至る彼の考察は、個ではなく「孤」となって、関係の圧力に浸食される人間の「不条理」を定義していたが、「わたしじゃない」をとりあげた別役は、むしろ言語の危機、言語の解体に直面していた。言語は、語る口として、身体の行為として、意味からも、意味の交換からも脱落している。言語は「生理のリズムを通じて直接われわれにコミュニケートしてくる回路」と、口から分離して浮遊する「彼女」の声についての語りに分裂して、通常の伝達機能を失い、むき出しの直接性と、落ち着く先のない間接性に引き裂かれている。言語そのものが、不条理となり、不条理の理由になっている。

世界は不条理である。人間はあまりに不条理である。強制収容所は不条理である。自然破壊、核兵器、人種差別は不条理である。官僚制、管理社会、市場経済（見えない手）は不条理である。政治、権力は不条理、存在は不条理である。共産主義は不条理で、資本主義は、貨幣、金融は、ますます不条理である。しかし事実としても、認識としても「不条理」は、もはや不条理と呼ばれない。人間はあまりにも「不条理」に慣れてしまったのか。不条理劇を考えた作家たちは、まだ闘争や改革にむかう主体的意識を、それでもまだ不条理を告発する意志をもちえていた。もちろん不条理は、社会的疎外、政治的抑圧ばかりか、精神分析が照らし出した無意識の抑圧とも関係がある。しかし私は自分の論旨からも逸脱し始めている。そもそも不条理を論じる論が、まったく論理的であり整合的であるとすれば、それもまたおかしなことにちがいない。私のモチーフは、いじめとベケットをめぐる別役実の「近代批判」や「社会心理学的」図式〈決めつけ〉に対して覚えた強い違和感を、どうやりすごそうかということだった。彼の図式を、ただ安直な紋切型として無視することはできなかった。そこには一人の演劇人の処世術的情況論のようなものもあったが、確かにそれは切実な思想でもあって、〈不条理〉をかなり明解に図式化しながらドラマツルギーに加工し、演劇の方法論とすることは時代の要請にも見合っていた。私は否定しかけては、また肯定しかけている。別役の〈ベケット不条理劇〉の解釈そのものに、何か不条理なものがあると思い始めた。おそらくベケットの作品は「不条理」という解読格子にはあてはまらないのだ。別役の活躍した一つの時代が過ぎたので、おのずから私は異なる立場に立ち、そういう観点をもつことになっているだけかもしれない。いや、別役の思想とはどこか相いれないモチーフを私がかかえてきたせいかもしれない。いや、そもそも性格も立場も、何ひとつ彼とは共通点がないかもしれない。別役の文体も戯曲も好きになれないだけかもしれない。

もちろん封建制も、王政、帝政も、階級社会も、天皇制も、人民を犠牲にする戦争も、いつだって不条理だった。それを不条理と呼ぶ主体だけが不在だったが、いつしかそれは不条理と意識されるようになった。しかし不条理が原則であり、恒常的であるような世界で、不条理は、さらに別の不条理と化したにちがいない。別役の理解では、不条理の主な内容そして原因とは、個人（自我）の衰退と、疎外をもたらす「関係」ということになっている。それ以前に「近代」というものが、それほど確固とした個人—自我とともにあり、十分透明な言語表現とともにあったかどうか、ほんとうはこのことさえまったく疑わしい。そういう定義があたかもあてはまるかのような自意識をもつことが、比較的に重心をなしていた時代であったというだけのことかもしれない。近代とは、まだ巨大な機械技術や市場経済や権力機構が、制御不可能な脅威として存在してはいなかった時期のことで、すべてがまだ理性的主体によって統制しえた（かのようだった）。そこに自己を理性と見なすような自己意識が存在しえただけで、決して世界が理性によって統御されていたわけではなかった。まして不条理がなかったわけではなかった。

それにしても「不条理」という言葉自体が、いかにも不条理で、様々な不条理の堆積や錯綜を解き明かすための概念にも、分析装置にもなりえなかった。ベケットの作品は不条理なことばかりでできているが、決して不条理が主題であったわけではない。ベケットはもっと厳密に見ようとし、聞こうとした。そして不条理を強調するのではなく、不条理を見たまま聞いたままに肯定しようとした。このことをうまく解明できるかわからないが、ベケットの表現における、ある肯定性、厳密性に注目する立場からみると、不条理という言葉はかなり空疎な標語のように響いてしまう。私の漠たる印象を解きほぐすには、このことをもう少し言葉を尽くして考察しなければならない。ベケットの作品には、迷路の中で立ち往生するという運命だけが待ちかまえているようだが、それでもベケットはその反復の中で発見を続け、確かに出口を見つけたこともあったのだ。

演劇の八〇パーセントの本体、そして二〇パーセントの方法論、こんな数値化は、教育的，マーケティング的な単純化に見えて堪えがたい。別役はベケット演劇の自意識、方法論に演劇の活路を見いだそうとしたが、ベケットにとってそれは方法論でも活路でもなかった。現代の（とあえて言おう）芸術作品にとって、自意識、方法論はそのまま作品の本体であるというしかない。演劇の面白さを持続させるためにあえて八〇パーセントの「本体」、といい続けなければならなかった業界人の良識は尊重するしかない。小説においても劇作においても、ベケットの作品は確かに批評的自意識を研ぎ澄まして、要素を解体し、混沌とさせ、あるいは最小化しつつ純化していった。面白いか面白くないかは別として、それは、まさに自意識、方法意識を洗練し、強化し、ついには最小化する過程でもあった。八〇パーセントと区別して二〇パーセントに分割しうるものではなく、むしろ方法（そして意識、形式）はそのまま表現内容となった。実験の意識だけがまさって見える作品でも、やはり有機的に構成された作品性はベケット自身にとっては確かに感触しうるもので、単に方法論的試みではなかった。もちろん「わたしじゃない」のような作品は、当然ながら、まず挑発的な実験として受け取られたはずで、ベケットも十分それを意図していたにちがいない。しかしベケットの創作の軌跡の中で、それはそのつど新たなポエジーのようなもので、理論的に構成された挑発ではなかった。

3　沈黙のための演劇

立て続けに書いた三つの長編小説で、放浪しながらやがて人格を喪失していくような奇妙な旅の果てで、ベケットの人物はいよいよ「名づけられないもの」になっていった。名づけられないものとは、砂粒、灰のような「孤」のことか。個（自我）の衰退、社会の消滅、疎外、不条理、もちろんこれらを半世紀前の「流行」などとしてかたづけることはできない。あれから世界は、人間はどう変わったのか、すでに起きていた変化はさらに進行して、その変化は変化とさえ感じられなくなったか。そして言語は、言語表現は、演劇は、どう変化し、どういう状況に晒されてきたのか。

神は人間をしばしば見放し、人間はずっと不条理な宿命に屈してきたのではないか。不条理もいじめも、現代に始まったことではない。しかし、そういう不条理を、わざわざ「不条理」と呼ぶ人間が登場して、不条理に首をかしげる人間が出現したということだが、それでどうした？確かにそれは一部の人間の「自意識」の問題で、自意識が立てた問題で、不合理ゆえに我信ず、などと書いた人間のあいだにベケットもいたのか。しばしばキリストを気にかけながら、ベケットがまだ信じようとしていたことがあった。

ベケットは、あんがい涙もろい。「夕闇がおりてきて……座って手をみつめて……手を膝において……手のひらを上にして……そしたら突然濡れて見えて……手のひらが……たぶん涙……たぶん彼女の……そのあたり他にはだれもいなかったし……音もなく……涙だけ……」(5)。絵画をめぐる対話風のテクストでDはBにむかっていう。「ボナールと、窮乏化した絵画との間には深い溝がある。そんな絵画にとっては、どんなイメージにせよ、もうイメージは不可能なのであるが、まさにそういう不毛な絵画のほうに、マッソンもあなたも接近しようとしたわけだ。しかしあれらの、欲望と肯定に光輝く春の中の物たち、そして被造物、たぶんはかないもの、しかしその弾む生気においては不滅のもの……」（「三つの対話[6]」）。こういう無常の生の横溢を拒絶すべきなのか。これを聞いたBは「熱い涙を流しながら、その場を出ていった」とある。不条理性のなかに深く下降し、不毛性の追求を究めていったBの、この生の充溢に対する感涙は、奇妙でも滑稽でもない。モロイ（そしてその分身モラン）の混迷を極める旅の最後は、鳥の歌や蜜蜂の舞踏へのささやかな賛歌で終わっていた。ベケットの卑小なもの、不毛なものへの愛、じつは生命への愛、よほど鈍感な者でなければ、誰でもが感じることだ。

その後の作品でベケットは、もはや通常の形式を保つ散文を書くことがなくなっていく。演劇からも意味のある台詞がだんだん影をひそめていった。言葉は断片的になり、間隙を増やしていった。台詞よりも、ト書きのほうが優勢になることがあった。言葉は沈黙に、あるいは沈黙の句読点のようなものに近づいていった。俳優は語るのではなく、むしろ録音した声を聞くのである（「あのとき」、「ロッカバイ」、「オハイオ即興曲」、「クラップの最後のテープ」における聞くことのヴァリエーション）。「フィルム」やその後のテレビ用ヴィデオ作品は、まさに沈黙のための作品であったかのようだ。ただ黙るためではなく、沈黙を設計し、計量し、構成し、言語に覆われて知覚できないものを知覚し、知覚させようとするかのような試みだった。

最晩年の作品のいくつか、一九七〇年頃のテレビ用作品も、確かに実験的である。物語性を排除した一つ一つの映像は、ほとんど知覚（視覚・聴覚）の実験のようでもある。たとえば「幽霊トリオ」。声が語るのは、もはやト書きのようなテクストにすぎない。「こんばんは。わたし、声が小さいんですの。恐れいりますが、音量、合わせてくださいね。（間）これ以上大きい声にも、小さい声にも、絶対になりませんから。（間）さあ、ごらんになって。（長い間）おなじみの部屋。（間）むこうの端には窓。（間）右手には、なくてはならないドア。（間）左手には、壁ぎわに、そまつなベッド。（間）光りは……かすかな、まんべんない明るさ。どこからさす光りかわからない。〔……〕」[7]。

声とともに構成される舞台。影のない部屋。濃淡の異なる灰色の面があるだけで、カメラは次々、床、壁、ドア、ベッドの長方形の灰色を映していく。誰か（「彼女」）を待つ男。ドアや窓を開けては閉める。鏡の前に立つ。カセットをかかえて音楽（ベートーヴェン―「幽霊トリオ」）の断片を聞く。部屋の光景の断片と、音楽の断片が交替し、溶暗で終わる。「待つ」演劇はここまで最小化された。『ゴドーを待ちながら』に現れたゴドーの使者のような少年の姿がここにも登場して首を振り、「彼女は来ない」と合図する。見えるもの（イメージ）は灰色の壁面と、異なる灰色の長方形に還元され、人物の緩やかな動きとカメラの移動、開閉されるドアと窓だけが時間を示す。むきだしになった空間自体、時間そのもののシーニュ。それらを結びつける声。

テレビ用作品「幽霊トリオ」の少年

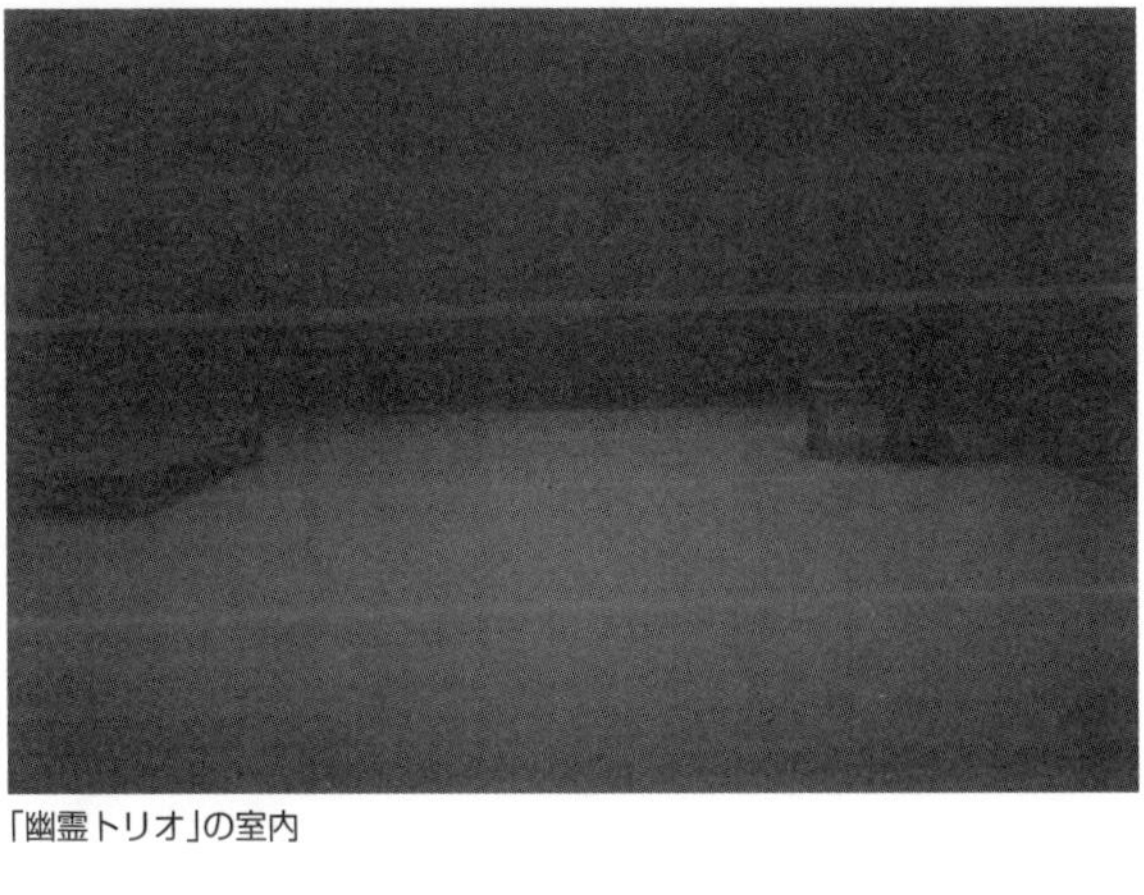

「幽霊トリオ」の室内

声、人物、音楽、それぞれの幽霊たち。何も起きない。灰色のイメージと沈黙、声と音楽の断片、最小化された要素の間を循環する光と音があるだけだが、それらのあいだに張りつめたものたちは決して溶け合うことがないまま消えていく。「待つ演劇」、「名づけられないもの」の破片の混沌、その最終形がここにあるようだ。これは知覚の連結をほどき、終わりを確かめるための映像である。

演劇とは「喋る男を観にいく」ことであると書いた土方巽は、同時代の演劇について辛辣な言葉を記した。「心理的な手摑み作戦や精神の垂流し演技に、からだという道具を外したところで稼がせている人たちは悪い人たちである」(「演劇のゲーム性」[8])。それなら黙って動くだけの「からだ」を見せるのが舞踊なのか。生きている人間なら、目立って動かなくても身体は決して動きをやめないのだから、顕著な運動が必ずしも舞踊の条件ではない。むしろ沈黙する人間を見せることが舞踊か。いや沈黙それ自体を見せること。沈黙という芸術。しかし黙っていても、逆に言葉に充満した舞踊もあろう。その言葉はどんな言葉なのか、どんな分節言語なのか、詩なのか、それとも未知の方言か。身振り、言葉、声、まなざし、記憶。喋る、囁く、叫ぶ、聞く、見る、考える、感じる、思い出す。少なくともそのような要素、行為が有機的に結びあっている。この有機性がすべてを無差別に巻きこんで吸収し、統合し、腐敗させる。そこで言葉を、身ぶりを、イメージを、声を分断し、洗浄し、救出しなければならない。沈黙を見る。聞く人間を見る。それだけですでに異様なことだ。自意識過剰、方法論過剰の演劇が、演劇を干からびさせ死なせてしまうという指摘はもちろん正しく、正しすぎて誤りなのだ。演劇はすでに死んでいたのではないか。いや演劇ではなく、言葉自体が。

4　言語批判

若いベケットはドイツ語圏の作家フリッツ・マウトナー（一八四九—一九二三）が書いた「言語批判」の書物に影響されていた。マウトナーはオッカムの唯名論や、ショーペンハウアーからニーチェにいたる仮象や言語の批判的考察に触発されながら、学術的な世界の外で、言語を批判する思想を展開していった。言語は日常のコミュニケーションにとっては十分有用だが、それ以上の認識には不適当である。言語はものについて比喩的に語るにすぎず、「命名する」ことによってむしろものの実相を裏切る。「言語はイメージを与えることも、喚起することもなく、ただイメージのイメージのイメージを与えるだけである[9]」。信仰さえも、文法（言語の規則）の効果でしかない。要するに言語自体が偶像のようなものである。こうして彼は言語を信じない「神なき神秘家」であろうとした。つまり決して唯物論にむかったわけではなかった。マウトナーの言語に対する偶像破壊的批判の反響は、ベケットの『ワット』のような作品に顕著に表れている。「ワットはいま物たちの真っただ中に自分を見いだすのであるが、それは物たちが名づけられることに同意し、仕方ないかのように同意するからでしかない[10]」。マウトナーは、それでも言葉の彼方にある物を信じ、物自体を発見しようとして言語を批判している。一方、ベケットはそれほど直截に物を信じなかったし、神秘家であろうともしなかった。しかし彼は決してニヒルな唯物主義者でもありえなかった。

言語とは高い所に登るための梯子のような手段であり、言語によって人は見えなかったものを見ることができるとしよう。その高所に登りついたら、梯子を蹴飛ばしてしまう知者もいるだろう。用心深くまた梯子を下りる賢者もいるだろう。「私は私の後、そして私の前、そして私の中の言語を次々破壊しなければならない、私が昇る梯子の一段一段を私は破壊しなければならない」とマウトナーは書いた(11)。梯子を上りながら、梯子を壊し、なおも上っていくとは、いったいどんな曲芸なのか。言語の限界を見極めようとしたウィトゲンシュタインの執拗な考察はよく知られている。彼の言語批判は、とりわけ〈論理〉に向けられ、言語の論理性の限界を決定するようにして行われたが、限界の外部について彼は語らない。「いずれにせよ、言い難いものは存在する。それは自らを見せる。これこそ神秘的なものだ(12)」。語ることができず、ただ見るしかないものがある。しかしマウトナーの神秘主義はこれより先に踏み出そうとした。つまり、まったく別の言語によって別の世界(真実)を認識することを諦めなかった。晩年の彼の著作にはブッダの生涯を考察した小説が含まれていた。

「言語に次々穴をあけること、その向こうに潜んでいるものが、何であれ、無であれ、滲み出てくるまで」。「語の表面の空恐ろしいほど気まぐれな物質性が消滅してはならない理由などあるでしょうか。たとえばベートーヴェンの交響曲第七番の音の表面が黒い広大な休止に貪り食われたように。そのときベージが続く間、私たちが知覚するのは、沈黙の計り知れない淵を連結する音の眩暈させる展開のようなものでしかない?」あのランボーの「見者の手紙」に記されたマニフェストにも比べられるベケットの手紙はさらに言う。「この非言語の文学に至る道にとっては、それはじつに願ってもないことながら、ある種の唯名論的アイロニーの形がもちろん不可欠な段階となります。しかしながら……」[13]。ベケットもまた確かに言語の偶像破壊者のように書き、批判的思索を続け、やがて散文の作品を通じて「名づけられないもの」という究極の「唯名論的アイロニー」にまで至る。ベケットは偶像破壊者として、マウトナーよりも徹底し、果てまで行ってしまったのだ。演劇は、その果てで見出されたが、その極地の荒野で、ベケットはなお持続すべきことをかろうじて見つけた、かもしれない。

何も言わない。ただ聞くだけの演技。それも沈黙を聞くためだ。沈黙を聞くために、沈黙に「裂開」させる言葉を配置する。沈黙が途切れる。言葉は、沈黙の句読点のようなものだ。言葉が句読点によって区切られるのではなく、反対に沈黙のほうが、言葉によって切断され、かすかに成形される。何も言わずに沈黙を聞く。言うことと聞くことが反転したかのように。この世界で、もう誰も何も言うことがない啞になり、ただ聞くだけという状態を想定してみよう。聞くといっても、聞こえるものは、かつて言われた生者や死者の録音された言葉だけだ。あるいは自分の内部で、なお呟いているなけなしの言葉だけだ。言葉は永遠に固定され凍結された。それでも内部に外部に響く言葉は、とりわけ内部で反復され、少しずつ変形され変化していく。後期のベケットの世界で、言語はそのように縮減されている。徐々に乏しく、かすかになる言葉が反復され、灰のような沈黙が語る。

画家のアンドレ・マッソンは「怖れと震えの状態で空虚を描くことについて語っている」、と「三つの対話」の中でBは言う。対話の相手（D）はBに言う。「シナの美学によれば自分の中に空虚を作り出すことは描く行為の基本条件である」。「目は不動の灰から解き放たれ、絶えざる創造においてついに多様化し激しく震えだす」。それでもなお、この虚無を描くことが画家に課せられた業である。絵画論を通じて問題にしてきたアポリアを、ここでもベケットは繰り返す。「不快だったり、心地よかったりする対象、それは毎日のパンだったりワインであったり毒であったりするが、それを放棄するのではなく、彼は存在のあの連続性に接近しようとして、対象のあいだの仕切りに風穴をあけようとする。この連続性は生の通常の体験には欠けているものだ」[14]。そのためには絵画の伝統も、画家の技量も、何かを完成し所有することも、すべて放棄しなければならぬ。東洋的な無が浮かびあがるのは、マウトナーの言語批判と似ている。「目は不動の灰から解き放たれ」という言葉は、「幽霊トリオ」の、灰色の濃淡だけの部屋を思わせるではないか。しかし言語のアポリアは、「無」の思想によって解決されるわけではない。

ベケットの記した裂開（dehiscence）という言葉を検索していて最初に目に飛び込んできたのは、Joel S. Beckett という名の医学博士の「上半規管裂隙手術のための中頭蓋窩アプローチ中に裂開を見つける方法」に関する論文の情報だった。これは耳の器官を手術する方法に関するものであり、まさに「聞くこと」にかかわっていた。

5　仮の往生

若いベケットはまた、一七世紀オランダの哲学者ゲーリンクスを熱心に読んで一冊の本を書こうとしたこともあった。ベケットのノートには次のようなゲーリンクスの一節が引用してあった。「幸福とは影である。おまえがそれを追いかけると、それはおまえから逃げる。おまえが逃げようとすると追ってくる。しかし警戒しなければならない、おまえが逃げるときもおまえを追いかけてこないように。実際に幸福の本性を熟知して、それがおまえを追ってくることを願っておまえが逃げるなら、それはおまえを追ってこないだろう。というのもこんなふうに幸福から逃げても、それでは逃げることにはならないで、幸福を追いかけることになるからだ。幸福を手に入れようとする行為によってそれを手に入れたものはいない。このアマゾネスが後を追いかけてくるようにおびき寄せるための策略を用いても、パルティア人のように失敗するだけだ。逃げていけば獲物が手に入る、あるいは彼女に捉えられる——このほうがいい目にあえると思ったのだろうが。真に謙譲で、従順で、自分の義務で完全にみちたりた精神にだけ、幸福は到達可能である」[15]。ベケットの最初の著作はプルースト論ではなく、ゲーリンクス論になったかもしれなかった。

ゲーリンクスはデカルトの影響を受けて、当時の大学を追われることになったが、デカルトの〈コギト〉をそのまま受け入れたわけではなかった。〈私〉とはたえず情況によって影響されて変化する脆く不安定な均衡であり、関係において、関係として存在するものにすぎない。人間は航海する船の中を自由に動き回ることができるが、その船の進路を決めるのは神であり、船が東に進むとき、彼は船の中を西に歩むこともできるだけだ。ゲーリンクスは徹頭徹尾、自由意志を否定した。およそ生起することに対して私には何もできず、私はただ思考すること、知覚することができるだけである。出来事がどんな神慮により、どんなふうに生起するか私にはわからない以上、私の意志が出来事の原因になることはありえない。人が意志できることはただ神の意志に従うことである。意志的主体を全面的に否定して無私となり、神との断絶を少しでも超えることこそが、自由の実現である。意志も行為も否定して、信仰の徹底的な内面化を唱えた一七世紀キリスト教の静寂主義（キエティズム）にもベケットは関心をもった。ゲーリンクスのおよそデカルト的でないデカルト主義は、ベケット独自の哲学を形成するのに寄与したにちがいないが、結局それも哲学の遠くに彼の思考を連れ出す契機にしかならなかった。

テレビ用作品の一つ「……雲のように……」の中の「おれのちっぽけな聖域」、「祈るだけだ」。待つだけ、祈るだけ、実現はない。ある視界とイメージが達成されただけだ。「おれ」は神になったわけではない。「おれ」はちっぽけな神のようにこの光景を、この光を、このイメージを見ているだけだ。

　もちろん日本の演劇人は、こんなベケットには興味がなく、むしろベケット演劇の自意識、演劇の方法論（的過剰）を、近代以降の不条理の表現として受けとり、演劇が生きのびる道をさぐろうとした。後期のベケットはわからない、と別役実はもらしていたらしい。それでも一九八三年に発表したエッセー（「ベケット空間の解体」）で、別役は後期の舞台作品について、「事象」と見做される以前の「事象」、「言葉」と見做される以前の「言葉」に収斂していった、もはや「演劇ではない」表現と総括している。もはやそれは「ベケット自身の内側に開かれた空間での事象」にすぎず、「崩壊した私」、「作者の自閉的な、そして分裂症的な症状」の表出であると断定しながらも、「我々は」この「演劇にとっての致命的な陥穽」に立ち返らなければならない、とあえて書いている[16]。

　ベケットは演劇の「生きのび」などに、少しも興味はなかったにちがいない。むしろ彼は、演劇によってかろうじて、言葉の腐敗、言語の脅威、意味の毒に耐えることができたのではないか。それは言葉の死の後の、言葉の死を確かめるかのような演劇であったとしても、彼は言葉を棄てたわけではなく、棄てることができたわけもない。「消えなずむ地平線の……夕空の雲のように」（イェイツ）、「いとしき夢よ、帰りこよ」（シューベルト、ミュラー）。

　また終わるため。という声。誰の声かわかる場合もある。わからない場合もある。声は一つの声か。一つの声は多くの声、響きを含んでいる。それが響く体内、口腔、響く空気、空間。声には意味がある。また終わるため。かすかな意味が伝わる。誰かの頭脳に。いや頭脳を超えた人格に、存在全体に。何も起きなかったかのように。イメージとともに、記憶とともに。イメージも記憶もなしに。たったひとりに向けて、複数にむけて、不特定多数にむけて。いや誰に向けてでもない独り言。自分自身にむけて。架空の虚空の自分にむけて。過去の自分にむけて。死んだ人にむけて。死んだ自分にむけて。いやそれは死者の声だった。死後の空っぽの部屋で。幻聴かもしれない。録音かもしれない。また終わるため、という言葉が発語されるための、あらゆる条件があるだろう。というわけで、また終わるため、とつぶやく思考があり、まだ言葉があり、声があった。とりわけ声の残響、残骸、残像があった。また終わるため。ほとんど無に等しい声だったのに、これだけのことを引きずっていて、終わりがなく、終われないようだった。終わりはないが、終わることには意味がある。意味の果て。果ての意味。終わってはならなかった。

一つの声。一つの口。誰かの耳。空気、光、記憶。言葉の無力も、言葉の力もそこから現れる。やっと意味ではないものに到達する。やれやれ。これもまだ言葉なのか。

「主体に意志がないならば、客体には因果関係がないことになる（時間と空間は全体を形成するものとみなされている）」。二〇代に書いたプルースト論のなかにベケットはそんなことを記していた。[17] この初期の批評的作品で、プルーストを通じて、ベケットは彼の文学の哲学的原理をほとんどすべて発見していたといってもいい。主体に導かれる意志、あるいは意志によって規定される主体的統一がほどけるならば、出来事の因果関係に意味はなくなり、時間と空間のアプリオリな結合も解体される。『見出された時』で、プルースト（そして話者マルセル）が発見するのは、時間の秩序と因果関係の外に脱落したかのような非時間的、時間外の主体である。「失われた時」から「見出された時」にいたるプルーストの探求によって照らし出された時間の真実に対するベケットの読解は、恐ろしいほど徹底している。「見出された時」は、失われた過去のことではなく、時間秩序の外部にある時間の真実であり、時間の消滅でもある。ベケットは確かにジョイスだけではなく、プルーストの後に出現した作家である。『モロイ』、『マロウン死す』、『名づけられないもの』で、彼は意志的主体を粉々にする過程を稠密に実験し達成することになる。

私たちは、いつか死ぬのではなく、すでに死者でもある。いつか死ぬことを知っており、しかし死を知ることはなく死ぬ。生きながらすでに幽霊でもある。私は生きている他者に対して死者のように出現することはある。他者は、生きていても、死んでいる。死んでも生きている。時間の外に、人間は存在することができる。しかし時間の幻想、錯覚とともにあることが、時間の真実でもある。死を受け入れる。最終的受動性。しかし一体何を受け入れたことになるのか。意志をもたない自己を発見すること。時間からの脱落は、時間の超越でもある。しかし超越には警戒しなければならない。また天国みたいな、日。

言語の批判。言語に敵対するということ。最後に残るなけなしの言葉。アンチ・ロゴス。それもまだ言葉だ。言葉は死。言葉の生。言葉の力。言葉の無力。言葉と生と時間の結び目。言葉と生が分離し、そこから時間も分離する。死からの光がそこを透過する。死は不可知で、体験不可能だが、死の非現実性（イメージ）は真実である。メメント・モリ。死を思い浮かべる。死のイメージ、死の予行演習。よく死ぬための準備。仮の往生。仮往生伝。死にしか、死に際にしか興味がなくなった文学。それでも言葉が、まだほしいのか。唐突な死。準備された死。すみずみまで意識しながらの死。無の意識。その前に死を、無を発見しなければならなかったか。往生を遂げたいか。辞世の句を書かねばならないか。言葉が救いか。それぞれの死の芝居、物語。死の超越。死という超越。むしろ死に内在すること。また言葉。まだ言葉。「何を見るという狂気――かいま見る――かいま見ていると思う――かいま見ていると思いたい――遠くのあそこの下のほうかろうじて何――そこに何をかいま見ていると思いたい狂気――何――どう言うか」[18]。死という悲惨、死という贅沢、しかし不可知の、未知のものとは、やはり生のほうだった。生死をめぐるこの倒錯、不可避の錯誤。死に切れぬ言葉。なんとも言いようがないか、あるか。

（注）

外国語文献からの引用は、訳書のページを示した場合も、私訳によっている場合がある。

（1）別役実『ベケットといじめ』白水*U*ブックス、一九―二〇ページ。

（2）同、六一ページ。

（3）同、一二〇ページ。

（4）同、一九一ページ。

（5）『ベケット新訳戯曲全集2』白水社、「わたしじゃないし」岡村美奈子訳、一六四ページ。

（6）Beckett, *Trois dialogues*, Minuit, p.21.（ベケット『ジョイス論／プルースト論』白水社、「三つの対話」高橋康也訳、二三〇―二三一ページ）

（7）ベケット／ドゥルーズ『消尽したもの』白水社、「幽霊トリオ」高橋康也訳、六四ページ。

（8）『土方巽全集』〔普及版〕I、河出書房新社、二〇七ページ。

（9）Jacques Le Rider, *Fritz Mauthner, Une biographie intellectuelle*, Bartillat, 2012, p.279. マウトナーの思想については、この評伝的研究を参照した。

（10）Beckett, *Watt*, Grove Presse, 1959, p.81.（ベケット『ワット』高橋康也訳、白水社、九七ページ）

（11）Jacques Le Rider, *op.cit.*, p.357.

（12）ウィトゲンシュタイン『論理哲学論考』野矢茂樹訳、岩波文庫、一四八ページ。

（13）Beckett, *Disjecta*, Grove Press, p.172-173. 一九三七年七月九日のドイツ語で書かれた書簡である。

（14）Beckett, *Trois dialogues*, p.19.（ベケット『ジョイス論／プルースト論』二二九ページ）

（15）Samuel Beckett/ Arnold Guelincx, *Noïes de Beckett sur Geulincx*, Les solitaires intempestifs, p.123.

（16）別役実『台詞の風景』白水*U*ブックス、二二四―二二五ページ。

（17）Beckett, *Proust*, Minuit, p.103.（『ジョイス論／プルースト論』「プルースト」楜澤雅子訳、一八八ページ）

（18）Beckett,《Comment dire》, in *Poèmes*, Minuit, 1992, p.27.

Ⅱ　絵を見るベケット

主体に意志がないならば、客体には因果関係がないことになる[1]（ベケット『プルースト』）。

1　絵画のマイナー・キー

ジェイムズ・ノウルソンの『ベケット伝』によれば、若いベケットは美術に対しても、かなり深い関心を持つようになって独自に研鑽をつみ、一九三〇年代にはロンドンのナショナル・ギャラリーの学芸員になろうとして応募したことさえあった。たとえば初期の小説『並には勝る女たちの夢』には、彼の瞼に焼き付いていたかのような絵のイメージが出現する。

彼女の大きな眼はリンボクの実のように黒くなり、またエル・グレコが『オルガス伯の埋葬』（口絵参照）のなかで、重い絵筆を二、三度器用に打ちつけて描いた伯爵の息子――あるいは愛人だろうか？――の堕落した眼と同じくらい大きく黒くなった。それはすばらし

い見ものだった。瞳と白眼が夜のように黒くなった暗い虹彩のなかに沈みこんでいた。(2)
やはり初期の作品『蹴り損の棘もうけ』では、フランドルの画家ピーター・ハーマンズ・フェルスト(Pieter Harmansz Verelst)の「老婦人の肖像」(口絵参照)が言及されている。

メリオン広場のナショナル・ギャラリーにある〈疲れ目〉の巨匠が描いた顔に似て、それは長い道を歩んで来た後で一つの星に目が照準をあわせるように、かぎりなく狭い苦難の暗がりに相対《あい》しているようだった。顔の造作は無で、ただ輝き、平静で、落ち着き、光輝のなかに石化していた。(3)

詮索してみるなら、ベケットの初期の著作ばかりか、多くの作品の随所に忍び込んでいる絵画の印象が発見されるかもしれない。オランダ絵画とベケットのかかわりについて詳しく書いた論文もあって、ネットに公開されているのを参照することができた。(4)
ベケットの小説や戯曲のなかに絵の〈印象〉が組み込まれていることについては、たとえばカスパー・フリードリッヒの「月をながめる二人の男」(口絵参照)(あるいは同じ構図の「月をながめる男女」)が『ゴドーを待ちながら』に着想を与えたという周知のエピソードもある。(5) しかしそのような〈引用〉から、ベケットにとって絵画とは何であったか、という問いが、じかに形成されうるわけではない。もちろん描かれたものの具象的なイメージを読みとるベケットの着眼点（顔、身ぶり、表情、雰囲気、説話性……）がどういうものだったか、とまず問うことができる。しかしベケットは、同時代絵画の非具象的な傾向に対しても、かなり本質的な問いをむけていた。絵画は彼の文学の素材や発想源になっただけではなく、同時に、文学における非具象的、非説話的次元での問いに重なっていたのだから、この問いはもはや絵画の一シーンの引用（いわゆる「間テクスト性」）という側面には、とてもおさまりがつかないのだ。

この時期にベケットは、とりわけ一七世紀オランダやフランドルの絵画に関心をもち、ロンドンやダブリンのみならずフランスにも旅をして、作品を見てはノートをとっていた。当然ながらヒエロニムス・ボッシュやブリューゲルについても触れているが、オランダ絵画では、いつしかその枠とみなされるようになっているレンブラントやフェルメールよりも、ブラウエル（Adriaen Brouwer）、ファン・ホーイェン（Jan Josephszoon Van Goyen）、テル・ボルフ（Gerard ter Borch）といった、それほど目立たない画家たちに注意をむけている。ベケットの絵の見方、画家たちの評価は、美術史研究とともに広く確立されてきた一般的な価値観にはどうやら背をむけていた。その姿勢は単に通念に対する、つむじまがりな反抗や皮肉ではなく、彼が早くから形成していた本質的な哲学（美学）に根拠をもっていたと思える。この「姿勢」については後でまた再考してみよう。

オランダ絵画は、いわば西洋ではじめて、キリストでも聖書の光景でもなく、世俗の場面を写実的に描いたのである。無名の民衆たちの日常と肖像が、神の光ではなく、ようやく現世の光を浴びて描かれるようになった。室内で楽器を弾いて楽しむ人々、居酒屋の賑わい、窓際に静かにたたずむ人物、聖書や神話とは無縁の、ありきたりの風景や静物、もちろん静も動もあるが、もはや伝説的宗教的な劇的場面ではなく、「マイナー・キー」（短調）で描かれた、と言うような穏やかな現世の光の中のイメージにベケットは着目していたのである。「マイナー・キー」とはイタリア・ルネッサンス絵画という「王道」に対比して言ったことだろうか。イタリア絵画の中では、特にジョルジョーネをベケットは評価しているが、その画面の「深い遠慮深さ」（profound reticence）を讃えているのである。[6]

ヘーゲルは、宗教改革を達成し、スペインの教権と王権を斥けて独立したオランダの市民意識と自由を讃えた。『美学講義』では、「戦争や軍隊生活、居酒屋の口論、結婚式その他の田舎の宴会、家庭生活場景、肖像、静物、風景、動物、花などを描いたものには、光、明暗、彩色の魔術が披露されるとともに、まるで人物が目の前にいるかのように、その性格がありのままにくっきりと描き出されます」。「内面の人間性と、その生きた外形や容姿の把握、無邪気な喜びと芸術制作の自由、新鮮で明朗な想像力と、安定性と大胆さを兼ね備えた制作手法――そうした詩的特質が、ほとんどのオランダ風俗画をつらぬいて流れています」[7]などと述べている。オランダ絵画は、たしかに美学・芸術の次元を超える歴史的次元の表現であり出来事でもあった。

しかしヘーゲルから一世紀後の世界では、例えばポール・クローデルはオランダ絵画について、こんなふうに書いている。「レンブラントの絵を前にしていると、われわれは、どこにも永遠的なもの、決定的なものの感覚を覚えない。それは仮初の実現、現象、失われたものの奇跡的な回復である。一瞬だけ幕が上がり、すぐ降ろされる……」(クローデル『眼は聴く』[8])。クローデルの目には、「安定性と大胆さ」とヘーゲルが述べたような新たな「人間性」は、もはや偶発事、偶然でしかなく、人間にとってもはや本質も必然もない。神ではなく、人間を描くようになったオランダ絵画は、たちまち近代を超えるようにして、人間という安定的価値の限界を告げている。そのような理解さえも可能にする不穏な兆候を、オランダの芸術はすでに含んでいたようなのだ。

ベケットにヘーゲル主義的なところはほとんどないと思うが、オランダ絵画に出現した現世的な主題、現世の時間とともにある実に脆弱な生の無常を、彼は敏感にとらえ、それを静かに迎える資質をもっていた。西洋の絵画は長い間キリストの〈物語〉とともにあり、イメージはその〈物語〉に組み込まれてきた。それから離れて、ひたすら見えるもののイメージに知覚を集中させるようなことは、〈物語〉だけではなく、信仰の要求によって阻害されていたとも言えよう。オランダ絵画は、そのような枠組から出て、現世の光の中にある生活のイメージを描くようになったが、ベケットはそのような傾向をさらに純粋に抽出するようにして、物語の外に生のイメージを見つめる視線をもっていたようなのだ。このような知覚のありかたは、彼の文学、演劇においても、さらに徹底されていくことになる。

2　風景を擬人化してはならぬ

やがて同時代の表現主義や抽象主義を推進した画家たち（キルヒナー、ファイニンガー、カンディンスキー、ノルデ……）の作品を知るにつれて、ベケットの絵画論も変動していった。後にダブリンのナショナル・ミュージアムの館長になる友人トーマス・マグリーヴィーにあてた書簡には、「擬人化された風景画」を酷評する言葉が見られる。「こうした風景画は、散策する人間の感情にまで「高められ」、その人間と関係を取り結ぶものと仮定され（なんという思い上がり。イソップと動物たちよりひどい）、ひざやげんこつが生きているのと同じように生きているのだ[9]」。

風景の中に人間を見、そこに人間の感情を投影したりすること（擬人化）を厳しく戒める見方を徹底した画家として、ベケットが引き合いに出すのはセザンヌなのである。セザンヌは、「まさに！　風景は未だ描かれたことがない。人間は不在だが、風景のなかにまるごと存在する」(Eh bien! jamais on n'a peint le paysage. L'homme absent, mais tout entier dans le paysage.) などと語ったことがある（『ガスケとの対話』）。しかしベケットが注目したのは、あくまでも人間が不在の風景である。

「セザンヌは風景を描いて、人間が表現するいかなるものとも比べものにならないほど厳しく、独特な秩序をもった素材として呈示した最初の画家だとぼくは思う。それは生気論のかけらも寄せつけない原子からなる風景であり、百歩譲って個性はもっていたとしても、それは〔……〕風景自体の個性、『風景性』とも言うべきものだ」。「セザンヌは動く侵入者が自分自身であって、風景は定義上異質で近寄りがたく理解不能な原子の配列だということ、信頼できそうな顔をした隣人たちのおせっかいによってかき乱されることはないのだということを理解した。そのとき、セザンヌは、マネとその一派のスナップショット的な幼稚さからどれほど遠ざかったか、計りしれない[10]」。「ぼくがセザンヌに感じるのは、まさに、ローザやライスダールにとってはあたりまえの、調和というものが欠如していると言うことなんだ。彼らにとっては自然と言うものに精霊を宿らせるやり方は有効だけれど、セザンヌにとっては、そんなものはまやかしにすぎない。なぜならセザンヌは、自分が、風景のように異なった秩序をもつ生命現象のみならず、自分自身の秩序だった生……自分に影響を及ぼす生とさえ相容れないという違和感を抱いていたからである[11]」。

　このような断片的評言を読んだ印象では、セザンヌに対するベケットの見方は絵画の問題をはるかに逸脱しているようだ。しかし哲学者のように「物自体」を認識することができるか、という問いをたてているのではない。むしろ対象（物）にはどんな認識によっても、感情移入によっても入っていくことはできない。カントは『判断力批判』では、自然の美を感受する人間の能力は、自然の「合目的性」のなかにアプリオリに組み込まれているというふうに美学的判断の考察を進めていった。当然、自然、生命、人間の知性の間には、あらかじめ（アプリオリに）、ある有機的な調和がなければならない。ベケットにとって、そのような思考はまさに〈自然を擬人化すること〉にほかならず、受け入れがたかったはずだ。

ベケットが「生気論」をもちだして、これを拒否するのは、風景の生と、その前に立つ人間の生とのあいだにありうる有機的な結合や調和や浸透を否定したからだ。そもそも「自分」が、自分自身の「生」とさえ相容れない。自己は、風景という生命現象と相いれず、自分自身の生とも相いれないという厳しい違和感が示されている。それなら風景画など不可能で、画家は、ただ風景画の「不可能性を描く」だけだ。画家にできるのは、描くことを妨げるものを描くことだけだ（「妨げの絵画」[12]）。そういう方向に、ベケットはこの絶望的な絵画論を引っ張っていった。数々の古典絵画のイメージを頭に鮮明に焼き付けて、ときには小説や演劇のなかに忍ばせることもしたベケットは、セザンヌに対する言及にも見えるような「反有機的」な思索を通じて、さらに現代絵画のアポリアのなかに深くふみこんでいくことになった。

三〇歳のベケットはダブリンの実家を離れて、約半年（一九三六—一九三七）ドイツを旅することになるが、この旅行の大きな企みのひとつは絵画の研究であった。ドイツではたくさんの美術館や名所を訪れ、ドイツ語も習得し、また同時代の画家たちをアトリエに訪ねたりしてもいる。美術館で出会った作品については、日記の中に、画家の生没年、流派や影響関係などを几帳面に記している。「ぼくには麦わらのような些細なものや、がらくた、名前や日付け、出生や死などしかいらない[13]」などとそこに記しているベケットは、芸術作品の背景や意義を歴史とともに解釈するような学問的作業も、「人間を超えた必然性を擬人化すること」にほかならない「合理主義」の一環とみなしているようだ。「時間と人間と場所が純粋に支離滅裂であることは、少なくとも愉快なものだ[14]」と書いてそれを批判し、この時期のドイツではことあるごとに聞こえてきた「歴史的必然」や「ドイツの運命」といった表現にも、彼はつむじを曲げている。

一九三六年のドイツでは、すでにユダヤ人の弾圧が進行し、ベルリンのオリンピックがあり、ナチスの支配がいよいよ顕著になっていた。ユダヤ人芸術家ばかりか、現代芸術の革新的傾向も（いわゆる「退廃芸術」として）組織的に排除されるようになった。ベケットは、期待したほどには同時代の絵画を見ることができず失望したが、それでも美術関係者の援助を頼りに、しばしば公開されていない所蔵作品を見る機会をもった。もはや展示することのできなかったユダヤ人の画家たちにも、じかにベケットは出会っている。出会った画家のなかでもハンブルグで出会ったヴィレム・グリム（Willem Grimm）やスイス出身のカール・バルマー（Karl Ballmer）を高く評価している。二人とも強い色彩のコントラストと奔放なタッチで、表現主義的な雰囲気の人物像を描いた。グリムのほうはまさに表現主義的な群像を多く扱っているが、バルマーの画面はしばしば孤独な図像を簡潔に構成しながら、キュビズム的な手法をとりいれている（口絵参照）。「素晴らしい赤色を塗られた女性の頭部像、頭蓋、大地、海と空、ぼくはモナド論と僕の〈禿鷹[15]〉のことを考える。この絵画を抽象画と呼ぶなんてぼくには考えられない。形而上学的な具象だ。自然の造物主をそのまま捉えたものではなく、その源泉、現象の泉だ。完璧な観察に基づいた絵画。たとえば、レジェやバウマイスターなどのように、一つの観念を示すために活用された事物ではなく、原初の事物。その動因であり内容である視覚的な経験によって消耗された意志の疎通。それ以上はいかなるものも付随的にすぎない。ライプニッツもモナド論も禿鷹も付随的なものなのだ。並外れた静寂」[16]。

バルマーの絵の穏やかさは「無感動と無関心の閾に達している」とも、ベケットは書いている。画面に表現されたものが、みずからのうちに退き、消え入りそうになっている。そういう消滅の動きに、ベケットは敏感に反応していたようだ。もちろん同時代の前衛や革新の傾向にも敏感に対応したが、彼が特別な関心をもったのは、セザンヌを除くと、総じて時代を先導した強力な創造者たちよりも、じかに出会った無名に近い画家たちであり、三〇歳のベケットはまったく彼自身の必要にあわせて、切実に絵画芸術の研究を続けていた。ノウルソンの伝記には「ベケットにとって美術は一本の命綱だった」という言葉さえ見えるのだ[17]。

約半年のドイツ滞在を終えてダブリンに戻ったベケットは、高名な詩人の兄（ウィリアム）をもつ友人の画家ジャック・B・イェイツ（口絵参照）のアトリエを頻繁に尋ねた。ジャック・イェイツとは一九三〇年から親しく、ベケットはこの交友からたくさん学んだようだ。ノウルソンの伝記には、一九三七年にベケットがマグリーヴィーに宛て書いたイェイツの絵に関する評言が引用してある。その評言は、ベケットが前にセザンヌについて指摘した問題を、別の言葉で継続したものといえよう。イェイツは、どんな流派の影響も感じさせない風変わりな絵を描いた。ボナールのような後期印象派の画風が感じられないことはないが、色彩の使い方はずっと奔放で、ときに荒々しいほど強烈な色の線が荒れ狂う。

彼がヴァトーのように悲劇的にではなく、とても冷静にうまくやっていると思えるのは、自然とその住民である人間を混在させる手法だ。その二つの現象のあいだには変わることのない距離があるんだ。二つの孤独あるいは孤独 solitude と寂しさ lonliness、孤独のなかの寂しさと言ってもよいけれど。寂しさへと早変わりすることのできない孤独と、孤独の深みへと達することのない寂しさがあって、そのあいだには、計り知れない距離があるのと同じだ。(18)

おそらく、ジャック・イェイツの最終的な特質とは、万物の究極的な無機性にあるのさ。ヴァトーは胸像や、壺でそれを表現したけれど、彼の描いた人物はつまるところ鉱物にすぎない。純粋に無機的な万物の並置、そこではなにかを奪うことも、与えることもできないんだ。変化や交換の可能性は絶たれている。(19)

たとえばイェイツが男と女の顔を並べたり、向き合わせたりする描き方に、ぼくはなにか恐るべきものを感じる。それはけっして溶け合うことのない二つの実体を、おぞましくも受容することなんだ。フクシアの生垣の下に腰をかけ、背中を海と雷雲に向けて読書する男の絵を、きみは覚えているかい？　人は彼の絵がどれほど静かで動きがないか、他の絵を見るまで気がつかない。そこに共感と反感、出会いと別れ、喜びと悲しみといった行為や慣習が、宙づりにされていることにはっと気づいたとき、人は石のように固まってしまうんだ。(20)

ベケットはイェイツの絵の中にも、自然と人間とのあいだの絶対不変の距離を見ている。「孤独」と「寂しさ」のあいだにさえも「計り知れない距離」を見て、孤立にも様々な差異とニュアンスを見いだしている。それはロマン主義的な自我の孤独ではなく、人間は物のように孤独であり、物も人間も孤立し、隔絶しているのだ。

イェイツの描く男女のあいだにも、風景と読書する男のあいだにも、同じような孤立、不動、硬直、鉱物を見いだすところまでいくベケットは、確かに彼の心身のカタプレシー的な状態を投影していたにちがいない。しかし、やはりそれは精神病理学的兆候からも区別されるべきである。イェイツの絵の根本的特性とは「万物の究極的な無機性」であり「純粋に無機的な万物の並置」である、などとベケットは書きながら、事物、生命、人間、感情などのあいだの有機的な連結を断ち、それぞれの事象を孤立のうちに、鉱物のように見る視線と美学を、絵画を通じて確かめているのである。サント・ヴィクトワール山を時に巨大な結晶のように、結晶の劈開《へきかい》する切子面のように描いたセザンヌの絵画とも通底する問題を、ベケットはそこに見ていた。一見すると、イェイツの絵には、まだメランコリーや、叙情や、つまり詩的な要素と、柔らかくうねる有機的な線が見られはする。しかしベケットがそれを透視するようにして見つめるのは、それらの根底にあって、それらを貫く「非有機性」であり、鉱物質の孤独である。

一九五四年パリでアイルランドの画家を紹介する展覧会があった際にイェイツに寄せたテクストで、ベケットは、アンソールやムンクの名前をあげているが、それはただ、彼らが少しもイェイツにとって助けにならなかったと示唆するためなのだ。このときベケットが書いた短いテクストは、ほとんど散文詩のように鋭く彼自身の絵画論を凝縮している。フランス語で書いたものを自ら英語に訳したそのテクストは、忠実な翻訳でもあるのだが、忠実であろうとして随所で原文と異なるものになっている。「尾ひれはひれをつけようにも、これらの息詰まる直接的なイメージには、人を安心させる芸当のための余裕も時間もない。この激しい欲求はイメージの鎖をほどき、それらの地平の彼方にまで狩り出す。この大いなる内的現実には、死んで生きた幽霊たち、自然と虚無、たえまないものすべて、決して存在しないであろうものすべてが、ただひとつの明白性において、ただひとつの証言のために集まってくる」。「ついに熟達しえないものに屈服して震えるこの至高の熟達には[21]」。

絵のイメージを読み解くベケットの言葉を、さらに私は読み解こうとして引用しているが、それ以上は読み解けないように、ベケットは限界を記し、壁をおくかのように書いている。私は少し後退して、また限界に接近するように進むしかない。

3　不可能性を描くこと

すでにオランダ絵画をはじめ幅広く古典絵画を渉猟して、独自の見識を形成していたベケットは、彼の作品の一部に組み込まれることになる具象的イメージを発見しながらも、視線を襲うドラマティックな表現にではなく、画面の奥に後退し、静かに凝固している何かに目を向けていたようだ。やがて同時代に次々出現した新しい芸術運動の波にも接するうちに、みずからの文学的探求と密接に関わらせつつ、しばしば身近な画家たちの制作について思索しながら、かなり独創的な絵画美学を鍛え上げていった。すでに引用してきたノートや書簡のなかの言葉にも、その思索の跡はうかがえるが、まとまった〈絵画論〉はわずかしかない。そのなかでも一番濃密なテクストが、「世界とズボン」と題して、オランダ出身の画家二人、アブラハム・ヴァン・ヴェルデとゲラルドゥス・ヴァン・ヴェルデという兄弟の展覧会によせて書いたエッセーなのである（一九四五年）。

最初の三分の一は長い前置き、迂回である（「初めに他のことを語ろう……、批評については語るまい」）。皮肉たっぷりの衒学的なお喋りは、美術界を席巻する紋切型を一掃したいかのようだ。つまりベケットは、かなり野心的でもある。ようやく本題に入って、二人の画家はまだパリで展覧会をしたことがなく、ほとんど無名だが、それぞれもう二〇年、一六年パリで絵を描き続けている、と始める。しかし簡潔な紹介の後には「これから書くことは言葉による歪曲、そのうえ言葉による殺害にすぎないである」と挑発的に書く。何のことか？「私はわかっている、もろもろの感動の歪曲、殺害のことであるが、この感動とは私にかかわることでしかない。考えてみるに、これは感情的現実の歪曲ではなく、頭脳に刻まれた笑うべきその刻印の歪曲である」[22]。これから二人の兄弟画家の絵が私に与えてくれた「喜び」について語るが、その喜びが数えきれない瓦礫となって私から逃げ去っていくのを感じるためには、その喜びを考えるだけで十分である、などと書く。回りくどい挑発と皮肉の文章は、批評とも学術論文ともほど遠い。ベケットは語りがたいことを書くために、フランス語を酷使して、一語一語無理強いするように、折れ釘のような文章を重ねていくが、切実で強靭な思考は、すでにかなり異様な絵画論、芸術論になっている。

そもそも素朴な感想から、評論、作品論、方法論、美学、美術史的考察まで、芸術作品（および制作過程、および作家）についての言説は多岐にわたっている。芸術家自身は、しばしば批評的言説に対して警戒的であり、辛辣である。たしかに、言葉で表現できないことこそが創作をうながすモチーフだからである。にもかかわらず、絵を見るものも、絵を描くもの自身も、絵について、言語によって語ろうとし、考えようとする。創作と批評の間にはつねに葛藤があるが、創作と批評（感想、思索、研究……）が補完しあって、芸術の活動は歴史の一角を形成してきた。「吐気を催す分析からなる何十巻にもおよぶ書物は、莫大な気の利いた誤解をとりだしてみせるためにあるわけではない。ずっと昔からそんな誤解が、観念の領域で、画家の間、愛好家の間、画家と愛好家の間の関係に害毒をもたらしているのだ」[23]。だから愛好家たちに言うべきことはこうなのだ。「絵画など存在しない。個々の絵があるだけだ。これはソーセージなんかではなく、おいしくも、まずくもない。絵についてせいぜい言えることは、多かれ少なかれ不足な点はあっても、イメージに対する不条理で不思議な衝動を絵は翻訳しているということ、不可解な内的緊張に対して、それらは多かれ少なかれふさわしいということである[24]」。

はじめから沈黙、そして言い難いことに対してきわめて敏感でありながら、言葉に抗うようにして、なおかつ言葉による表現に執着する。(「純粋に視覚的な統覚について書くということ、それは意味のない文を書くことである」。「言葉にまさに乗り換えの作業をさせようとするたびに、言葉以外のものを言葉に表現させようとするたびに、互いを消し合うようにして言葉は並びあう。おそらくこのことが生に魅力を与える[25]」。)言葉の外のもの(生)を語ろうとする言葉は、語ろうとして意味を失っていく。これはもちろんベケットだけではなく、言葉の芸術を実践するものにとって逃れられないアポリアであり、それがもたらす葛藤を深刻につきつめ、失語状態のなかで、あえて言葉を編み出すような表現そして作品が生み出されてきた。ベケットも確かにその一人にちがいないが、そのような言葉の状況は、また様々に、異なるスタイルで生きられるであろう。ベケット自身が初期にはジョイスの影響も受けながら、そのような葛藤をカオスとして経験し、反動的に過剰なほど(意味を失うほど)饒舌な作品を書いたこともあるが、むしろ徐々に沈黙と隣り合わせの乏しい言葉を鍛え上げていくようになるのだ。

親しい二人の兄弟画家を扱って、美術に対して試行錯誤してきた知見と思考を、あたかもこの二人の芸術にすべて凝縮するようにして投入していることが、すでに異様な試みである。ベケットは同時代の絵画のいかなる流派や傾向からも孤立した試みとして、彼らの芸術を考察しているが、この兄弟にこそ絵画の普遍的問題への解答を見つけるように書いてもいるのだ。しかも二人の作品は、非常に異なったものであり、絶対に区別しなければならない、という。

どうやらベケットの問いの中心は、いかに「対象」（オブジェ）をとらえるか、それをとらえることは可能なのか、ということである。「しかしおそらく対象があちこちで、視覚的といわれる世界から、そろそろ引退するときがきた[26]」。「客観性について語らないほうがいい領域と言うものがあるとすれば、それは日よけ帽の下で彼が皺を刻んでいる領域である[27]」。A（アブラハム）・ヴァン・ヴェルデの絵（口絵参照）は、「宙づりになった物」の絵である。すなわち「それを見ようとする欲求によって、見ることとの欲求によって隔離された孤立した物」であり、それはただ頭蓋の中にだけ存在するものである。それは闇の中で見えたものであり、この闇は精神を照らす闇である。つまり時間の中に、盲目の中に入っていくこと。

弟のG（ゲラルドゥス）（口絵参照）。「重さも力も影もないその世界について」いかに語ろうか。「ここではすべてが動き、泳ぎ、逃げ去り、戻り、解体し、作り直される。すべてがたえまなく中絶する。分子たちの叛乱、崩壊する前の千分の一秒の一つの石の内部とでも言おうか」。複雑になるが、愚かなことだが、と断りながらベケットは要約して言う。Aは「広がり」を描き、Gは「継起」を描くと。

さらにAについて。「広がりを見ることができる前に、なおさらそれを表象しうる前に、それを不動にしなければならず、彼は自然的広がりに背を向ける。広がりとは太陽の鞭に打たれる駒のように回転している。彼はそれを理念化し、内的方向に向ける。まさに広がりを理念化しながら、彼はそれをあの客観性、あの前例なき明瞭性とともに実現することができた(28)」。

またGについて。「反対に彼は全面的に外部に、光の中の物たちの混乱に、時間に向かう。というのも時間の認識は、時間が動かせ、見ることを妨げている物たちの中でしか獲得されないからである。全面的に外部に身を委ねながら、時間の震えに揺さぶられるマクロコスモスを見せながら、お望みならば彼は人間を認めるのだが、人間がもつ最も不動の物において、現在も休止もないという確信において人間を認めるのである」。

「時間」のほうに、とベケットはアブラハムについても語っていたが、その時間の相は異なっている。Gの絵は静かで、音をたてない。Aの絵は、特徴的な音をたてる。「遠くで響くドアの音、壁から剥がれるほどの音をたてたところだが、その音は消え入りそうな、かすかな音である」。

二人の画業の解説とも批評とも言い難い考察を通じて、ベケットはそれでも結論めいた言葉にたどりつく。「画家にとって、物は不可能である」。これをもう少し一般化して書いてもいる。「そもそもこの不可能性の表象から、現代絵画はその最良の結果の大部分を引き出した(29)」。さらにヴァン・ヴェルデ兄弟について、「要するに結局、彼らの関心は絵画ではない。彼らの関心とは、人間の条件である」。「人間の条件」とは、ベケットらしくない大風呂敷であるが、さらに付け加えて言う。「それなら表象可能なものとして彼らに残っているのは何か、彼らが変化を表象することを放棄しているとすれば。変化のほかに何か表象されるものが存在するのか」。「ひとりには受け入れる物、変容された物が残っている。もうひとりには押しつける物、変化させる物が残っている」。一方には犠牲になる物、他方には処刑するかのような物がある。

こうして絵画の仕事とは、不可視性と表象不可能性をめぐる、まったく奇怪なプロセスとなる。「外部にある物の根本的不可視性を、不可視性それ自体が物になるまで強制すること、それは単なる限界の意識ではなく、人が見ることができ、見させることができるある物だ、そして頭の中ではなく〔……〕画布の上でそうすること、これこそ悪魔的に複雑な作業であり、究極のしなやかさと軽やかさを要する仕事であり〔……〕」(30)というようにベケットの思索はきわまっていく。だからといって、対象から解放された絵画(ベケットはカンディンスキーに言及している)を肯定するわけではない。じつは対象とは何だったか、対象はどのように対象として現れたのか、そもそも視覚対象であるという限定とその対象とはどのような関係にあって、対象性はどのように成立したのか。絵画の変容の歴史は、もちろんそのような問いを問い直すこととともにあったにちがいない。印象主義、表現主義、抽象絵画、シュールレアリスム……、そしてそれ以降の画家たちもそれぞれに、光、色彩、線、画材、支持体、描く身体、等々を操作しながら、この問いに立ち向かい、それぞれに美学的概念の再構築をうながしてきた。

〈遠近法〉は、対象の見え方を正確に再現する技法として、とりわけ西洋において普遍化してきたが、「見え方」の真実は、もちろん対象の真実ではない。この「見え方」そのものも一つの作為、あるいは幻想と見なされるようになる。いや見える物は対象ではなく、光または、その「印象」にすぎないという〈見方〉も現れる。見える物を、光学的効果とみなすような見方にとっては、もちろん対象の存在など問題ではない。いや光も含めて、見える物とは、人間の知覚という身体の作用によるものにほかならないとしたら、身体の中、そして頭脳の中にこそ、見えるものの根拠はある。絵画の対象を生産するのは、画家の身体である。そしてまた頭脳（精神）である。絵画はこの身体の現象、あるいは頭脳の現象を描く（記録する、表現する、伝達する……）ことができるにすぎない。いや、絵画の対象は結局これらのどの次元にも還元することができず、それらの交点に成立するもので、そこに交差するものをどこからどのように把握するかという問いにとって、正解などあるはずがない。それらの間には予定された有機性も、合目的性もない。〈対象〉の真実は、そのような問いのあいだに霧散していくようだ。ベケットの演劇もテクストも、そのように散佚した問いのかけらを拾い集めたようなものになっていく。それらの間にかすかな共振、連結、反復、結晶のようなものが発見されるだけである。そしてそれぞれの芸術が、分裂した対象の間に新たな有機性を仮定的に作り出すだけである。

ベケットは、ほとんど性急に〈絵画の対象とは何か〉という究極の問いを二人の画家にむけながら、二人の〈創造〉をまったく特異なものとして、しかも同時に普遍的な平面において語り、彼らのアトリエに磁針でも置くようにして、自分自身の〈創作〉の行方を模索し計測している。屈折した思考の文章の一語一語が、そこで検知したもののしるしに充満している。彼は別の対話のテクストで、ブラム（アブラハム）・ヴァン・ヴェルデについて再び語っている。「この恐るべき事業を受け入れ可能な結末にまでもっていくために必要なことは、この隷属、この受容、この失敗への忠実さを新しい機会、新しい関係項とすること、この不可能で必要な行為を、表現行為とすることだけだ[31]」。アブラハムは偉大な画家ではないかもしれないが、絵具を用いて何かを「表現すること」をやめた最初の、ただ一人の画家である、とベケットは断言するのだ。

前に書いたように、古典絵画について研究したときも、当時のドイツの画家たち、そして交友関係のあった画家たちについて語った数少ないテクストを見ても、ベケットはむしろ無名あるいはマイナーな芸術家を意図的にとりあげるようにして、真剣な考察の対象にしていたふしがある。そこにはセザンヌの本質的評価も含まれていたから、ことさら巨匠たちを蔑ろにしていたわけではない。しかし歴史上の評価や、美術界におけるランクづけが、神話と紋切型に分厚く覆われていることに対して、ベケットは非常に敏感だったのだ。そしてとにかく「できるだけ表現すること、できるだけ真正に、できるだけ美しく表現すること」を目指して成功した偉大な画家たちには実に冷淡だったのだ。

ヴァン・ヴェルデ兄弟に寄せたエッセーの半分は、「偉大な」芸術とその神話を払いのけるための批評的風刺劇のようなものだった。もちろん才能（天才）の定義は、いつでもどこでも難しい。若いベケットの風変わりな作品はなかなか評価されなかった。芸術の評価は、必ずしも才能にも作品の独創性にも、正確に対応するわけではない。おそらく評価を呼び起こすような才能が別に必要で、もちろんそれに偶然も境遇も味方しなければならない。ベケットはとにかく表現以前の強い動機と発生の場面にしか関心がなかった。じかに知り合った親密な芸術家の作品にそのようなものが見出されたなら、それは徹底的に観察し考察するのに値したのであり、それ以外のこと、それ以上のことは不要であるかのようだった。

同じくベケットの文学にも、偉大なキャラクターや目覚ましい仕掛けや物語など必要ではなかった。作品の言葉は、決して感動させたり、説得したりはしない。出現したかと思うと、影のなかに身をひそめるような人物、出来事、物だけからできている。手法、主題、物語のどの水準でも、「稀少性」ということが、これほど徹底した本質性として生きられたことは、カフカの場合と似ているかもしれない。感動、迫力で、人を圧倒する偉大な才能のようなもの、そのなかにもちろん良いもの、必要なものさえ含まれているとしても、彼はそれを嫉妬するわけではなく、憎悪するわけでもなく、とにかくそれとは関係がなく、あらかじめ見放されている。表現を不可能にするものを表現することだけに終始するような試み、小説はもちろん彼の演劇も、この試みを反復するしかなかった。

ノーベル賞にはまったく不似合いな作家であることを、ベケット本人ほどよくわかっていたものはいなかったかもしれない。受賞によって静かな生活を乱され、ベケットは迷惑したらしいが、そういう出来事のおかげで、ベケットが日本語にも翻訳され、方々で読まれるようなことも起きたことは確かで、しかもベケットのきわめて特異な稀少性（マイナー性）には、きわめて強靭な普遍性があって、もちろん目立たず、ちっぽけで、無力であり、繊細であることは、単に無為、凡庸さではなく、それはある根本的な問いに結ばれ、表現され記録されなければならないことでもあった。ベケットの作品と足跡は、稀少であることの意味を、もう一度考えさせる。美術に関するベケットの対応をみても、やはりこのことへの注目をうながされる。おそらくこの稀少性は、ある政治的な意味を含んでいる。

（注）

（1）Beckett, *Proust*, Minuit, p.103.

（2）ベケット『並には勝る女たちの夢』田尻芳樹訳、白水社、二〇三ページ。

（3）ベケット『蹴り損の棘もうけ』川口喬一訳、白水社、六三ページ。

（4）Conor Carville, "PETRIFIED IN RADIANCE": Beckett, Dutch Painting and the Art of Absorption, Samuel Beckett Today/Aujourd'hui 27 (1), 2015, Brill, p.73-86.

（5）ジェイムズ・ノウルソン『ベケット伝』上、高橋康也／井上善幸／岡室美奈子／田尻芳樹／堀真理子／森尚也訳、白水社、四五〇—四五一ページ。

(6) Cf., Mark Nixon, *Samuel Beckett's German Diaries*, Bloomsbury, p.143. cf. Beckett, *Lettres* I, Gallimard, 18/1/1937.
(7) ヘーゲル『美学講義』下、長谷川宏訳、作品社、一〇〇—一〇一ページ。
(8) ポール・クローデル『眼は聴く』山崎庸一郎訳、みすず書房、一九九五年、五八ページ。
(9) Beckett, *Lettres* I, Gallimard, 8/9/1934.
(10) ノウルソン『ベケット伝』上、二四〇ページ／(Beckett, *Lettres* I, 8/9/1934, Gallimard.)
(11) ノウルソン、同、二四一ページ／(Beckett, *Lettres*, 16/9/1934.)
(12) 《La peinture de l'empêchement》, in *Disjecta*, ed. by Christopher Ricks, Faber & Faber, p.133-137.
(13) ノウルソン、同、二九八ページ。
(14) 同。
(15) 詩集『こだまの骨』(*Echo's bones*)に所収の作品(ベケット『ジョイス論／プルースト論』白水社、高橋康也訳、二三ページ)。
(16) ノウルソン、二九二—二九三ページ。
(17) 同、三二五ページ。
(18) 同、三二六ページ。
(19) 同、五四八ページ。
(20) 同、三二六ページ。
(21) *Disjecta*, p.148.
(22) Beckett, *Le monde et le pantalon*, Minuit, p.22.(『ジョイス論／プルースト論』「ヴァン・ヴェルデ兄弟

の絵画——または世界とズボン」岩崎力訳、二〇四ページ）。

（23） *Ibid.*, p.18.（同、二〇一ページ）

（24） *Ibid.*, p.19-20.（同、二〇二ページ）

（25） *Ibid.*, p.25-26.（同、二〇七ページ）

（26） *Ibid.*, p.27.（同、二〇八ページ）

（27） *Ibid.*, p.28.（同、二〇八ページ）

（28） *Ibid.*, p.33-34.（同、二一二—二一三ページ）

（29） *Ibid.*, p.36.（同、二一四ページ）

（30） *Ibid.*, p.39.（同、二一六ページ）

（31） *Trois dialogues*, Minuit, p.30.（同書、「三つの対話」一三九ページ）

作品の考察

Ⅲ 『伴侶』、声の裂開

『伴侶』という作品をほぼ訳し終えた一九八九年十二月、ベケットの訃報に接した。一九六〇年頃までに、長編小説と、主な戯曲のほとんどを書いていたベケットは、その後も少しずつ、異様に寡黙な小品を発表し続けたが、この『伴侶』（英 Company、仏 Compagnie）は、そのなかにあって比較的長い作品の一つである。ベケットの主な作品の多くは、彼の母国語ではない仏語でまず書かれ、その大部分が彼自身の手で英訳されているが、後年のベケットは、逆に英語で書き始めてから、仏語に訳すこともして、二つの言語のあいだの往還を続けた。『伴侶』はまず英語で書かれ、ついでみずからの手で仏語訳され、一九七九年と一九八〇年に刊行されている。

ベケットにとって、二つの言語の間の移動は単に翻訳である以上に、二度書くことであり、外国語を通過して、自国語に「外部」を介入させ、こんどは自国語に近づいた外国語に、さらにその「外部」を介入させるような過程である。このような過程によって、言語は徐々に変質しながら、その非意味の層に触れ、異種の論理を形成していった。しばしば文法的に完結しない文が、連結され、反復されて、かすかな意味を紡ぎだすようになる。

「でもフランス語だと、英語にはある昔ながらの連想がぜんぶ消えてしまうから、もっと明確に、輪郭を鮮明にできたんだ」とベケットは、『モロイ』を共訳したパトリック・ボールズに語った、ということだ（『サミュエル・ベケット証言録[1]』）。

フランス語のほうが文体なしに書くことができる、とベケットが言っていたことは、しばしば言及される[2]。国語（母語）が含蓄してきたあらゆる紋切型、韻律、暗喩が書くことを妨げることがある。ただの記号あるいは道具のような言語を夢見ても、そんな言語はどこにもないが、そのように言語を使用することはできる。しかしベケットのフランス語にニュアンスが乏しいかというとそんなことはない。みずから翻訳した英語版と仏語版の文が、ときどきひどく齟齬しているように見えるときがある。しかしよく読んでみると、ベケットは厳密に訳そうとして、字面上はよく対応していないように見える表現を精巧に練り上げているのだ。

ベケットにとっては、『ゴドーを待ちながら』を始めとする戯曲があんなふうに世に迎えられたことは、少し不本意なことであったらしい。ベケットの戯曲は、彼が作りだした特異な散文を希釈した、少しリクリエーションめいた創作にすぎなかったのではないか、と思わせるふしもある。ベケット自身が、そんなニュアンスの言葉をどこかで漏らしたこともあった。『伴侶』を訳したとき、私自身もベケットの演劇を少し軽視するようなことを書いたが、訂正しなければならない。彼の演劇は、彼の散文のなかにもあった演劇的な本質を抽出する実験でもあったから、決して副次的な創作などではない。彼は舞台に流れる〈時間〉を必要としたし、ゴドーを「待つ」

時間が主題となる演劇がぜひとも必要であり、彼の思考そのものに演劇的な何かがつきまとっていた。実験演劇というほど観客を驚かせ、試すものではないにしても、「息」や「わたしじゃない」のように極端な例外もあって、ベケットの演劇は一つ一つが、演劇の構成要素を縮小して零から吟味するという意味で、果敢な実験の連続であったとも言える。

けれども『マーフィ』から『名づけられないもの』にいたる散文で、意味や意志や人称や物語が不可能になるところまで言語を酷使し、無や死に隣りあって続行された試みもまた、決して忘れてはならないものだ。晩年のベケットの寡黙な作品は、そのように酷使された言語と、それによって得られた透視からきたものだ。

『伴侶』は、そのような過酷な散文の試みの極北に生まれた「吐息」のような作品の一つだ。少し読むと、もう体もきかなくなった、くたびれた老人が、暗闇のなかに横たわって、果てしないモノローグを続け、その頭に幼児からの記憶がきれぎれに明滅していく様《さま》が書かれているように思われる。けれどもそのような限界的状況は、決して一人の主人公の物語に定位されることがない。「おまえ」と二人称で語る声があり、その声を暗闇のなかで聞いている人物がいる。さらにこの声と人物について三人称で語る話者も、別に存在するらしい。また声が果たして自分にむけられているものか疑心暗鬼の誰かもいて、これらのうちの誰かは同一人物であるのかどうか、いつまで経ってもわからない。それに暗闇のなかには、まだ他にも誰かいるらしい。これら全部が同一人物であるかもしれないし、ぜんぶ別々かもしれないのだ。

突然、声と、声を聞くものと、自分自身を想像する誰かが出現する。「すべてを自分の伴侶として想像する、想像された、想像するもの」。これは「闇のなかにおまえといっしょにいる他人についての作り話をするおまえについての作り話」なのだ。ルイス・キャロル風のナンセンス、鏡の論理ではない。何一つとして反射しないし、一致もしないで、分岐、分裂が続く。

語りの声はいくつかに裂かれ、その分裂について考える思考はまた分岐して、異なる人称で語る声と聞き手、闇のなかの二人、あるいは数人、二つ以上の闇、創造者と被造物、想像するものと想像されるものに分岐する。確かにこれは一つの魂のなかの様々なつぶやきの混声なのだろう。逆に「一つの魂」は、これほど多くの魂と声から成っているのだ。繰り返される思い出、動作、問い、計算。いくつかの声と、いくつかの動作の合成物として最小化されてしまった魂。死あるいは無にむけて歩む言葉。そのような最小要素に還元されながらも決して一つにまとまることはなく分裂し、退行していく生が、とぎれがちの、ためらいやつぶやきに似て、痩せた、微かな言葉に託される。言葉は、乏しい光と闇のようにただ明滅している。その明滅から、不思議なユーモアや優しさも浮かび上がってこないわけではない。この作品には見たところどんな希望も救いもないが、何もないことに耐えて、世にはびこる知や美や力の粗雑さを斥ける激しい拒否は徹底されている。

（注）

（1）ジェイムズ&エリザベス・ノウルソン『サミュエル・ベケット証言録』田尻芳樹・川島健訳、白水社、一三二ページ。

（2）ノウルソン『ベケット伝』上、四二六ページ。

IV　ベケットの散文――『見ちがい言いちがい』をめぐって

「暗い天蓋。眩い大地。おまえはその中心で凍っている」（『伴侶』）

1

一人の老婆がいるらしい。いや、もう死んでしまったかもしれない。しかしまだ生きている。その老婆の身近に生きていた誰かが、ただこの老婆を回想しているのかもしれない。物語は（それが物語だとして）現在形で始まる。「不幸にも、彼女はまだ生きているみたいだ」。いったい誰が物語を語っているのか。誰が起きつつあることを見ているのか。誰が言うのか。誰が見るのか。語るものと見るものは、同じ人物ではないのか。

一つの眼が、まるで時空を自在に漂うようにして、たえず老婆の様子をうかがっている。しかし、この眼は神のようにすべてを見ているわけではない。語り手からは明らかに分離して物語の内外を漂う眼があり、この眼が老婆の後を追いかけ、その顔をのぞこうとして、小屋の内と外をたえず移動する。この眼は、光がなくても見るらしい。しかし老婆は、まるでこの眼にあらがうようになかなか姿を見せない。この短い物語で言われること、見られることは、いつもあいまいにしか言われず、おぼろげにしか見られず、どこまでも言いちがい、見ちがいでしかないというわけだ。見られることも、言われることも、すぐ中絶され、瑣末な細部にそれていってしまう。野原、雑草、砂利、石、小屋……。何と頼りない物語だろう。語り手と、出来事の間には、いつもこの漂う一つの眼が介在し、この眼が見たものを語る、追憶とも夢想とも幻想ともしれぬ、はかない叙述が続く。

しばしば描写は過度に精密だが、その精密さも行方が知れず解けていく。眼とは独立に語る地の文のほうも、同じように断続的なつぶやきのように聞こえる。見るものはろくに語ることができず、語るものはろくに見ることができない。だから語りは不可能なのだ。語るものは盲目で、眼が見たものを語るしかない。眼のほうは見ることしかできない唖で、失語者なのだ。

この『見ちがい言いちがい』とともに、ベケット晩年の小さな代表作といっていい『伴侶』はどんな作品だったか。少しふりかえっておこう。

年老いて、もう体のきかなくなった男が、暗い部屋の中で横になっている。その男が、どうやら自分にむけて「おまえは……」と語りかけてくる声を聞いている。しかし、ほんとうにその声が自分に語りかけているかどうか、何も証拠はない。他にも、闇のなかに、この声を聞いているものがあるかもしれないのだ。声はある男の遠い過去、近い過去、現在進行していることを、断続的に語り続ける。遠くから、近くから、あるいは高く、低いところから、闇をわずかに輝かせながら。言葉が、かすかな光のようでもある。結局、二人称で語るこの声も、この声を書きとめつつ三人称で語る声も、声が語る出来事も、すべては、年老いて体の麻痺した男が、暗闇のなかで、気慰めに考え出した「伴侶」にすぎないらしい。あるいは、こんなことすべてを「伴侶」として想像するもの自身が、やはり想像されたものにすぎない。「すべてを自分の伴侶として想像する、想像された、想像するもの」。

どんな人称にも属さずに定着されない誰かが、こうしてまだ闇の中に横たわり、あるいは物語の闇の外で、その闇を見つめ、語り、語られ、語りを聞いている。まさに「名づけられないもの」が、人称から人称へと、声の間を往復し、物語をたえず中断する。さまざまな人称が交錯するところに現れるのは、もう名前をもつ誰かではなく、決して誰と決定することのできない奇妙な人称である。それを決定するものは、それ自身いつでも他者に決定されているからである。『伴侶』のすべては、ただ一人の老人の作り出した妄想にすぎないとか、幻聴や幻視の連続にすぎない、と結論しても意味がないのだ。人称から人称へと移動し続ける声の循環を、そのまま受けとるしかない。この物語は、引き裂かれた声によって語られる。この物語は、引き裂かれた声についての物語なのだ。引き裂かれた声によって、引き裂かれ中絶される物語。そして語る声、語られることを見る眼の間にも裂け目がある。闇の中で進行する現在は、誰にも見えていないはずなのだ。そのことがこの物語の主題というしかない。物語が不可能なところで、かろうじて生み出される、難破した物語の漂流物のような物語。

『見ちがい言いちがい』にしても、語りの形式は、『伴侶』よりは確かに簡潔だが、老婆を見つめる名前のない眼が漂うことで語りの線は分岐し、やがて妄想とも、想像とも、回想ともつかず、現在にも、未来にも定着できない定義不可能な次元に言葉は導かれていく。『伴侶』のなかで「すべては、いつも終わっており、そして途上であり、終わりがない」といわれた、あの宙吊りの構成と時間は、この作品でも厳密に保持されている。この物語も、すべて老婆が自身の「伴侶」として考え出したもので、語り手も、老婆を追いかける浮遊する眼も、すべて老婆自身に属していると考えられなくもない。たとえ幻想の中でも、老婆だけは、確かに存在するのではないか。しかし、ここでも語りは、この漂う眼によって分岐し、たえず「名づけられないもの」に送り返されるのである。

ここに〈語りの構造〉という問いがたてられるとしても、ベケットにとってそれは文学的技法の次元にはない。誰が誰に向けて語るのか、誰がそれを見たのか、誰が見たことを、誰が聞いて(想像して)、誰が語るのか。どんなに単純な物語、伝聞、情報も、これらの条件とともにあり、それによって多元的に決定され、またみずから決定を下すことにもなる。語る行為も語られる内容も、そのような条件の中で反復されながら、決定され、決定力と化すことにもなるが、この条件そのものが語られることは稀である。こうした「条件」とともにある語りと、その技法を解体するように書きながら、ベケットが眼差していたものは何か。

例えば、ベケットがテキストを書き、老いたバスター・キートンが演じた映画「フィルム」では、初めにカメラが、壁ぞいに逃げるように歩くキートンの背中を追いかけ、その顔を斜め横から覗くようにしながら、決して顔が見える角度には入らない。やがて階段をのぼり、部屋に入ったキートン（の演じる男）を、あいかわらずカメラは後ろから追う。キートンは顔を見せないまま、窓と鏡を布で被い、小犬と猫を外に追い出す。壁の絵をむしりとり、鸚鵡の鳥籠や金魚の水槽にまで蔽いをかけてしまう。つまり、キートンを見つめるもの、キートン自身を反映して見つめさせるものは、すべてなくしてしまうのだ。そして、ロッキング・チェアに落ちつき、数枚の写真をみつめ、思い出を葬るようにそれも破いてしまう。やっと安堵してチェアを揺すり始める。カメラはこのすきに乗じて正面に回る。居眠りしかけていたキートンは驚愕し、身をよじって抵抗するが、結局恐怖にひきつった顔をとらえられてしまい、自分の顔を手で蔽う。キートンの片目は眼帯に覆われている。最後に、このカメラ・アイはキートンの分身であり、やはり片目に眼帯をつけ、静かに見つめている彼自身にほかならないことが映し出される。

『見ちがい言いちがい』の物語の中を漂って、老婆を覗こうとする名づけえない眼は、どうしてもこの「フィルム」のカメラ・アイを想い起こさせる。自分を覗く眼を前に、しばしば老婆は、それを意識してかしないでかわからないが、身体を硬直させる。眼だけが、自在に時空をかけぬける。この見つめる眼が、語り手の分身であるか、見られるもの（老婆）の分身であるかどうか、たぶんそれはあまり大事なことではない。見られるものと見るものが実は同一人物であったというような「離人症」的なテーマが問題ではない。

ベケットの人物たちの身体は、しばしば硬直し、麻痺し、足を病み、地面を這って進む。あるいは自動人形のようにぎごちなく歩く。意味や感情を表出し、仕事や行動を実現するしなやかな動きは、すべて断絶している。その硬直した身体を見つめる視線も、決して厳しく監視し威圧するように凝視するのではなく、まるでかすかに明滅する光のように頼りない。しかし、あたかも視線を拒否するかのように暗闇のなかで凝固している生命は、この明滅する視線によって、どうやら別の空気、別の大地のほうに開かれているのだ。物語られる身体が拘束され、硬直し、物語の構成そのものが機能を停止するところに視線が解き放たれ、言葉と存在がこまやかに震えて新しい次元をあらわすのだ。

ベケットのこれらの作品では、物語も、人物も、出来事も、意味も、乏しく、目立たず、解決も、クライマックスもなく、しばしば唐突に中断される。戯曲の場合も、あの『ゴドーを待ちながら』にはまだ古典的な演技があり会話もあるが、その他の作品では動く演技はますます少なくなり、俳優は穴やドラム罐や壺に入ったまま動かず、会話もなくなっていく。「わたしじゃない」では、ただ静止したまま喋る口にスポットライトがあたっているだけ。「あのとき」では、あらかじめ録音しておいた自分自身の声が、三つの音源から聞こえるのを、俳優はただ聞いているだけである。この三つの声は、同じ人物の、三つの時点における声であり、『伴侶』のあの闇の中の声に似て、二人称で語りかけるのである。

物語の中の身体は硬直し、物語自体も中絶され、凝固し、また動き出しては、過去から現在に、未来から過去へと滑っていく。いつもかすかで不安定なままに、視線と声は持続し、闇のなかでとぎれては、また反復される。ただ何かを待っているような人物をめぐって、物語もあまり進行しないので、かえって終わりがないという印象を与える。老婆をめぐる物語は、いつまでも終わらないように見えるが、しかも老婆はとっくに死んでいて、すべては終わりから見つめられているのだ。決して過ぎてしまうことのない過去があり、時間はねじれて淀んでいる。現在はたえず過去と未来に引き裂かれるが、未来はたちまち過去である。

時間に対する徹底した思考が、言葉や物語や意味の線をまったく不連続にしてしまう。時間が、時間の観念や図式から離脱して剝き出しになっている。二〇代に書いたプルースト論に「記憶と習慣は、時間という癌に属している」などと記したベケットは、かなり強固な時間の哲学を形成していた。そのような哲学的問いは、小説と戯曲に集中するにつれて影をひそめてしまったかのようだが、彼の文学はその時間論への解答でもあった。

しかし光がなくては何も始まらない。まるで影絵芝居のようなものだ。かすかな光があり、光をさえぎるものがあれば、物語は始まる。老婆は金星を見つめ、あるいは月を見つめ、二つの窓の間を行き来する。ときには二つの天窓から差しこむわずかな光が、小屋のなかを照らす。この天窓もまた二つの眼のように、小屋を見つめている。まるでもう死んだように、あるいは自分自身の喪に服すように、黒づくめの衣装をつけた老女。彼女の伴侶は、ときにはアイルランドの野原に並ぶドルイドの石柱群、ときには群からはぐれた子羊、ときには古い引き出しの片隅から出てくるアルバムである。いや、彼女に伴侶などない。彼女を見つめる眼が、月夜に朧に浮かぶ巨石群や、子羊や、壁の釘にかかったボタンをかけるための道具（ボタン鉤）の銀色の照り返しや、古い長持ちや板の木目に、彼女の伴侶を見ているだけである。見まちがえているだけである。

ベケットの舞台装置は、例によっておそろしく簡素である。「フィルム」のキートンは、自己を見つめたり反映したりする可能性をもつあらゆるもの、鏡、写真、動物たちを蔽い隠してしまうが、この物語に登場するあらゆる小物、動物、あるいは天体でさえも、いつもわずかに震えながら、老婆を知覚し、老婆を見つめているようである。知覚するものと知覚されるものの関係は反転し、どんな方向にでも知覚が可能である。物が人間を知覚する。見るものと見られるものとはほとんど等価である。物が生きているというより、物と人間との関係が、異なる次元に入っている。乏しさのなかで、一つ一つの物が内包する固有の時間が、物自体からわきあがってくる。それぞれの物は過剰な記憶を含んでおり、決して死ぬことがない。

老婆は同時に野原におり小屋におり、外は冬であり冬でない。彼女は死んでおり、決して死なない。時間はときどき止まり、また進む。彼女を囲む一二人の男は、いまいると同時に、もういない。「すべてが、いつも終わっており、そして途上であり、終わりがない」。それでも結局、小屋は崩れ落ち、老女も物もなくなってしまうらしい。物語の最後は、はっきり死を示している。崩れた壁の釘は、イエスを十字架に打ちつけた釘に重ねられる。しかしその死は、小屋の終わり、老女の死以上に、見つめる眼と、語る言葉の停止を示している。「頭は裏切る目をあばき、裏切る言葉はそれらの裏切りをあばく。靄だけが確か」(1)。言葉は靄の中に溶ける。もう死とも不死とも、分かつことができない。

2

それにしても初期の長編『マーフィ』には、もうベケットの主題と問いがすべて出つくしているようである。「彼は裸でロッキング・チェアにすわっていた。それは天然のチーク材でできていて、夜中にきしむ音も含めて、いっさいの構造的欠陥をまぬかれていた。それは彼自身のもので、決して手放したことはなかった。彼がすわっている片隅は、カーテンで、もう一兆回も乙女座にさしかかった哀れな老いた太陽からさえぎられていた。七本のスカーフが彼を固定していた。二本は向こうずねをチェアの脚に、一本が腿をシートに、もう二本は、腹と胸を背もたれに、残りの一本は両手首を後ろの横木に。局部的に動くことしかできなかった。全身汗をかいていた。呼吸していないようだった。鷗の目のように冷たく、動かない目は、軒蛇腹の亀裂の入ったくり型模様の上の、青ざめ縮んでいく虹色の反射をみつめていた」(2)。光の乏しい部屋に、まるでわが身の一部のようになじんで揺れる椅子。天体の運行の果てしない繰り返し。老いた太陽。数字へのこだわり。その親しい椅子に、堅く体を縛りつけて動かないマーフィ。乏しい光のなか、軒蛇腹の亀裂に反射するわずかな虹色。それを見つめる生気を欠いた目。動かないで見つめること。何もかも、『伴侶』や『見ちがい言いちがい』のような晩年の小品にまでもちこされ、変奏される。

このようなアーム・チェアのひとときのためなら、マーフィは「煉獄前域の希望」をひきかえにしてもいいと思うのだ。ダンテの『神曲』煉獄編第四歌に登場するベラックワの挿話は、ベケットの多くの作品を貫いて反復されるテーマである。ベラックワは終生ものぐさで、死の間際まで悔い改めなかった人間たちのひとり。楽器職人だったといわれる。彼は煉獄のふもと（前域）の岩影で、両膝をかかえこみ、膝の間に頭をうめて、あいかわらずものぐさにしている。ダンテはそこにさしかかって、旧知のベラックワを認め、いったい何を待っているのか、あいかわらず怠け続けているだけなのか尋ねてみる。ベラックワは、生きていたときの怠惰の罰として、煉獄に入る前に、地上ですごしたのと同じ時だけ待たなくてはならないのだと、さして悲しげでもない、あっさりとした調子で答えるのだ。

ベケットの分裂病的な兆候を否定することはできない以上、ベケットの人物たちの不動性は、明らかに一種のカタレプシー（硬直症）を思わせるが、この煉獄前域で待つ男の話は、ベケットの〈不動性〉にもう一つ確かな根拠をつけ加える。ベラックワは待ち、そして反復する。彼はすでに終えた生をもう一度繰り返す。もう一度怠惰に待ち続ける。もう死んだとも、まだ生きているともいえず、ただ待機し、ただ反復する。地上にも、煉獄にも、天国にも属さない途上で、悲しむことも悔いることもない。待っているといっても、決して救済や天国を待ちこがれているわけではないらしい。今生きている時間は、もうすでに生きられた時間である。いま生きているのは、もう死んだものだ。もう死んだのに、まだ生きている。死んだように生き、まだ生きているように死んでいる。そしてただ待っている。すでに生きてしまったことを夢見ながら。どうしてその後にも、ただ繰り返しだけが待っていないといえよう。

『ゴドーを待ちながら』をめぐっては、ゴドーとはいったい誰（何）か、さまざまな解釈が行われたが、誰も何も待つことなくただ待つことが、ベケットの終生変わらない主題だったという他ない。たぶん唯一待たれたのは、待つことの終わり、死だけだとしても、その死が決して完了しないのだ。「待つこと」はとりわけ時間の体験であり、時間の真実なのだ。「待つこと」がなければ運動しか人間は知ることがなく、時間それ自体は知覚されない。時間はただ「つぶされる」だけだ。

「煉獄前域」で待つこの男の話は、ベケットがダンテにではなく、やがてジョイスの『フィネガンズ・ウエイク』となる「進行中の作品」に見た「煉獄」に結びつくのだ。ベケットは初期のエッセー「ダンテ…ブルーノ・ヴィーコ・・ジョイス」の中でこう書いている（点の数は、人物を隔てる世紀の数を示すという）。「ダンテの煉獄は円錐形で、したがって頂点がある。しかし、ミスター・ジョイスの煉獄は球形で頂点をもたない。〔……〕一方では最後の完成にいたる絶対的な進歩が保証されている。他方にはたえまない流動、進歩あるいは後退、そして見かけの完成があるだけ。一方では、運動は一方向で、前に一歩進むことは明らかに進歩である。他方では、運動に方向がない——あるいは同時に多方向にむかう——前に一歩進むことは定義上、後に一歩下がることである[3]」。ダンテの描いたベラックワは煉獄を前にして、まさにこのような無方向の待機を表している。ダンテのなかのジョイス的要素。円錐のなかの球体。ダンテにとって「煉獄前域」であったものが、ジョイスにとってまさに煉獄なのだ。

しかし、怠惰な観照、不動の待機の繰り返しがすべてではない。『マーフィ』第六章で、ベケットはスピノザをもじりながら、精神と肉体の分離と連結について語る。マーフィの精神は自己を「外界に対してすきまなく閉じられた、大きな中空の球体のようなものと想像している[4]」。マーフィは、精神と肉体の間に関連があることは理解しているが、ことさら肉体の側に相関物をもつ精神に関心をむけるわけではない。彼の精神はますます肉体から隔絶されて存在しているようだし、彼には肉体と精神がどんなふうに連結しうるのか、どうも理解することができない。彼は自己の内部に、善でも悪でもなく、ただ闇と、薄明と、明るみの、三つのゾーンを区別するだけである。結局精神も、そして肉体さえも、ただ光の度合に還元されているのだ。

「第一のゾーンは、相関する物をもつ形態、犬の暮らしの輝かしい縮図、新しく処置されることになる肉体的経験のさまざまな要素。ここでは快楽は行動的で、肉体的経験をくつがえすことが快楽であった。ここでは、肉体的なマーフィが受けた足蹴りは、精神的マーフィが与えたものであった。それは同じ足蹴りで、ただ方向が修正されているのだ[5]」。この明るい世界では、精神は肉体の次元に確実な相関物をもつ。それはもっとも直接的な次元であり、肉体が肉体に影響し、支配や暴力を行使しあう次元である。

「第二のゾーンでは、形態は相関物をもたない。快楽は美的なものであった。現実的な類似物に苦しめられることなく、作為を必要としなかった。ここにはベラックワ幻想や、他の劣らず甘美な幻想が繰り広げられた[6]」。あの怠惰な待機と反復の場所、ベラックワの「煉獄前域」は、薄暗い、美的な観照の場であるともいわれている。そこは失意ではなく、希望の場所といえるのだ。以上、二つのゾーンでマーフィは、いちおう自分を自由と認め、自分が主人であると感じることができる。しかし、さらに第三のゾーンがひかえている。

「第三の暗闇のゾーンは、形態の流動であり、形態はたえまなく合体しては解体した。明るみは、やがてくる多様性を従順なまま閉じこめていた。身体の世界は玩具のようにばらばらになる。薄明は、平和な状態だった。しかし暗闇を形作るのは、もう要素でも状態でもなかった。ただ生成しては、また新しい生成の微粒子の中に砕けていく形態があるだけで、愛も憎しみもなく、変化の原則など何も認められなかった。彼はここでは自由ではなく、絶対的な自由の暗闇の中の一個の原子にすぎなかった。ここでは彼は動かなかった。彼は、沸きたつ線の中、発生の中、たえまない無条件な線の崩壊の中の一点にすぎなかった[7]」。そしてマーフィは、すべてがたえず結合しては解体する、この方向のない絶対自由の空間、進歩も後退も、未来も過去もなく、「動くことのできない」奇妙な暗闇のほうに降りていく。ここでは動くことと動かないことが等しい。動かなくてもすべてが動いている。この第三のゾーンの記述を読むたびに、私はアルトーが思考の麻痺をめぐって書いた散文詩や、ジャコメッティが視覚の破局的危機について綴った断片を思い起こす。

しかし、暗闇に近づくたびに、薄い光が震える闇のほうにまた引き返さなくてはならない。物語において、あるいは演劇において、光の度合をたえず変化させながら、ベケットは、このような三つのゾーンを往復し続ける。晩年の小品でもまた、たえず薄い光と闇が交替するのだ。

およそ職業というものに縁のないマーフィがやっと見つけた仕事は、精神病院の看守の仕事である。いつも外の世界になじめず、精神も身体も内にむけて硬直させていたマーフィが、そこで見出す平安は感動的だ。「めったに損なわれることのない唯一の至福として自分が選んだ無関心、偶然な世界の偶発事に特有の無関心の印象を彼は受け取っていた」(8)。無関心という至福。外部世界に自己の精神と対応するものを見出せず、小さな世界に硬直し、乏しい光と闇の間を往復している精神が、それにぴったり対応する硬直した世界にたどりつき、外界と突然和解し、硬直したまま融和する。

彼は「モナドのように」窓がなく、小さな覗き穴しかない独房を、毎晩監視して歩く。とりわけ患者たちが自殺しないように、覗き穴を次々見てまわるのだ。マーフィは、優雅で穏やかな分裂病患者エンドン氏と、娯楽室の片隅でチェスをするのだが、二人とも相手がいない間にチェス盤のところにいって、一回だけ動かしては、しばらくたってまた相手が動かしたのを確かめて、もう一駒進めるという、恐ろしく悠長なゲームを続けるのだ。やがて二人はマーフィの夜勤の休憩時間を利用して、夜中の独房でもチェスを続けるが、同じように長い中断を経ては果てしないゲームを再開するのだ。

けれど、マーフィはある夜チェスをしているとき、突然あの暗闇（第三のゾーン）に落ちこんで、ほとんど意識を失ってしまう。相手のエンドン氏もまた、同じ暗闇に吸い込まれるように、真夜中の廊下にさまよい出てしまう。二人とも、しばし精神の底無しの闇をさまよった後、マーフィはエンドン氏をつかまえ、その眼をのぞきこむ。

「ついに見られた彼の最期

彼自身は彼に見られない

そして彼自身の最期」

その説明はこうだ。「マーフィ氏がエンドン氏から得た最期の視覚は、エンドン氏の気づかないマーフィ氏である。それはまたマーフィ氏が自分自身について得た最期の視覚である[9]」。

結論はこうだ。

「マーフィ氏は、エンドン氏の知らないもののなかの原子である。」

薄い光の中で、見るものと見られるものがあり、たがいがたがいの目のなかに自己の姿を見ること、これが存在の最低の条件である。自己を見つめる他者の眼差しは、暗闇の中の唯一の光である。しかし、その他者エンドン氏の眼差しの底にはもう暗闇しかない。その暗闇を確かめ、存在の条件の消滅を見とどけるようにして、その晩すぐマーフィはガス事故で死んでしまう。ガスの語源は、カオスじゃなかったっけ。マーフィは初めてガスストーブを部屋にいれたとき、そんなことを思った。

3

『ワット』から『モロイ』、『マロウン死す』そして『名づけられないもの』にいたる、いかにも分裂症的な奇妙な旅で、ベケットはあの第三のゾーンの暗い絶対自由に、どんな譲歩もなしに降りていったのだと思う。目的も、目的地も知れず、不自由な足を引きずり、地面を這って歩き、進むにせよ戻るにせよ、進むことが戻ることに等しく計測不可能な距離と時間を移動する旅。未知の暗闘のなか、絶対的自由のなかの原子にすぎないものになってしまう旅である。

「それにしても私はもうすぐ、やっと、すっかり死んでしまうはずだ」と『マロウン死す』は始まる。『マーフィ』以来、どんなにベケットの創作が、死にとりつかれてきたかは自明のことだが、事故で無造作に死んでしまうマーフィをのぞけば、たいていベケットの主人公たちは、死につつはあっても決して死なないのである。まるでもう死んでしまったのにまだ生きていて、不本意にも不死を手にいれてしまったように、死は緩慢にしか進まない。『伴侶』の老人も、『見ちがい言いちがい』の老女も、すでに死んでおり、死につつあり、なかなか死ねない状況を反復している。「結局のところ、自分が死ぬのを感じなくても、もう死んでしまったと思うことはできる。罪をあがなっているところ、または天国の家のなかだ。しかしやっと感じているのだ、もう時間は限られていると」とマロウンはいう[10]。死と生、煉獄と地上の間にあって、すでに生きてしまった生の夢を怠惰に反復しているベラックワの偶像が、いつまでも繰り返されるのだ。

マロウンが死にむけて歩みながら語ろうとするのは、「現在の状況、三つの話、財産目録」である。物語は自分についての物語ではなく、「自分よりだめな他人」についてであり、マロウンはこの他人を羨むよう努力してみる。「自分のことをどう語るか分かったことがないが、他人のことだって体験することも語ることもむずかしい。一度も試したことがないのに、どうやってそんなことができただろう。いま消えてしまう前になって自分の姿を見せるなんて。それも見ず知らずの他人と同時に。同じ恩恵に恵まれて。これはけっこう刺激的だ。それから私の閉じた目の背後で別の目が閉じるのを感じている間だけ生きる。なんという終わり[11]」。要するに、これは自分の死を他者に委ね、それによって自分の死を見つめようという奇妙な計画である。

マロウンは初め、この物語をただ喋っていたが、やがて書き始めたのである。この部屋は真っ暗というわけではないが、灰色でほとんど何も見えない。夜が明けたと思うと、それは夕方の光にすぎず、すぐ暗くなってしまう。マロウンは何も見えないまま「学習ノート」に物語を書いている。突然鉛筆をもつ手がすべり落ちると、頁の終わりにきたのがわかる。ノートか鉛筆が落ちると、さがすのが一苦労である。部屋はまったく静か、しかし耳をすますと嵐のように空気はどよめている。暗い部屋。沈黙と嵐の交替。無時間。「そうだ、老いぼれの胎児、それがいまのわたしだ」。「わたしは産声をあげながら、骸骨の山に落ちるだろう」。「だからわたしは生まれることもなければ、死ぬこともない」。産声をあげながら死ぬ。まるで子宮から押し出されるように、誕生以前から死にいたる。物語は、あいかわらず煉獄の前域で語られるのだ。前と後、生と死、過去と未来、遠いと近い、沈黙と騒音の区別ができない薄暗い闇で。もちろんこのような世界では、言葉もまた、あらゆる両義性をにない、意味も方向も定めず、明るくなっては暗くなる。しかも言葉と物は分離し、言葉は言葉自体に、物は物自体にまで、きりつめられ剝き出しになる。

マロウンが語り出したサポという子供の物語は、いつのまにか『伴侶』の老人を髣髴とさせる男マックマンの物語にかわる。無一物の浮浪者らしいマックマンは、慈善ホームに収容される。マックマンを看護する、歯が一本しかない老婆との恋。老婆の唐突な死。彼女のかわりにやってきた愚かで無骨な男。その男に引率されるピクニック。その男は、斧によって唐突に同僚たちを殺す。男と一緒に船に乗って逃げるマックマン。終わりとさえいえない終わり。

これ以降、ベケットの作品のほとんどは、死につつあり、もう死んでおり、決して死ねないものの、体が動かず、薄い闇のなかで、目を開き、語り続けるものの物語である。主人公は、老いぼれているのに、こんどは死にむかって育ち、死の世界で産声を上げようとしている幼虫のような存在でもあるのだ。死に接近するほどに、未生のものとして、ぼろぼろの言葉をかすかにつぶやき続けるのだ。

ベケットの物語は、人称を分離させ交替させ、やがて「名づけられないもの」を出現させる。行為するものと、見るものと、語るものは、たえず分岐しては結合する。反復し、断絶し、無方向に進行する語りは、時間の秩序と空間の遠近法を解体する。運動は極小化され、何も起こらないかわりに、微細な光の変化や、簡素な道具や物の表情を言葉は執拗に追い、言葉自身も稀薄になって、まるで砂利のようにそっけない。特に晩年の作品では、構文も語彙も極限まで削られている。言葉は音にまぎれこみ、あるいは光のように明滅し、ぎりぎりまできりつめられ、かえって純粋に言葉自身の次元をあらわすのである。その言葉は確かに驚くほど精妙に調律されているが、それはやはり音楽でも、詩でもなく、イメージでもなく（イメージだとすれば、まったく特異なイメージであり）、あくまでも言葉であり、どこまでも散文であるといわなくてはならない。

人称も時制も、分離し、交替し、やがて消えてしまい、物語のあらゆる特性は消滅してしまうようである。今世紀前半の芸術をおそったあらゆる解体の意識や断絶の手法と（とりわけジョイスの影響と）、ベケットはもちろん無縁ではないが、こうした極端な稀少化、不連続、分裂、反復、非線型、といった特性は、ベケットの場合、彼自身の強い固有性から必然的に生まれてきたと思える。こうした特性が挑発にみちた「前衛的な手法」にみえることはほとんどなく、ただ一つの孤立した意志、精神、声から、さまざまに分岐してあらわれるようだ。物語の基本的な装置(特徴的人物、降りかかる困難や逆境、歴史的背景や因果関係、夢や挫折や成功、社会的倫理的見解……)が退けられたところで、繰り返し語られる薄暗い闇、椅子、マント、長持のようにそっけない素材は、ベケットが物語を拒否するようにしながら反復するたった一つの物語を支えている。その物語は、小さく、乏しく、目立たないからこそ、とてつもなく強固に日常を支えているものたちの物語なのだ。たぶんベケットほどに(そしてカフカほどに)、ヨーロッパの歴史と文化を支えている「大きな物語」を拒絶し、根こそぎにした作家はまれである。

人称も、時間も、空間も、混沌のなかに突きおとすベケットの散文は、稀薄な言葉を厳密に計量し、調律している。ベケットの作品の見かけ上の混沌はたぶん、ある徹底した厳密な「分析」の成果であるに違いない。言葉のなかに過剰にこめられた観念や情念の欺瞞、肉体や物に対する言葉の裏切り、内面と外面との果てしない混同、こういった混乱に対するベケットの敵意はすさまじい。すでに初期の作品やエッセーにあからさまに示されていたベケットの思弁と分析の能力にとっては、大方の物語、宗教、哲学こそ、混乱にみちていることになる。ベケットの混沌は、言葉をめぐるそのような混乱と欺瞞に対する強い拒絶から生まれる。その散文は、どんな形而上学も、救済も、神秘も、解決も拒んで、言葉のものは言葉に、物質のものは物質に、精神に関するものは精神に、肉体に関するものは肉体に帰させるような、分析と慎みのプロセスであり、その結晶なのだ。

（注）

（1）ベケット『見ちがい言いちがい』宇野邦一訳、書肆山田、六二ページ。

（2）Beckett, *Murphy*, 10/18, p.9-10.（ベケット『マーフィ』三輪秀彦訳、早川文庫、七—八ページ）

（3）Beckett, "Dante...Bruno.Vico..Joyce", in *Disjecta*, p.33.

（4）*Murphy*, p.100.（『マーフィ』、一〇二ページ）

（5）*Ibid*., p.103-104.（同、一〇五ページ）

（6）*Ibid*., p. 104.（同、一〇六ページ）

（7）*Ibid*., p. 104.（同、一〇六ページ）

（8）*Ibid*., p. 152-153.（同、一五四ページ）

（9）*Ibid*., p. 221.（同、二二三—二二四ページ）

（10）ベケット『マロウン死す』宇野邦一訳、河出書房新社、一三ページ。

（11）同、三四ページ。

V 『モロイ』、果てなき旅

ベケットの『モロイ』は「戦後」の作品である（一九五一年刊行）。それが理由であるかどうか定かではないが、ベケットが書いたそれ以前の作品とのあいだには、まぎれもない断絶がある。ベケット初期の創作を少し振り返ってみることから始めよう。きわめて知的でシニカル、自閉的で瞑想的、才気に満ちた詩人でもある青年だが、一方では奇妙に社交的でスノッブ、女性たちとの交遊もさかんで、娼館にも通うらしい。そういう主人公ベラックワが町を無軌道に彷徨し、恋人や友人と羽目をはずして戯れ続ける。数々の引用を鏤め、言葉とも知識とも大いに戯れる実験的な破格の作品である。ときに破壊的、自殺的なふるまいに及び、ベラックワはいつのまにか死んでいるのだ。その無造作な死に悲劇性はない。三人称で語る話者の声は異様に饒舌で、凝りに凝った思弁や博識や詩的修辞をちりばめ、ときには酩酊したような破調となり、物語は紛糾し散乱する。あるいはその声が突然読者にむけて、砕けた調子で語りかける。

第二次世界大戦以前の、初期のベケットの小説『並には勝る女たちの夢』や『蹴り損の棘もうけ』には、そういう混沌や過剰の印象と、かなり実験的な作風が際立っている。「あのぞっとするようなしぐさ、小さなずんぐりとした手とみごとな言葉と海草のような微笑が丸まったり解けたり展開したり開花したりして無となっていくあのしぐさ、彼の身体全体が分裂と流動のシチュ一だった」(『並には勝る女たちの夢』[1])。ジェームズ・ジョイスの言語実験からの刺激も随所に感じられるこの時代の創作は、まさに「分裂と流動のシチュー」というような表現に要約される。

カレッジを卒業してパリに派遣され、高等師範学校の英語教師となった若いベケットは、そこで同国人ジョイスと親交を結び、秘書の役さえ務め、進行中の『フィネガンズ・ウェイク』の口述筆記までして、決定的な影響を被ったにちがいない。しかもジョイスの娘ルチアに愛されたが、それはルチアの片思いに終わった。そんな時間の痕跡も、ベケットの初期作品にはあからさまに見える。ジョイス論を含む評論、プルーストについての批評的考察、ドイツに滞在した時期に書かれた手紙（*Disjecta*, Grove Press,1984所収）などを読むと、文学、物語、言語、時間等々に関して、この時代のベケットがかなり穿った独創的な思索を重ねていたことがわかる。このあとの戦前、戦中に書かれる『マーフィ』と『ワット』では、徐々に内省的な傾向を深め、狂気に踏みこんだらしい孤独な人物の言動を描くことに集中して、すでに後年のベケット作品の基調を固めることになる。

しかしまぎれもないベケット作品が、そのスタイル（?）、その音調（?）、その主題（?）、その思考（?）とともに登場するのは、確かに『モロイ』、『マロウン死す』、『名づけられないもの』の三作（ベケット自身は「三部作 trilogy」という言葉を嫌っていた）、および同じ時期に書かれる戯曲『ゴドーを待ちながら』を通じてである。「スタイル」と言っても、ベケットの文体から、およそ美学的な特性は排除され、物語の進展はつねに停滞し、攪乱され、人物たちの身体にはしばしば原因不明な障害が現れ、決して行く先にたどりつくことのない奇妙な旅が続き、あてどのない思考はたえずみずからを疑って中絶されるだけで、描写された事柄も即刻否定される。「わからない。正直言って大したことはわからない」とモロイは繰り返す。しばしば動くことができないまま、「待つこと」だけが続く。もはや待たれているのは死だけかもしれないが、死はなかなかやってこない。緩慢な運動と中断、待機が繰り返され、「また終わる」ことが、終わりなく続くだけである。

確かに戦争を境にして、ベケットの創作は大きく変化した。一九三六年から翌年にかけてヒトラーが政権を掌握していたドイツに滞在したあとパリに住み、ドイツ占領下で約二年間レジスタンスの活動にかかわり、危うく逮捕されそうになる寸前に逃れ、フランスの非占領地帯に避難して、厳しい耐乏生活を体験したことは、おそらく戦後の作品のモチーフに深く注ぎ込まれたにちがいない。レジスタンスの同志には強制収容所に拘束されたものもいた。戦後も、ノルマンディーの廃墟と化した町に赤十字病院を建設する部隊の一員として活動したりもしている。ベケットは戦争期の例外的な状況を証言する作品を書くこともできるほど、確かに十分な体験をたくわえていたはずである。『モロイ』のなかの、探偵であるらしいモランの捜索活動のエピソードは、その片鱗を示している。

戦争の時代の恐怖や飢餓や不安の痕跡は心身に深く刻まれたにちがいない。しかしベケットの文学は、出来事にみちた戦時下の歴史的ドラマを描くことはしなかった。むしろ何も出来事らしい出来事はなく、無為の無意味な放浪の末、いつのまにか主人公は、行先にたどりつき、あるいはもと来たところに戻っている。二部からなる『モロイ』では、そういう奇妙な空しい旅が二度繰り返されるだけだ。どうやら『オデュッセイア』や『神曲』や『ドン・キホーテ』のように旅の物語という骨格だけはあっても、文学的常道としての旅の物語は骨抜きにされている。しかし〈物語〉そのものが、たとえば現代の実験的作品の場合のようにすっかり解消されてしまったかというと、決してそうは言えない。『モロイ』では、おおむね一人称で語る話者モロイ、モランが主人公であり、ときどき彼らは、まるで他人のように三人称で自分のことを語る。伝統的な話法や、物語の条件（時空の設定、人間関係、事物の描写等々）は、まだかろうじて維持されている。しかし描写と物語の対象は、できるかぎり無意味なものに絞られている。さらに『マロウン死す』から『名づけられないもの』に至って、語りの人称は、だんだん不安定、不確定になり、出来事や関係の輪郭も、徐々に霧散してしまうようだ。

すでに『モロイ』において、時間も地理も、しばしば連続性を欠いて、不条理、不可解な状況のなかに物語は展開される。『モロイ』の冒頭では、いきなり町の外れをさまよう二人の人物が遠景の中に現れ、語り手によってしばらく観察されるのだ。自転車に乗って母のもとを訪ねるはずのモロイの遠出が開始される。ほんの小さな移動ですむはずだったが、ある非現実的な長い旅、どこにもたどりつかない旅が始まる。いまいるところがどこなのか、どの町なのかもわからない。自分の名さえもわからなくなる。自分の身元も住所もわからず、母の名前も居所も忘れ、モロイはすべてに無知になり、すべてが未知となる。それでもきれぎれの記憶と思考する意欲は失われたわけではない。それどころか、未知と無知に遭遇するたびに、なけなしの記憶と思考を頼りに、思い出し、考えることを続けるしかない。そういう無為な詮索が果てしなく言葉と語りをうながし、持続させるようだ。

要するに私はたいてい闇のなかにいて、世紀のあいだに貯えてきた私の観察も、礼儀作法の土台にいたるまで私を疑わせたので、限られた空間のなかにあってさえ、その闇はなおさら深かったのだ。しかしこんなことやその他もろもろを考えるようになったのは、もう生きるのをやめてからなのだ。崩壊の静けさのなかで、あの長きにわたる混乱した感情を思い出しているが、わが人生とはこの混乱した感情そのもので、それを私は無礼にも、神がわれわれを審判すると言われるように審判するのだ。崩壊とは人生そのものでもある、その通り、その通り、うんざりするよ、しかしなかなか全壊というところまでいくものじゃない。(2)

知も思考も記憶も、そして物語も、言葉も、そのように崩壊して最小にきりつめられている。だからこそ、その深まる闇のなかで、なおさら活発に無為な活動と思索を続け、崩壊を防ごうとして、ますます崩壊を避けられないでいる。限りなく無に近いが、無ではなく、無に近いからこそ、実は恐ろしく生き生きして活発である。

自転車に乗って、母親を訪ねるはずだったモロイは、警官に止められて警察署で尋問を受けることになる。警察署を出てまた走り始めてまもなく、ある婦人の連れている犬にぶつかり、その犬を死なせてしまうことになる。これらがモロイの遭遇する最初の大きな出来事なのだ。モロイにとって実に不都合、不愉快な事件にちがいないが、結果は必ずしもそうではない。警察署では民生委員のお節介な接待を受けることになるし、次には死んだ犬の飼い主である婦人の家に連れていかれ、長いこと居候することになる。警察署でも、居候した婦人の家でも、話者（モロイ）は、期せずして踏みこんでしまった未知の世界を、ほとんど驚嘆のうちに、物珍しそうに、観察しては語り続けるのだ。

ときにモロイは、自分の放屁の回数を教え、一時間ごと、一五分ごとの平均を数えて時間をすごす。あるいは窓を通り過ぎていく月の形について考察する。そして一六の石をオーバーとズボンの合計四つのポケットにおさめて循環させながら、一つずつ石をしゃぶっていくにあたって理想的な方法は何かを約一〇ページにわたって長々と思索する。すでに『ワット』には、服装、家具、姿勢、肉体的特徴などについてのあらゆる可能性を、順列組み合わせとして延々列挙するページが含まれていた。物語と意味を、そのように組み合わせ、数値、図式に還元して列挙し、可能性を尽くすことは、ベケットが後期の作品でもしばしば用いた方法である。そのように可能性を「消尽したもの」に、ジル・ドゥルーズはベケット文学の核心を発見することになる（「順列組み合わせに身を委ねるには、消尽していなければならない」(3)）。

ベケットのこの〈図式主義〉は、晩年のテレビ用作品「クワッド」において、ついに極まる。それは四人の人物が順番に登場して、正方形の四辺とその対角線上を決められた規則に従って歩いていくというだけの作品なのだ。歩みを反復しながら循環を続ける歩行者たちは、中心を避けながら決して衝突しないで無限運動を続けるかのような、奇妙な〈からくり〉を構成する。単純で巧妙なその図式は、ベケットの思考の、ある面を凝縮しているかに見える。『モロイ』II部の最後のほうで、モランが、退屈しのぎに行う自問自答や問いのリストもまた、そういう図式主義を反映しているようだ。

ところがこの反面には、ベケットの文章がときどき描き出す「混沌」のひろがり、「事物のざわめき」、「もろもろの現象の波しぶき」、「崩壊」、「散逸」があり、それは図式とはほど遠い乱流なのだ。

沈黙、温かさ、薄闇、ベッドの匂いは、ときどき私にこんなことを思わせる。起き上がり部屋を出ると、すべてが変化している。頭の血液は空っぽになり、あらゆる方向からたがいに避けあい、結合しあい、ちりぢりばらばらになる事物のざわめきが押し寄せてくる。私の目は、それらのあいだに相似を見ようとするが、無駄だ。皮膚のいたるところが異なるメッセージを送ってきて、私はもろもろの現象の波しぶきのあいだで揺れる。幸いそれは幻想にすぎないとわかっているが、こういう感覚の虜になったまま生きて働かなければならない。そのおかげで、ある意味が見つかるのだ。たとえば急激な苦痛が呼び覚ます意味もある。それは凍りつき、息を止め、待機し、つぶやく。これは悪夢だ、あるいは軽度の神経症だ、息をつき、また寝入る、まだ震えている。(4)

私が前にしていたのは、むしろ私を運命から守っていたあらゆるものの散逸であり、急激な崩壊であって、この運命はずっと前から私に予定されていたものだった。あるいはますます迅速に穴が掘られていくのに立ち会っていた。どんな光、どんな顔がそこに現れるのか、未知のものか、否認されてきたものか、わからなかった。それにしても暗鬱で重々しく、ごつごつして軋みをあげていたものが、突然溶けて液状になっているというこの感触をどう描いたらいいのか。そして私はそのとき小さな球形のものが深い淵から、ゆっくり穏やかな流れのなかを上昇して来るのを見た。ひとつに集中したその球形は、そのまわりの渦よりもほんの少し明瞭で、徐々に顔となり、そこに目と口の穴や別の傷痕《きずあと》が現れた。その顔は男か女か、若者か老人かわからず、その静けさも、それを光から隔てている水のせいなのかどうか、わからなかった。(5)

そういうすさまじい混沌の意識を保ちながらも、ベケットは、その混沌を照らし出す図式や定式を、小説的散文で、そして演劇や映像作品においても追求し続けた。ベケットの図式や定式は、決して混沌を整理し排除しようとするものではない。それらはほとんど混沌に密着しながら、ほんの少しの距離に隔離されて、混沌の位相を抽出し反映している。たとえば暗闇に浮かびあがってモノローグを続ける俳優の口（「わたしじゃない」）、三つの壺に閉じこめられて規則的な順序で照明を受け、せりふを口にする俳優たち（「芝居」）、テープレコーダーで過去の自分の声の録音に耳を傾けたあと（その録音をしたときも、声の主は過去の自分の声の録音を聞いたばかりだった）、次には自分の現在の声を録音する「クラップの最後のテープ」のような作品の構成は、それぞれに、ある「図式」の試みになっている。この図式化の傾向は、とりわけ晩年のヴィデオ作品において、人物や装置、声とイメージとのあいだに構成される簡素な組み合わせ、反復とヴァリエーションにおいて徹底されることになる。この「図式主義」は、徐々に言語を切り詰め、意味を最小にして、イメージのほうに歩んでいくベケット文学の過程と一体のようなのだ。

それにしてもすでに戦前の時代から、言語に対するベケットの否定的思考はすさまじい。「私たちは言語を一時に無くしてしまうことはできないので、少なくともその信用失墜に寄与しうるものは何も無視してはなりません。言語に次々穴をあけること、その背後に潜んでいるものが、何であれ、無であれ、滲み出てくるまで[6]」。

「その背後に潜んでいるもの」とは何だったのか、意味されるもの、あるいは意味の外部、物自体、あるいはまさに「名づけられないもの」なのか。「言葉の悪しき本性のなかには、人を麻痺させるような聖なる何かがあるのでしょうか。これは他の芸術の諸要素には見当たらないものです。たとえばベートーヴェンの交響曲第七番の長い休止に引き裂かれる音の表面のように、言葉の表面の恐るべき物質性が解体されてはならない理由が何かあるでしょうか。そうすれば全頁にわたって、私たちは眩暈のする高みに宙づりになり、沈黙の測りしれない深淵を結びつける音響が通過するだけなのを知覚することでしょう」などと、ベケットは先の手紙に続けて書いている。「言葉の表面」の背後に潜むものとは、「沈黙の測りしれない深淵」などと呼ばれて、さらにその向こうに何かを秘蔵しているかのようだが、ベケットは正解のある謎解きなどを試みているのではない。言葉と沈黙のあいだにすさまじい緊張が想定されている。これは言語哲学などではなく、言葉の肉を引き裂く体験にうながされる思考である。ベケットは、この手紙をドイツ語で書いた。「私の言語は、ますます引き裂くべきヴェールとなっている」、ヴェールを引き裂いて「背後に潜むもの（あるいは無）」に到達しなければならない。

モロイは母のところにたどりつこうとしているが、いつしかそれも忘れてしまう。モランはモロイを捜索しようとしたが、モロイにたどりつきはしない。ある夜に遭遇して、放心状態で殺してしまったらしい男が、実はモロイだったかもしれない。結局何も確かにならないまま空しい捜索をやめ、いつのまにか家路をさまよっている。はじめは家長として、つましく家の中をとりしきり、息子を厳格に躾け、日曜のミサに忠実に通う寡夫であるらしいモランは、雲をつかむような捜索の旅に出かけ、あてどなくさまよい、もはや名前も人格も失い、モロイに出会うことはないまま、彼自身が、かぎりなくモロイに似た存在になっている。

『モロイ』には、現代も広く認知されている小説の定石、形式、条件に照らすならば、確かに型破りで、かろうじてそのとっかかりだけはあっても、まるで挫折した小説の〈残骸〉のようなところがある。主人公たちも、いわば仕事からも健康からも家族からも見放されて、人間の〈残骸〉であるかのように描かれる。それは物語るという行為そのものを疑い、描写も思考も、言葉とその意味さえも、根底から疑いながら書かれた作品なのだ。しかし何もかも無くなってしまうわけではなく、まだ最小の物語、描写、意味が保持されている。この「最小」が達成したのは、何か果てしないものなのだ。

モロイと母親のあいだには奇妙な近親愛が仄めかされ、後半では父親モランと息子のあいだのファミリー・ロマンがかなりのページを占めている。Obidil という固有名を、リビドーのアナグラムとしてまったく唐突に登場させたりしたベケットは、精神分析的な片鱗を意味ありげに忍び込ませているが、これは精神分析と文学の結託をむしろ退けようとする合図なのではないか。ベケットは一九三四年から翌年にかけて定期的に神経症の精神分析的セラピーを受けたことがある。結果はどうやら芳しくはなく、むしろベケットは「バロック的唯我論」などと自分の病的状態（発汗、震え、心臓の動悸、不安）を定義しながら、この危機を「悪ふざけ」（canular）と呼び、独自の自己分析を深めて切り抜けた印象がある。[7] このような心的危機は、『モロイ』よりも前に書かれた『マーフィ』や『ワット』のような作品のほうに反映している。『モロイ』に反映しているのは、そういう危機のあと、さらに戦争をくぐりぬけてきた精神の状況にちがいない。

ジョイスの文学を論じたエッセーで、あるいはやはり親しい知人であったヴァン・ヴェルデ(Abraham Van Velde と Gerardus Van Velde)の絵画について考察した文章において(「ヴァン・ヴェルデ兄弟の絵画——または世界とズボン」一九四五年執筆)、ベケットは現代の芸術について透徹した方法意識を表明している。特に後者では、みずからの文章を「不愉快な混乱したお喋り」と断罪しながら、二人の画家について、芸術の現代性について、かなり奔放に書きしるしている。たとえば Abraham(Bram)についてはこんなふうに書いている。「もろもろの外的事物の不可視性を、この不可視性そのものが物となるところまで、こじ開けること、不可視性とは単なる限界の意識ではなく、人が見ることができ、見させることができる一つの物なのである。また頭のなかだけでなく画布のうえで、こじ開けること(画家には、頭がない、だから代わりにカンヴァスを読むこと、なんなら胃のなかでもいい、とにかく私が名指すところを)、これこそ悪魔的に錯綜した仕事、究極のしなやかさと軽さの技巧を要求する仕事であり、断定するよりも仄めかす技巧であり、大いに肯定的なものの、はかない付け足しの明白性とともにでなければ肯定的ではないが、これだけが肯定的であって、それはすべてを押し流す時間に属するものだ(8)」。

たとえば『モロイ』のなかの、先に引用した混沌の描写には、この鋭利な哲学的批評の片鱗が確かに見えている。しかし三(部)作の最後の『名づけられないもの』に至る過程では、そういう批評的思考さえもだんだん影を潜め、物語や描写や人称そして固有名までが粉砕されるなかで、ベケットが画家について言うように、この文学は「頭」さえも失っていったらしいのだ。三（部）作のあとのベケットは、初期には果敢に行っていた理論的思索を稀少にし、しだいに抹消していったように思われる。自作に対する穿った批評的思索も、ほとんど知られていないのだ。少々の、しかし強靭な図式と混沌の意識だけが持続していったとも言えよう。

そして『モロイ』を含む連作がフランス語で書かれたことは、決定的に重要である。「私は母の部屋にいる（Je suis dans la chambre de ma mère）」。これは「今日、ママンが死んだ」というカミュ『異邦人』の始まりと関係があるのか、ないのか。はじめのページはむしろ簡素なフランス語で書かれている。『ゴドーを待ちながら』のフランス語にもそういう印象はあるが、しばしば俗語を交えて、日常のフランス語の機微に驚くほどよく通じている印象と、にもかかわらず同時 に、ある強引で奇妙な「使用法」という印象がある。「流暢」に書く、とは言葉の有機的な流れを意味するならば、むしろ非有機性の感触がある。「もう綴りなんかも忘れたし、単語も半分忘れた」。まさにそういう呟きとともに書かれるフランス語なのだ。

英語が豊かに洗練してきたスタイル、それが邪魔になった……スタイルなしに書くことがベケットには必要だった……。ベケット自身が口にして、研究家もたびたび参照してきたことだ。「私の英語は奇妙だ（My English is queer）」と、英語への違和感をたびたび語っている。かたや同じくらい「奇妙」と彼自身が言う彼のフランス語は、同じことを言おうとしても英語より少し長くなり、複雑な構文を用いることになって、どうしても嵩張るような（cumbersome）感触があったようなのだ。その頃は英語を少し忘れていた、とベケットは語っている。そこでパリで知り合った作家志望の南アフリカの青年（パトリック・ボールズ）と『モロイ』の英訳を始めたのだが、それにはこの作品の「奇妙なフランス語」を、これに相当する「奇妙な種類の英語」にまた変換しなければならなかった。言語に対する、ある離人症的な、非有機的な、決してなじまない感覚は、ベケット文学の根底的動機と一体だった。

モロイの奇妙な自己喪失、心身の不可解な消耗、歪んだ時空、最小に切りつめられた生の時間、図式と混沌の実験、これらは『マロウン死す』に注ぎ、異なる形でさらに反復され実験され、ついに『名づけられないもの』に注がれていくことになる。すべてが、ますます卑小な、微弱な、知覚しがたい、名前のない微粒子へと変容していくこの異様な実験的連作は、ベケット文学の〈鬼門〉のようなものでもあるが、そこに入りこまないでは、その中心を見とどけることができない。

「実験」とはいえ、それは決して冷ややかな知的操作からなる作品ではない。ほとんど無意味に見える細部が、いつも機敏に変化し振動している。何も事件が起きないかに見えて、たえまなく出来事が発生しているので、決して油断できない。延々と無意味な、無為の時間が続くようだが、実は出来事にみちている。死んだ時間に見える時間が、実は異様に生き生きしている。ベケットのこういう手法は、ベケット自身が周到に企んだ策略であるのかどうか。恐ろしく明断なベケットがそれを自覚していなかったはずはない。しかし、もはや自覚も明晰も棄ててしまった小説による思考にとって、それは策略などではなく、なるべくしてなった「成行き」だったかもしれない。恐ろしいほど明晰で、耐えがたいほど混沌としている、そういう作品と作家に私たちは出会っている。

（注）

（1）ベケット『並には勝る女たちの夢』田尻芳樹訳、白水社、一四〇ページ。
（2）ベケット『モロイ』宇野邦一訳、河出書房新社、三七ページ。
（3）ドゥルーズ『消尽したもの』宇野邦一訳、白水社、一一ページ。
（4）『モロイ』一八三—一八四ページ。
（5）同、二四七ページ。
（6）Beckett, *Disjecta*, p.172.（一九三七年にドイツ語で書かれた手紙）
（7）Beckett, *Lettres* I, Gallimard.（一九三五年三月一〇日の書簡を参照）
（8）Beckett, *Le Monde et le pantallon*, Minuit, p.39.（ベケット『ジョイス論／プルースト論』高橋康也訳、二一六ページ）

Ⅵ 『マロウン死す』、臨死の位相

私たちは、あまりにも大規模なのでその概要すらつかめないような実験の一部なのだろうか。

——J・M・クッツェー「サミュエル・ベケットを見る八つの方法」(田尻芳樹訳)

『マロウン死す』の前に書かれた『モロイ』の「語り」は、すでに「語り」自体をたえず疑い、停止させ、失速させ、分岐させ、方向を見失い、混沌に迷い込んだかのようにして、いつのまにか終わっていた。それにつれて主人公の体もだんだん麻痺していき、記憶は途切れてはかすかに蘇るだけで、人間の外に脱落しかけたようだった。主人公をめぐる世界の崩壊が進むが、それでもこれを語る物語の線と言語は、かろうじて維持されていた。運命のように蒸発し放浪する男の「話」には、実に素っ気ない出会いや暴力の場面が含まれているだけで、劇的展開はほとんどゼロに近い。そのかわりに無意味に見えるすべての些細なことが出来事であり、むしろたえまなく出来事は発生していたのだ。何もかも失って彷徨し、元の居場所に戻ったが、その主人公の心身も、そして語りも、不思議に頑強で、ある特異な視点から世界を見つめる視線は、なお保持されている。最小化された世界は、確かに無ではない。最小と無のあいだに凝縮された世界で、「また終わるため」に「語り」を再開する意欲も動機も確かに持続しているようだ。ただし崩壊、混沌の度合はますます深まっていく。

『モロイ』に続けて書かれる『マロウン死す』で、物語を位置づける時空の観念は、もっと不連続で、しばしば唐突に切断される。基底の時間は、話者が自分の死に臨む時間に設定されている。その話者はおよそ三万日生きたとか、年齢は九〇、あるいは四、五〇代であるとも、実にいい加減に書かれる。時間の観念などないに等しいが、死または終わりの観念ならば確かにある。しかし死はもちろん体験しえない出来事である。それなら生は体験しうるのか？ という問いが当然わきあがってくる。体験したといっても、その生はどんなふうに、どこまで体験されたのか。そもそも体験とは何か。語り手の思考は、体験しえない死をめぐり、死の前のそのまた前の時間のなかにあるしかない。そして生の時間も寸断されている。『マロウン死す』では、実際に起きる死も、殺人の行為さえも、ひどくあっけなく、説明なしに到来するだけである。〈臨死〉の時間を引き延ばし、加工し、仮構することができるのはベケットの言葉、語り手に託された思考だけである。

「それにしても私はもうすぐ、やっと、すっかり死んでしまうはずだ（Je serai quand même bientôt tout à fait mort enfin）」奇妙な始まりである。死んでしまうにしても、死の瞬間まで書くことはできないのだから、書けなくなる寸前まで、とにかく書き続けるという決意表明のようである。しかし「私は戯れるつもりだ」。死に向かう時間をつぶさに、まじめに描き続けるかと思えば、読者はさっそく裏切られる。語り手は迂回し、戯れては、しょっちゅう退屈している。サポと呼ばれる子供の生い立ちを書き始めるのも、退屈しのぎなのだ。サポがよく訪れる農民ルイの一家（英訳ではルイではなくランバートとなっている。バルザックの小説「ルイ・ランベール」*Louis Lambert* にちなむ名前）。死んだラバや、食用に殺されるウサギの話。サポの一家と農民のルイ一家のつつましい生活の物語には、ベケットの自伝的要素も挿入されているにちがいなく（「この聡明で我慢強い少年は、ぜんぜん私に似ていない」と話者に言わせせながらも！）、彼独自の注意をいきわたらせた描写の精彩もあって読者を引き込む。実に散漫な時間が流れるようだが、その時間の裂け目に精緻な記述が光を放ち始める。ベケットは一九世紀のリアリズムの作家のように、細密な描写を巧みに重ねる技量も確かにもっていた。

しかしそれも否定するように、「なんと退屈な」と書きながら、話者はこの挿話をしばしば中断し、施設で介護を受けながら執筆を続けている現場に戻ってくる。死に至る時間を書き続けることが本題だったようだが、「私は戯れるつもり」なのだから、退屈しのぎに何を書いてもいいのだ。どうやら持ち物の目録を作ることが、自分に課したかんじんな宿題のようである。わりと秀才でもあるらしい純朴な少年サポの話はいつのまにか打ち切られる。いつのまにかサポは蒸発して年老いたマックマンとなり、話者と同じように施設に入って介護を受ける身である。どうしてそんなことになったのかの説明は省略されている。マックマンは確かにマロウンの分身である。いわずもがな、二人ともベケットの分身である。

モロイ、モラン、マロウン、マックマン、もう若くはないが年齢不詳、体が不自由で、記憶もあやふや、孤独癖に放浪癖、退屈しのぎにする回想や思考は偏執的に細かい。ベケットの、ちっとも重要でない惨めな重要人物Mたちのせいぞろいである。このあとの作品の「人物」たちはもはや「名づけられないもの」となる。名前があっても何者かよくわからず、そこで名前はほとんど実体をもたない。名前は名前でしかない。施設に収容されたマックマンの話、すでに冒頭から施設のなかにいて死に至る時間とともに書き続ける話者の語り（マロウンという話者の名が記されるのは、やっとマックマンが出現する直前になってからである）、二つが交錯しながらの不協和な二重奏が続く。二つの記述の印象はどうしても交錯するが、混合することはない。「もう何も」という終わりの言葉が、マロウンの語りの終わりと、マックマンの物語の終わりをぴったり一致させるだけだ。

マロウン死す。マロウンは死ぬ。この文は実に奇妙なのだ。死とは、（生物学的には）たえず進行しつつあるものであるとはいえ、人の意識にとっては、あくまで来たるべきこと、そして他者の死として完了したことであるにすぎない。マロウンは死ぬであろう、マロウンは死んだ、という表現だけがほんとうは可能なのだ。マロウンは走る、マロウンは泣く、というようにマロウンは死ぬ、ということはできない。私は死んだ、という言表はもちろん不可能で、私は死ぬだろう、しかありえない。にもかかわらず、死の不安は「私は死ぬ」という不可能な言表とともにあるしかない。

　語り手マロウンは、しばしば自分の死体が片づけられる場面を想像して時間をつぶす。死も、死後も、ただ想像するしかないものだ。死の表現が必然的にともなう時間差、死という〈出来事〉の奇妙さゆえに、死の思考はいつも錯誤をともなうしかない。ちなみに、死の脅威や不安や悲惨を描く作品や思索ならば、世界にあまた存在してきた。しかし、死をめぐる認識のこの本質的な〈錯誤〉自体がようやく明瞭に問われ、思考されるようになったのは、どうやらハイデガー、そしてブランショたちの哲学的思索においてのようである。死後の生や、魂の永生という宗教的観念からすっかり離脱したところで、死そのものを考察すること、そしてその考察の不可能性自体を考察することは、それほど困難だったのだ。死を考える思考の裂け目は、そのような観念で充塡されなければならなかった。もちろんある種の哲学はこの困難を引き受けようとしたが、決してそれを解消しえたわけではない。解消しえない裂け目であることが、死の〈本質〉なのか。

　そして、これはそもそも言語が何を意味するか、何を意味しうるか、意味とは何かという問いにかかわるのである。「マロウンは死ぬ」、「私は死ぬ」という命題は、言葉を奇妙な空虚のなかに突き落とす。『マロウン死す』という作品の言葉は、この空虚のなかを旋回し、軋りをあげながら、意味と無意味のあいだを彷徨し続けるようだ。そしてどこにも行き先はなく、ただ消滅して終わるしかない。このように「体験不可能」な死にかかわる言語自体における空虚やねじれと、それにともなう錯誤を精密に浮かび上がらせるような過程として作品を書いた作家は、他にもいないことはないが（いま例えば、私はレーモン・ルーセル、アントナン・アルトーを思い浮かべている）、この点で確かにベケットは先駆者のひとりであったと言ってよいと思う。

したがってベケットのこの作品に言語哲学的な問いを読み込む見方が、当然ありうる。論理哲学の立場から命題の真偽を徹底的に考察することからはじめて、命題の真偽を決定する言語使用の条件を考察し、ついには論理哲学の成立条件の限界に立って思考することになったあのウィトゲンシュタインの試みを、ベケットを読みながらときどき私は思い浮かべてきた（「私を理解する人は、私の命題を通り抜け――その上に立ち――それを乗り越え、最後にそれがナンセンスであると気づく」『論理哲学論考』(1)）。若くして哲学のかなり鋭利な読者でもあったベケットは、しかし結局は哲学を棄ててしまったようなのだ。とにかく言語自体の裂け目にたえず直面しながら、哲学の外で思考せざるをえなくなったのだ。非常に哲学的であり、哲学的であるがゆえに哲学を棄てて、奇妙な独創的作品を書き続けた、そんなふうにベケット文学の動機を思い描くこともできる。しかしこのこともその一面にすぎない。物語を語る豊かな才能にも、イギリスロマン派を思わせる詩人的資質にも、ベケットは恵まれていたが、これにも彼自身が反発したのだ。

はじめに私（マロウン）は、退屈しのぎに、少しバルザックが書いたように、サポの子供時代を描いていた。後でもマロウンは、切れ切れに「微笑ましい」ような子供時代を回想する。晩年の作品『伴侶』にも登場するベケットの子供時代のエピソードと重なるところもある。サポの両親やルイ一家の人々の肖像ももちろん読ませる要素だ。二〇世紀の存在論や言語哲学を貫通するように研ぎ澄ました思考があると同時に、ベケット文学の基底には、幼児、農民、そして無一物の流離の生という純朴な生のかたちが確かに持続している。動物、鳥、虫への共感も一貫している。キリストのイメージが、頻繁にではないが繰り返し現れる。しばしばキリストの横で磔になった二人の泥棒とともに言及される。したがって泥棒のように惨めで無一物のキリストのイメージが浮かび上がる。

モルとマックマンの老いらくの恋は、滑稽に、グロテスクに描かれるが、それでもこれは最後の、はかない純愛であり、ロマン主義的な装飾をぜんぶはぎとった愛の挿話なのだ。たとえばベケットの最晩年の映像作品「夜と夢」は、同名のシューベルトの歌曲とともに反復され、「慰めの盃」の祈りのように凝縮された作品である。暗闇から現れた手が、うずくまっていた男の唇に盃をさしのべる、このゆるやかな動きが歌曲とともに繰り返されるだけの短い映像である。そういうかたちにまで収斂していったベケットの敬虔さ、純情を忘れることはできない。

ベケットとキリスト教との関係については、一大論文が書かれても何ら不思議ではない。『モロイ』のモランは日曜のミサを欠かさない敬虔で頑固な信徒であった。『モロイ』の最後には、少し奇妙な神学的問いのリストが掲げられ、モランはそれを考えて時間をやりすごしたのだ。ベケットの強固な哲学的素養からして、キリスト教神学の錯綜した深みに関心をもたなかったはずはない。長く宗教戦争の葛藤をくぐりぬけてきたアイルランド出身の知識人には、どうしても深

テレビ用作品「夜と夢」（「OBJET BECKETT」より）

く染みついた宗教的体質のようなものがあったかもしれない。同時代の世界の革新的文学者たちに比べても、それ以上に革新的だったベケットの発想には、意外に信仰と聖書の記憶が色濃くしみ込んでいたとも思える。一七世紀に広まった「静寂主義」（キエティスム）に、彼は共感してもいたようだ。しかしキリスト教という〈バックボーン〉からベケット文学を読み解こうとすることは、興味深い研究主題にはなりえても、結局ベケットの歩んだ道とは適合しない。ベケットは敬虔であり破壊的である（古典的であり前衛的である）。ベケットの中の強固な古典主義、ある種の宗教性は、むしろ近代性と対立しながら、彼の革新的創造と結びついていたかもしれない。文学上の破壊と実験を通じてベケットは、〈信仰〉に執着したのではなく、ある（世界への？ 生への？）〈信頼〉だけを強固にしていったようなのである。

ベケット文学に散見される祈りの表情、小鳥の歌のような響きは、絶望、アイロニー、黒いユーモア、根深いペシミズム、孤独の表現とともに、決して無視できない要素だ。祈り、純情、涙、放心、待つこと、それらの簡素な反復、図式主義、リトルネロ（リフレーン）は確かにベケット文学の基本要素である。

春うららの日、四輪馬車とボートの遠出、マックマンも連れていかれる死のピクニック。死を待機し、死の予感をつぶさに観察し思索し、死の進行を味わいつくそうとするかのように、書き言葉は紡がれてきたのに、ここで死は、いかにも唐突で、あっけなく、そっけない。どうやら言葉は、十分に死を描くことも、認識することもできない。言葉は死を意味できない。たぶん言葉が死だからである。すでに言葉は生からの、その持続からの脱落を意味するからである。この究極の認識とともに、言葉が死に絶える瞬間が記されるようだ（「もう何も」）。

『マロウン死す』を現代文学の手法や問題意識の観点から考えるならば、当然「書くこと」自体について書いた特異な（メタ）小説という面を無視することができない。マロウンの鉛筆とノートに、ベケットの記述は繰り返し戻ってくる。死が訪れる前に、鉛筆あるいはノートが失われたなら、それはすでに言葉が途絶えるときである。書くことについて書くこと、語ることについて語ること、言葉についての言葉、メタフィクション、紋中紋（入れ子構造 mise en abyme）は、現代芸術のひとつの宿命とも言える。プルースト、ジッド（『贋金つくり』）のような先駆者の例もある。しかしベケットは決して「手法」によって目覚ましい作家ではない。むしろ、どこまでも「思考」の作家なのだ。書くことを、言葉を、意味を、どこまでも思考せずにはいられない。「この混乱のどこかで、やはり思い違いしたまま、思考は必死にもがいている。思考もまた私を探すが、あいかわらず、そこに私はいない。思考のほうも静まることがない(2)」。「生きること、そして生かしてやること。言葉を糾弾してみてもはじまらない。言葉は空しいが、言葉がかついでくるものだって空しい(3)」。「いや、問題は理解することではない。それなら何が問題なのか(4)」。そのようにひどく明敏でありながら消耗していく思考が、「書くこと」に集中しては、また書くことの外に脱落し、語りを続け、そしてまた戻ってくる。

「私の小指は紙の上に横になり、鉛筆の先を行き、文の終わりで外れながら終わりを知らせる。しかし別の方向、つまり上から下には、あてずっぽうで進むだけだ。私は書きたくなんかなかった。仕方なく書くことにした。自分がどこにいるのか、彼がどうなっているのか知るためだ。初めは書くのではなく、喋るだけだった。それから自分の喋ったことを忘れるようになった。ほんとうに生きるためには最小限の記憶が欠かせない。たとえば彼の家族のことなんか、ほんとうに何も知らないと言っていい。しかしあわてることはない。どこかに記してある。これは彼を監視するための唯一の手段だ。しかし、こと私に関するかぎり、同じ欲求は感じられない。私自身の物語だって、私はわかっていない、忘れてしまう。だが、そんなものを知っている必要はない。それでも自分について書く、彼について書くのと同じ鉛筆で、同じノートに[5]」。「私は書いたところだ。私はまた眠っていたようだ、などと。自分の思考を歪曲していなければいいが。また自分から離れていく前に、いまこの数行を付け加える[6]」。「私の覚え書には困った傾向があって、記録の対象であるはずのことをかき消してしまうのだ[7]」。

書く、書くことについて書く、書いたことを消す、忘れる、斥ける、書けない、書くことに抗うようにして思考が戻ってくる。思考と言葉と書くことのあいだがねじれながら、くんずほぐれつする。この往復と反復を通じて、生と死のあいだの時間を記述しようとするが、それは不可能である。しかし不可能なことを可能にしようというわけではない。可能なことはただ消尽されなければならない。「無よりも現実的なものは何もない[8]」。

ベケットの「思考」の過程が、必然的にこのように「書くこと」についても徹底した思考を要請した。そういう転換が「手法」となり「現代文学」の特性などとして意識されたとき、とたんにそれは過去のものになってしまう。しかし過去はただ現在から遠いのではない。時間をめぐるそういう錯誤に関しても、ベケットは明敏だった。たとえば『神曲』を「古典」の枠組みのまったく外で読むベケットがいた。ということは、現代のいかに実験的な文学も、決してただ新しいわけではない。確かに二〇世紀は、哲学の思考さえも問い直すようにして、このような究極の思考を記す文学が登場した時代である。その同時代の世界を、愚かで冷酷な究極の暴力が席巻した。そしてベケットの連作は、これで終わりではなく、もう一作によって、さらなる崩壊（消尽）に突き進んでいかなければならない。

（注）
（1）ウィトゲンシュタイン『論理哲学論考』野矢茂樹訳、岩波文庫、一四九ページ。
（2）ベケット『マロウン死す』宇野邦一訳、河出書房新社、一七ページ。
（3）同、三三ページ。
（4）同、四〇ページ。
（5）同、五四ページ。
（6）同、五六ページ。

(7) 同、一四二ページ。
(8) 同、二八ページ。

Ⅶ　『名づけられないもの』、最小と無のあいだ

『モロイ』、『マロウン死す』に続いてベケットが書いたもう一つの作品『名づけられないもの』（仏語 *L'Innommable*、英語 *The Unnamable*）は、前の二作にもまして法外な作品である。もはや「あらすじ」を言うことなどほとんど不可能、無意味であり、どういうジャンルの作品なのか、はたして小説であるのか、それだって明言することは難しい。「もうあなたに言ったとおり、私は進退窮まっていますが、この最後の仕事にいちばんこだわっています。ここからぬけ出ようとしても、出られないでいます」。ベケットはそんなふうに手紙に書いている。[1] 彼自身にとってもきわめて重要で厄介な、そして例外的な「作品」であったにちがいないのだ。

いまどこにいるのか、いまはいつなのか、わからない。わからないが問うことはしない。そう言う「私」とは誰なのか。誰に向けて語っているのか。それもわからない。わからないことばかりで、問いはただ、かぎりなく増殖していくことになる。「私は母の部屋にいる」（『モロイ』）。少なくともまず「どこか」わかって、落ち着くことができた。「私はもうすぐ死んでしまうはずだ」（『マロウン死す』）などと、はじめに書いてあるだけでも、なんとか時間と状況を想定する手

がかりにはなった。しかし「名づけられないもの」はどこにもいない。いつのことかもわからない。始めたけれど、何も始まっていないようで、語るべき過去などないようで、実にあやふやな現在がうつろっていくだけ、語れないことについて語っているだけ、語る先から言葉がたちまち崩れ落ちるようだ。「私は喋ってるみたいに見えるが、喋っているのは私じゃないし、私のことじゃない」(2)。何一つ確かではなく、定まらず、代名詞も固有名も、誰をさすのか、たえず変動している。モロイ、モラン、マロウンの思考も、どこにも行きつかず、考えてはたちまち打ち消すことを繰り返していたが、それはまだ輪郭をもつ出来事の枠におさまっていた。そういう思考がいよいよ出来事の記述も浸食し、みずからもぼろぼろに食い尽くしていくようだ。

どうやら「支配者」とその手先たちがいて、「私」というものをでっちあげ、あやつり、私の中身も次々入れ変えている。その「支配者」も何人いるのかわからない。ただ「声」だけが持続している。少なくとも頁のうえでは、途切れることなく、ますます段落もピリオドもわずかになって、停止しないことだけが目的であるかのように言葉が続いている。「私」は存在し、考え、喋っている(そして書いている)ようだが、それは私ではなく、私のことではない、と声が言う。それはいつも同じ「私」なのか、「私」には記憶があるのか。はたして同じ記憶が保存されているのか。それも確かめられない。ナンセンスで不可能な言述だけが、とりとめもなくナンセンスと不可能を持続していくようだ。

光の具合さえも奇妙なのだ(「光の乱調」(3))。ここでは光が変質し、時間の形も歪んで、不連続になっている。現代の物理学などを参照する必要もないが、認識、知覚、思考の座標が、そして時空の構成が固定されないまま、浮動状態に投げ込まれている。「たぶん脳味噌が溶け出した(4)」。もちろんそういう法外な状況を設けて進行するこの「作品」も、確かにひとりの「著者」によって書かれ、それが誰かも、いつどこで書かれたかもほぼ知られていて、別段そこに謎は含まれていない。

確かなゲームの規則はないが、どうやらゲームらしいことが続いていく。いわゆる「言語ゲーム」というものだろうか。この作品は、小説そして物語の暗黙の規則らしいことを次々転覆していく。なにしろ、小説の言語ゲームでは、どんな嘘も虚構も真に受けて、語られたことをたどり続け、確かに言葉に属することにすぎなくても、それをたよりに想像し、体験し、思案し、推理し、いっしょに悲しみ、怖れ、戸惑い、喜び、感動するというゲームにつきあうことが、ほぼ〈常道〉である。場合によっては、作者の深遠な思想的追求といったものにも読者は同伴することになる（人間とは何か、いかに生きるべきか、この時代はどんな時代か、書くこと、語ることとは何か、書き語るとき、実は何が起きているのか……）。

『名づけられないもの』も、全編がひとつの「言語ゲーム」であるにはちがいない。むしろ「言語破壊ゲーム」というものだろうか。「私は語れないことについて語らなければならないだろうし……(5)」。あのウィトゲンシュタインの言語哲学は、「語れないことについて語る」ことを禁止していたが、さしあたってそんな禁止もないようだ。この作品を、本格的、独創的な「言語哲学的」探求として読むことは、もちろん可能に違いないが、それも一つの読み方にすぎない。ここに訳者という誰かが書いていることだって、もちろん真に受けていいことではない。

「名づけられないもの」は人間だけでなく、物でもあろう。もちろんこの「作品」には、固有名も、名詞も次々出てくるし、フランス語の文法（ゲームの規則）はおおむね尊重されている。しかし話者はどうやらかんじんの「名づけられないもの」について、名づけることなく語ろうとする。

あてどのない（ように見える）お喋りは、それでも名前や単語、もろもろの品詞からなっている。物の名称までが、たえず揺れたり、無意味になったりするわけではないが、どこか、いつか、誰かは、たえず揺れ、滑り、変化していて、名称と時間・空間、名称と人間のあいだにはたえずずれが生じ、そこに奇妙な空隙が開け、空隙の連鎖が、意味の荒野を広げていく（「固有名のないところに救済はない」(6)）。何が起きたか、何を意味しているか、と問うても、答えらしいものはない。

手っ取り早いのは、こんなふうに語り、こんなふうに考える話者を、一つの特殊な病（症例）として説明することにちがいない。モロイにもマロウンにも、なんらかの症例に似た特徴はあった。しかしエーハブ船長、ラスコーリニコフ、ボヴァリー夫人、スワン、アルベルティーヌ……それぞれ症例的な特徴をそなえているにしても、そもそも「小説」の人物は症例の記述や分析にはおさまらないし、おさまってはならないようだ。〈小説とは何か〉を定義してかからなければこの議論もおさまりがつかないが、そもそも記述も分析も、すべてフィクション、仮説だと考えるだけでいい。とりわけ「仮説」という言葉をベケットは繰り返している。「奇妙な仮説」、「突飛な仮説」、「みんな仮説にすぎない」……。「名づけられないもの」の荒野を、症例に収拾することはできない。症例に似ているとしても、小説のなかの症例は、現実にはありえないような症例であり、むしろ小説は新しい、分類不可能な病を作り出すのではないか。ヴェルテル、新しい恋の病。『獣人』（ゾラ）の「脳の裂け目」。

それがある異様な言語ゲームだとしても、そこにゲームの規則はないかのようだ。まして、これをどう読むかの規則など書いてないので、ひとりひとりが読み方を見つけるしかない。これを物語のある小説のように読むことはできないと考えはじめる（かろうじて物語として浮かんでくる挿話の一つは、レストランの広告塔になっている大きな甕を住処にする、手足を失った男の話だ。あくまでも仮にその男は、マフードと呼ばれた）。そこで本を閉じるのでなければ、とにかく読む姿勢を立て直す読者も多いだろう。いや、実はこれはでたらめなカオスに見えて、最後まで厳密な構築と論理によって書かれた作品で、それを解き明かしてやろうという知的野心に燃える読者がいても、おかしくはない。ましてベケットは、ときにひどく几帳面に、図式的な推論や場面を書くことがある。

いまゲームの規則はない、むしろ規則などないと言おうとしながら、それでも、ベケットがつくり出した厳密な方針のようなものはある、と私は考えはじめたのだ。しかしそれではベケットのこの全面的に型破り、規則破りな作品の「方向」を決定してしまうことになる。解説・批評は、そのような方向付けを試みるのが課題にちがいないが、「課題」などと言う言葉が、このような作品を前に、あまり意味をもつとも思えない。しかし気をつけなければ。いつのまにかベケットの口調がのりうつっている。ますます書くのが難しくなるだけだ。

ベケットのこの作品の草稿研究は、繰り返し、epanorthosis（換言法、仏語ではépanorthose）について触れている。[7] それは前の言葉にもどって言い換えたり、ニュアンスを付け加えたり、主張を強めたり、弱めたりする〈修辞〉のことにすぎないが、ベケットの「エパノーソーシス」は頻繁に用いられて、語りの線をもつれさせる。そういう修正や加筆が、どんどん付加されて、むしろ意味の線が屈曲し、かすんでいくようだ。ベケットは「イキ」(stet) という校正用語さえも本文にイキさせてしまうので、ますます迷路がひろがっていく。確かに文章を彫琢し凝縮していくのとは、まったく逆の方向で、言葉を乱雑に増殖させるかのようにベケットは書いている。ときどき画家が絵の具のかたまりをキャンヴァスに投げつけるように、言葉をあつかっている印象もある。にもかかわらず、このカオスのようなエクリチュールを、ベケットはやはり細心に推敲し調律し、英訳の過程でも苦闘しながらそれを反復したことは、草稿研究からも明らかである。

物語を疑い、批判するようになった現代文学の作家たちも、だからといって必ずしも言語自体の批判にまでいたるわけではない。しかしベケットの思考と批判は、言語自体にまで及ぶしかなかった。「私たちは言語を一時に無くしてしまうことはできないので、少なくともその信用失墜に寄与しうるものは何も無視してはなりません。言語に次々穴をあけること、その背後に潜んでいるものが、何であれ、無であれ、滲み出てくるまで[8]」。ドイツ語で書かれた一九三七年の手紙に彼は、これほど決然と、無謀にみえるほどの言語批判を表明していた。〈言語批判〉は、ベケット文学の深い動機のひとつだったと言わざるをえない。

ベケット自身が英訳を進めたノートの二冊目の表紙には、「名づけられないもの」(The Unnamable) の傍らに、"Beyond words" と、これがもうひとつの仮題のように記してあった。「言葉を越えて」あるいは「言葉の彼方に」。それは採用されなかった。言葉の彼方にあるものとは、名前の彼方、つまり「名づけられないもの」であり、結局このタイトルで十分だったのか。名づけられないもの＝「言葉の彼方」は、言葉と意味のあいだ、言葉と物のあいだ、あるいはそれらの外部にいつも臨在しているのではないか。それを「荒野」と呼んだり、「砂漠」と名づけたりすることは誤りかもしれない。それでは「名づけられないもの」を、またもひとつの情景や、想像のようなものに収斂してしまいかねないからだ。しかし、innommable というフランス語の単語には、口に出せないほどひどい、とか、おぞましいとかというニュアンスもある。この作品には、監禁や監視、処刑や虐殺、非情な独裁や陰謀をうかがわせるような切れ切れの場面もあって、現代史の様々な災厄の記憶、ベケット自身の戦時や占領の記憶も挿入されていることがうかがえる。この「おぞましい」ニュアンスを払拭することは難しい。

それでもやはり「名づけられないもの」をめぐる言葉は、たえず意味を滑らせて、あくまでも軽い。耐え難いほど軽くて喜劇的でもある。あえて言うならば、この作品において、あらゆる記述は仮説的であり、喜劇的である。もはや言語そのものが喜劇なのだ。その言葉からは、軽い意味も重い意味もたえず剝げ落ちて、渦を巻き、散乱するようである。延々と続くこの仮説の喜劇こそが「おぞましい」ものでもある。『マロウン死す』に続いて、ここでも〈臨死〉の時間がたびたび登場するようで、それゆえに、どこなのか、いつなのか、誰なのかと問われ続けるようである。死とはまさに「名づけられないもの」の仮の名前であったかもしれない。死はどこで、いつ、誰に生起するのか。死んでいく者にとって、どこかも、いつかも、誰が死んだのかも確かめられない。死んでいくのは名づけられないものでしかない。そしてすべての出来事すなわち「生起するものとは言葉である」[9]。「死」という「出来事」も、やはり言葉に送り返されるしかない。「ときどき忘れているが、忘れてはならないのは、すべてが声の問題だということだ」[10]。「しかしこれはただ声の問題で、他のイメージはどれも無視すべきだ。声が最後には私を貫いていく、いい声、最後の声、声をもたないものの声で、自分自身の告白の声だ」[11]。

それなら言葉ではなく、声こそが問題だというのか。言葉はあまりに頼りなくて、名づけられないものを取り逃がしてばかり、声だけが確か、かすかなつぶやきでも、叫び声でも、言葉よりは、意味よりは、確かではないか。声そのものは何も意味せず、意味よりも確かではないか。

そして問うのはやめて、ただ耳を傾ける。声にどうしようもなく付着する響き、リズム、意味のようなもの、イメージ、それだけに知覚を集中する。確かにこの作品は、ただ難問に思考を軋ませているだけではない。無調の音とノイズ、散乱するイメージと意味は、ひとつのカオス、無数の流れの交錯として、それでも未知の音楽や図像を与えているのではないか。「作品」という観念の終末のようなこの「散文」のこころみのあとも、「想像力は死んだ、想像せよ」などとつぶやきながら、ベケットはとりわけ舞台作品を書き、作り続けることができた。三（部）作の至るところに『ゴドーを待ちながら』をはじめとする演劇のモチーフが豊かに含まれている。『名づけられないもの』の後半の、「声」と「私」を執拗に問う語りは、闇のなかで語り続ける女優の唇だけにスポットライトをあてる舞台作品「わたしじゃない」に変形されて凝縮される。これらの作品が生み出したのは、決して無でも荒野でも砂漠でもなかったのだ。

ベケットは一九三〇年代に、オーストリアの作家で、言語について考察する書物（『言語批判論考』）も書いたフリッツ・マウトナー（Fritz Mauthner 1849-1923）をかなり熱心に読んでノートをとっている。[12] 先に触れた『名づけられないもの』の草稿研究の著者たちも、マウトナーの言語批判の思想からの影響をかなり重視して、『名づけられないもの』の〈言語批判〉を読解している。マウトナーは、中世に遡る「唯名論」の問題提起を真剣に受け取り、言語に先行して存在するとされるイデア（プラトン）を、あくまで言語の効果にすぎないものとして片づけている。言語も、それに対応する観念も、ただ人間どうしが反復するコミュニケーションを通じて経験的に形成されるもので、その外部にはなんら先験的なものも普遍的なものもない、という立場を鮮明にうちだしている。

マウトナーの考え方はかなり尖鋭で、カント、ヘーゲルにいたる観念論的思索を、すべて言語の効果を見誤った錯覚として退けた。もちろん彼の批判にとって、言語によって救われたり、高みに立ったりすることなど、狂気の沙汰である。言語を物神化すること、言語の「圧政」、ファシズムにいたるような言語の扇動的な使用法に対して、徹底的な批判をむけたマウトナーの本を、ベケットはかなり熱心に読んだようなのである。人類の言語は、巨大な排泄物、廃棄物として堆積し、言語の糞尿はバベルの塔のように天まで届いてしまいそうだ。そういう喜劇的なヴィジョンさえもマウトナーは提出している。

言語の根底的批判を言語で語り続けることとは、もちろん逆説をはらみ、作家や哲学者にとっては自殺的でもある。そういう言語批判はどこにいきつくのだろうか。マウトナーもベケットも、言語を棄ててただ沈黙してしまったわけではない。作家でもあったマウトナーは、死を前にしたブッダにこう語らせている。「わたしは沈黙したい。それでもかつて語られたことのなかったことを語りたい。わたしはいつも人々に語ってきた、人間の言葉で、人間の惑わす言葉で。星や木々の沈黙する言葉で、まだ語りえるものをわたしは語りたい[13]」。

マウトナーの「言語批判」は、とりわけ『ワット』に反映されていると言われる。しかしベケット独自の哲学的な思索の時期は、やがて本格的な小説と演劇の創作によって終息してしまったかに見える。特に『名づけられないもの』では、名前は、そして言語は、何を意味するのか、何を指示するのか、誰が誰にそれを伝達するのか、と問いながら、ベケットは言語の成立条件を犀利に解体するようにして、言語の自己否定を重ねる語りを果てしなく続けている。やがて言語を声に還元するようにして、その砂漠に似た場所に、沈黙やささやき、乏しいイメージ、わずかな知覚の対象をさらに呼び戻すようにして、果てしない仮説のゲームを続けている。もちろんベケットの執拗な言語批判に、つまり「名づけられないもの」の追求に、哲学的結論などはなかった。

それにしても「名づけられないもの」とは何か。言語の彼方に実在する〈対象〉や〈真実〉か、現象の背後にある物自体というようなモノか。それとも「無」か、いや「空」か。一九三〇年代のベケットは絵画についても真剣な思索を続けていた。同時代の抽象絵画（カンディンスキー）を彼は、「対象から解放された絵画」として敬遠するかのように語っている。しかし対象の本質は、いつも表象からのがれる。表象は対象と決して一致しないどころか、本質的に対象の外にある。名づけられたものとは表象でしかなく、対象ではないという問題でもある。

ベケットは、それゆえ画家が追求するものとは、モノではなくモノ性（choséité）であり、対象ではなく「存在の条件」であると書いている。対象を描くことは妨げられるのだから、この「妨げ」（empêchement）自体を描かなくてはならない、などとも書く。[14] どうすればそんなことができるのか。ベケットの鋭利で無謀な問いは、ますます迷宮に入って行くように見える。事物の不可視性そのものがモノとなることを強制する、そのような言い方もしている。誰もが知る巨匠たちよりも、ベケットは目立たない身近な画家たちの絵を精細に考察している。それでもセザンヌを高く評価し、その風景は「擬人的」ではなく、人間の感情を投影したものではなく、「それは生気論のかけらも寄せつけない原子からなる風景であり」、「風景は定義上異質で近寄りがたく理解不能な原子の配列だということ」[15]を強調しているのだ。

ベケットの考察は、現代の絵画理論を参照すれば、もう少し明快な語彙に整理できるかもしれない。しかし、これらの考察のわかりにくいところには、ベケット独自のこだわりと問題が潜んでいる。おそらくそれは『名づけられないもの』を書くモチーフの深みにもつながっている。対象は名づけられない。対象を表象することはできない。それゆえ対象を描くことはできないが、感情移入を排して対象を観察し、「モノ性」を探求することを諦めてはならない。もしこの不可能性そのもの（またはその条件）を対象と化すことができたら、芸術家の勝利だとも言えよう。もちろんそれは敗北を認めることでもある。

若いベケットはジョイスの最後の賭けのような「進行中の作品」（フィネガンズ・ウェィク）の創作過程にも間近で立ち会ったことがある。『名づけられないもの』はそれとまったく異質な作品であり、もちろんベケットは異質な作品をめざしたが、これもやはり作品たりうるか、はたして読みうる言葉か、ぎりぎりの賭けとして書かれた作品にちがいない。そしてさらに「私は続けるだろう」と、あくまで完結を拒む言葉を最後に記すのだ。

（注）

（1）Beckett, *Lettres* II, Gallimard.〔ベケット『書簡』、一九五一年九月一〇日、ジェローム・ランドン宛〕。

（2）ベケット『名づけられないもの』宇野邦一訳、河出書房新社、五ページ。

（3）同、一三ページ。

（4）同、一〇ページ。

（5）同、六ページ。

（6）同、八九ページ。

（7）Dirk Van Hulle, Shane Weller, *The Making of Samuel Beckett's* L'Innommable / The Unnamable, Bloomsbury / University Press Antwerp, 2014.

（8）Samuel Beckett, *Disjecta*, Grove Press, 1984, p.172.

（9）『名づけられないもの』一〇四ページ。

（10）同、一〇四ページ。

（11）同、一〇七ページ。

（12）マウトナーの思想については、山田貞三「神は言の葉にすぎなかった：マウトナーの言語批判、ホーフマンスタールとヴィトゲンシュタインをめぐって」（北海道大学「独語独文学研究年報」、vol.44 : p.1-27、二〇一八年三月）および嶋崎隆「『オーストリア哲学』の独自性とフリッツ・マウトナーの言語批判」（一橋大学「人文・自然研究」、vol.6 : p.121-179、二〇一二年三月）を参照した。

（13）山田貞三訳、前掲の論文中に引用がある。

（14）Samuel Beckett,《Peintres de l'empêchement》, in *Disjecta*, p.136.

（15）ジェイムズ・ノウルソン『ベケット伝』上、二四〇ページ。一九三四年九月八日のベケット、トーマス・マグリーヴィー宛の書簡。

言語対演劇

Ⅷ　言語は演劇の敵なのか

「言葉のなかで苦しみ、死ね。」（ファーデル・ジャイビ演出による『ジュヌン――狂気』から）

1　言語と闘うこと

仮説――演劇は、言葉との闘いである。

しかし、言葉と闘うといっても、いったい言葉の何と闘うというのか。言葉は決して、目に見え、触れることのできる対象ではない。頭脳と頭脳のあいだの、誤差だらけの通信である。音声が聞こえない状態で、会話している人間の映像を見る。この人間たちは見えないものをやりとりしている夢遊病者のように見えるだろう。

しかし、この仮説と、それにともなう問いから派生してくる様々な考えを以下にしるすことになる。いきなり「演劇」という言葉から始めているが、「パフォーマンス」という（「実績」や

「性能」も意味するかなり嫌味な）言葉で、もう少し問いを広げ、いくつかのジャンルにまたがる問いとして提出することもできよう。たちまち問いはジャンルの概念そのものに及んでいくことになる。そして「ジャンル」とは、何よりもまず言葉であり、概念なのだ。ジャンルの概念そのものと闘うようなパフォーマンスがありうるし、実際に試みられてきた。しかしジャンルの限定に抵抗したからといって、それだけで何か「注目に値する」ことが生起するとはかぎらない。そして注目に値すること、意味のあること、関心を惹くこと、創造的であることの基準をたてようとしても、そういう基準はすでに解体している。つまり廃墟のような場所で、私たちは行為し、思考している。この廃墟を前提に、演劇は言葉との闘いである、という命題を考えなおしてみるしかない。

そもそも言葉から、私たちは逃げられないのである。

黙っているときさえも、頭の中で、あるいは胸の中で、内臓のどこかで、指のすきまで、膝の裏側で（いったいそれはどこなのか、外なのか、内なのか）、言葉が鳴り続け、言葉になりきれない言葉が、あちこちで同時にささやき、谺し続けている。言葉を喋っているというよりも、ただ言葉のほうで、難破しながら、よろめきながら、それでも消えようとはしない。言葉の病気なんだよ。と誰かの声が聞こえるとしても、それもまた言葉なのだ。喧嘩していても、抱きあっていても、口をつぐんでいても、まだ罵詈雑言、睦言などを人間は吐き続けるのだ。

けれども言葉はいつのまにかとぎれている。

……　…………………………………　…　…　……　………というふうに。

そして、これにいくつもの破線が曲線が重なり、からみあう。

実は、そこで異なる言葉と意味と思考の線が、それぞれに重複し、分岐し、加速し、遅延し、縺れ、停滞し、破裂し、錯綜している。

言葉は一瞬とぎれ、思考が、意味が重なり、ずれ、縺れあい、意味を理解しようとする思考が宙づりになる。言葉から逃れられないこと、意味から逃れられないこと、どちらがいったい問題だろうか。言葉から逃れたけれど、意味から逃れていない場合。言葉から逃れられず、意味からは逃れている場合。両方から逃れられない思考、両方から逃れる思考、無思考。両方の泥沼。失語症にさえも、さまざまなケースがある。

言葉から逃れられない。なんだ、そんなことか、という声も聞こえるのだ。現実の不条理な暴力から、その忌まわしい記憶、その殺人的脅威から逃れられない、という酷い状況に比べれば、ずっとましではないか。言葉だけが脅威だなんて。「炎上した」なんて。酷い状況も、言葉でやりすごせるなんて。

しかし、やっかいなことに、言葉の問題は、決して言葉の次元だけの問題ではありえない。言葉から逃れられないという意識は、必然的に、言葉以外の何かの脅威、不条理、暴力を同時に知覚している。それが単に言葉の問題にすぎないというケースは、むしろまれなのだ。

もうずっと前に、言葉とは何か、と考え始めて、何か体系的な認識を得ようとして、結局納得のいく答えをえられないまま、いつのまにか問うことをやめている。言葉を持つ以上に、言葉のなかにあり、言葉に持たれて（凭れて）いる人間は、言葉とは何か、などと問うことのできる意識の振幅と屈折をそなえ、言葉とは何か、人間とは何か、と問うことに、あくことなく時を費やすことのできる存在である。そんな問いに何か意味があるかということさえも、さらに問うのである。そういう問いにもまだ意味があるとすれば、問いは、問われると同時に、そのような意味によって、もう方向づけられている。

意味についての問いと、問いの意味とが、たがいに追いかけあって、空転しているとしても、その空転ぶりがあらわになることはまれだ。空転をほんの少しだけ止めて、問いの循環を一時だけでも断ち切ることができたとしよう。言葉をめぐる無数の問い、無数の知、言葉についての言葉、意味についての思考が飽和すると、こんどは音への、文字への、記号自体への注意が強まり、深まり、複雑化し、迷走していくが、それさえも飽和して、やがて言葉についての思考は、ひどく素朴な次元にもどっていく。

イスラエルの、パレスチナの、支配者の、難民の、開拓者の、迫害したものの、迫害を受けたものの言葉、言葉、言葉（ミシェル・クレイフィ／エイアル・シヴァンの映画『ルート一八一』を見た印象）。この世界で支配し、支配を続けようとする言葉は嘘だらけ、隙間だらけなのだ。それは必然的に、現実に対応しない粗大な言葉で、うめることのできない空虚をただうめようとする言葉なのだ。歴史、起源、同一性などについてたえず語らずにはすまない言葉。現実を斥け、記憶を剪定し、偽造するための言葉。アスファルトのように世界をぶ厚く舗装する言葉。じつは恐ろしく粗雑で、ぼろぼろの構造。そういう言葉の使用法は、世界中にいきわたっている。まやかしを真実に見せかけることさえしない。まやかしに同意することだけをせまる言葉。「現実に対応しない」といま書いた。むしろ現実は、現実主義的な支配者によって作り出される。リアリティ・ショー。現実は言葉にならない。言葉にならないものの感覚が、ただ断片としてとらえているものにすぎない。

いったいどういう言葉を発するのか、誰に向けて、何に向けて、どんな歴史に向けて、何を伝え、伝えがたい何を伝えようとして、伝わってしまうことの中の何をより分け、しめだし、すでに聞いた言葉ではないとすれば、そこで、その舞台で、暗闇で、いったいどんな言葉を、はじめてではないのなら、どんな言葉を、あえて、正確にはどこに向けて、発しようとするのか。これは過剰な問いというより、性急すぎる詰問にちがいない。そんなことを問うてしまうなら、何とか成立するパフォーマンスも、そういう問いで、表現の勢いや優雅さを台無しにしてしまう。しかし、そう問うことで、掘り返し、照らし出すべきことが、ありはしないか。

言葉から声へ。ただ声によって、みたされる。声からは逃れられない。言葉から逃れようとして、声に逃れる、声だけに、みたされる。しかし、声ならば、いたるところで聞かされているではないか。言葉ではなく、意味ではなく、ただ声となった声。声ほど現前するものはない。まなざしと声。それで十分であり、十分すぎるほどではないか。声は現前するが、言葉は現前しない。そこにもひとつの問題が潜んでいる。

演劇は音楽に由来する、というニーチェの、そしてアルトーの考えには、ある深い挑発がこめられていた。それは演劇の起源論などではない。演劇は、目にではなく、思考にでもなく、耳に与えられる。目に見えているものも、物語の内容も、その意味も、すべて耳へと、ただ聞かれるべきものとして、少しも視覚的イメージを形成することなく構成され、存在すべきである。演劇が、ここまで極端な仮定から出発するなら、新たにもうひとつ問題が浮びあがってくる。

そのときも言葉を排除するのではないとすれば、言葉をドラマ化する、という課題が同時に生じるだろう。しかも言葉を排除しなければ、ドラマが不可能である、という状況がうまれるだろう。もともと言葉の中にドラマが含まれていないとしたら、言葉のドラマなど成立しえない。ドラマとは、ドラマ化とは、言葉以前の次元に、存在しうるものか。

ドラマは言葉以前に存在しえないとしても、なおかつ（だからこそ）ドラマと言葉は対立しあい、緊張関係、敵対関係にありうる。

演劇への要求？　演劇には沈黙を求めたい。ほかのどこにもない、完璧な沈黙を、充実した沈黙をつくりだすこと。高山や深海の沈黙ではない沈黙。

ここまで書いてきたことは、言葉と私、言葉と生、言葉と身体、言葉と思考、言葉と声、それらの間のねじれ、裂け目のなかに、少しでも降りて行こうとして、ただ手探りしている。そこに演劇の問題が潜んでいる——仮説。たぶん演劇でなくてもいい。しかし演劇をそこに介入させるとき、何か見えてくるか、何が意識に浮上してくるか、確かめなければならない。演劇は、存在論である——仮説。

演劇について考えはじめ、言語という敵について考えはじめ、言語とは何か、という、空転することがわかっている抽象的な問いではなく(抽象的であるとしても、抽象的であるからこそ、その抽象について考えてみるべき余地はある)、いったいどんなふうに言語とかかわり、そのかかわりの中で言語と思考の葛藤をどんなふうに反復してきたか、それを省察することは、私の無意識、私にとっての思考不可能、私の半ば埋もれ腐食した記憶を掘り返すことになる。

演劇とは何で、それと言語との関係は? などとジャンル論や状況論を続け、その中で言語や記号に関する問いを、単に知的な問いを、蒸し返していればいいわけではない。知覚と思考の限界でおきることに、肉のレベル、生と性の震える帯域に、論理的にではなく、しかし厳密にふれるべきなのだ。ここで無力な(わが)知性は役にたたない。姿勢を変えなければ、言語について、演劇について考えようとしても、あれやこれやの理論や批評の浮き沈み以上の意味を見いだすことはできない。演劇論は、存在論でなくてはならない——仮説。しかしそれは哲学者たちの言う存在論ではない。そんな「存在論」では、まだ言葉がでしゃばりすぎで、見えかけたものが見えなくなってしまうだけなのだ。

「演劇が衰退期において、生きた身体組織と法則に屈したのは、演劇が生の模倣という形式、即ち生の再現と再創造という形式を自動的に、また論理的に受け入れてしまったからだ[1]」。「伝統的な意味での生の不在による以外には、生の概念は芸術に再び戻ることはない、という確信が私のなかでますます強くなってくる[2]」。かつて、このような確信と断念によって、タデウシュ・カントールは、みずからの演劇を「死の演劇」と名づけなければならなかった。あの「死の演劇」のような自覚と試みはやがて消滅し、忘却され、ただ「演劇の死」だけが進行し、「演劇の死」はなおさら意識されないまま進行する。そこで、もう一度、死をやりなおすことが必要なのだろう。劇場は、火葬場と墓地のすぐ横に建設すること。俳優は、真剣に死者を模倣し、蘇らせ、そして再び葬ること。演劇はそのように「葬儀」以上の「葬儀」の行為であるべきである。これが、ジャン・ジュネのほとんど唯一の「演劇論」的な主張であった[3]。

2　言語という変わりがたいもの

言葉への敵意は、意味作用にむかうことがある。その敵意が、言葉の単調なリズムにむかうことがある。規則化され、冗長になった文法、語彙、比喩、音韻にむかうことがある。言語は牢獄、言語はウィールス、言語（言霊）は魂にとってかわる。

沈黙からやりなおすことは、ひとつの方法である。あるいは標準化されたリズムと音韻の体系を崩すこと（異言）、声が生成するあらゆる音のマチエールの中に言葉を広げること（異言）。それは信徒が神と交信するために用いられる異言（グロッソラリア）ではない。声を解体すること、分散すること、声をただ純粋な強度にすることは可能か。それでも身体によって、呼吸する有機的な身体によって発声されるという限定から、声は逃れられない。逃れられないことに可能性は潜んでいる。叫ぶこと、ささやくこと、呻くこと、歌うこと、声のあらゆる可能性の広大な帯域がある。しかし声はすでに蕩尽されている。

声は言葉ではなく、言葉は声ではない。声が、言葉と、わずかに交錯しているだけだ。意味は言葉ではなく、言葉は意味ではない、意味と言葉が、ほんの少し交錯して、すれ違っているだけだ。声と言葉と意味が、裂け目なく、ずれることもなく、ただ一致しているとき、それを充実と受けとることができる。しかし、それをただ破廉恥と感じることもできる。

かつてアルトーは、傑作と、戯曲と、物語と、心理表現と、言葉と、テクストと、それらみんなと訣別しなければ、演劇はない、というところまで、問いをつきつめた。ただ声と身体のみがあればいい、というところまで。この提案に闇雲にしたがうなら、ただ空虚が待っているというしかない。いや声も身体も、異物や他者で充満しているのだ。さらに声と身体の有機性、統合性、形式性とも訣別しなければならない、とアルトーは問いをつきつめた。いったい問題は、言語を絶滅することであったのか、それは言語にも、身体にも、声にも、すでに深く浸透した歴史的な体制、制限、形式にも挑みかかる、勝つ見こみのない絶望的な闘いであったのか。

ベケットは、言語に穴をあけること、「裂開」を見出すことが問題だと、若いときから考えていた。穴を開けることが問題だとしても、ただ空虚だけを目ざしたのではないとすれば、穴を開けるべき言語が、手段としても対象としても、やはり必要不可欠であった。言語は、かぎりなく、希少に、空虚になっていくとしても、穴だらけだとしても、手段にも対象にもなりえないとしても、意味も、物語も、削がれていくとしても、それだけにますますベケットの演劇には、ただ言語そのものが、言語の存在だけが、執拗に残っている。意味も、生も、肉体もなく、ただ言葉だけが、ひからびた染みのような、かすかな震えのような、薄膜のような何かが残っている。いやそれ以上だ。最小限にせよ、何か構造、組み合わせ、機械のようなものを構成する技術者のように、最小の演劇をつくることを、ベケットは諦めなかった。

『演劇とその分身』のアルトーの主張をつぶさに読み直してみよう。「さまざまなテクストや書かれた詩についての迷信と縁を切るべきなのである。書かれた詩も一度は価値を持つ。だが次にはそれを破棄すべきだ。死んだ詩人たちは他の詩人たちに席を譲るべきだ。既製のものはそれがいかに美しく貴いものであろうと、まさにそれらに対する尊敬が、我々を化石化し、固定して、その根底に流れる力との接触を妨げる。もうそのことに気づいていいはずだ。その力を、思考するエネルギーとか、生命力とか、交換の決定論とか、月の生理とか、思いつくままに呼べばいい。テクストとしての詩の根底には、形もテクストもなく、詩そのものがある。そして、ある民族の魔術的行為に使われる仮面の効力がやがて尽きてしまうように——こんな仮面は博物館送りにすればいい——テクストの詩的効力も尽き果てる。そして詩は、演劇の効力は、最大の持続力を持つのである。これは、動作し、発声するものの行為、二度と再生されない行為を許容するからである」（「傑作と縁を切る」[4]）。

「その根底に流れる力」と接触することが肝要だというのだ。アルトーは、さまざまな障害に出会いながらも、そういう試みに一生を費やすことができた。私たちはといえば、「効力の尽きた仮面」のがらくただらけの廃墟に生きているのだ。まだそのような「力」が実在し、そのような「力」との接触がありうると仮定してみよう。力との接触は二度と再現されないとすれば、根底に流れる力は同じだとしても、それに触れるには、新しい仮面、新しい詩が必要なのだ。テクストも形式もよせつけない力に触れるために、まったく徒手空拳でいいわけがない。テクスト、形式、仮面を引き裂くような試みとほとんど同時に、それらを慎重に再生させるような、まったく逆説的な試みが要請されることになる。

もはや「死んだ詩人たち」は席を譲らなければならないどころか、彼らは忘却の彼方に葬られている。この時代において「根底に流れる力」に触れようとしたものとは、新興宗教や原理主義に命をあずけようとした若者たちであったかもしれない。かなりいかがわしくても「ニュー・エージ」の運動にさえも、そのような試みが含まれていた。あるいは、そういう力に擬似的に接触し、接触させようとする神秘主義、身体技法、映像、スペクタクル、ヴァーチャル・リアリティ、ゲーム、観光ツアーは、手を変え品を変えて提供される。一方で自然の破壊的脅威は、自然そのものの破壊の危機とともにあって、それでも自然は変わらず崇高である。「崇高」とは計り知れないものの知覚である。

大自然があり、そのなかに人間の生死がある以上、「根底に流れる力」は決してたえることがなく、それとの「接触」も、いかに限定され、排除され、管理され、あるいは歪曲されているにしても、まったくとぎれてしまうことがない。しかしアルトーが「思いつくままに呼べばいい」というその力の、まさに質と、現れについては、厳密に向かわなければならない。アルトー自身の生涯にわたる探究も、まさにその力のさまざまな位相と出現に、たえず向かっていた。「残酷」、「アナーキー」、「破壊」、「死」のイメージを、受け入れるにせよ、拒否するにせよ、私たちは性急であってはならない。「ゆっくりと壁に穴をあけ、やすりを使って通りぬけるように」というゴッホの手紙を引用するアルトーは、異様に慎重に、言語と身体と精神の危機を通り抜けようとしたのだ。力と暴力、「残酷」なものの質を、とりわけ厳密に識別することを、アルトーはあらゆる場面で自他に要求していた。

言語との奇妙な闘いは、しばしば言語によって行なわれるしかない。言語の「根底に流れる力」にいかに触れるかが問題だとすれば、言語を仮面のように剝ぎ取ればいいわけではない。「根底に流れる力」は、言語のなかにあるのか、それとも言語のむこうにあるのか、という問いにはまだ意味がある。

詩人は言語をモノ（事物）としてあつかうといわれたことがある（サルトル）。モノとしての言語の対極には、透明な伝達に使用される道具としての言語（散文）がある。明晰な分節、論理、透明な指示伝達への要求は完璧をめざすが、そのためにはむしろ指示内容そのものを限りなく簡素にする必要がある。言語という記号は、他の記号に比べて限りなく複雑な情報を伝達しうるが、その分だけ必然的に不透明性（不透明なモノ）をかかえる。無数の個人のそれぞれの知覚、思考、経験を、それらの無限の差異を、言語は伝えうるものにする。それらがあらかじめ言葉に従順であったかのように。しかも決して十分には伝えられない。言語はたえず透明と不透明を生み出し、透明と不透明の区別を浮動させながら、なおも規則性を頑強に保持する。

言語は不透明な厚み、意味のさまざまな屈折、あらゆる直喩、隠喩、含意をともない、それが声とともに発音されるときは、あらたに情念が、リズムが、エロス、強度、力が、そこに注がれうる。声の厚みがますます不透明性をぶ厚くする。反対に、単なる音でなく音韻の、すなわち声のイメージ（「聴覚映像」）の体系というところまで、言語学者は言語を対象化することから始めなければならなかった。対象化しえないものを、あえて対象化するということは、人間の思考がどうしても達成しなければならない冒険であった。そうでなくとも私たちは言語じたいを、話し言葉、書き言葉、国語、標準語、方言などとして、対象とみなすことをやめはしない。あるいは、言語を、「言霊」などとして、神秘的な魂、神からの賜物などと受け取ることさえも、やめはしない。どちらも言語を物神（フェティッシュ）にしている点では変わらない。

私たちは、不透明なものを裏切って、言語を透明にしようとするが、一方ではその透明なものを裏切って、逆に言語を不透明にしようとする。秘密の意味でみたそうとする。あるいは言語を、ただの叫びにする。「異言」を用いる。ただ沈黙を課し、沈黙で満たす。しかしそれにも意味がないわけではない。ただ叫ぶ身体。無数の言葉の「底に流れる」もの、それらのあいだのつぶやき、呻き、透明と不透明の間の葛藤、ねじれ。アルトーの革命的「宣言」よりも、むしろ彼自身の奇妙な探究の旅のなかに現れたさまざまな言葉の位相に目をむけなければならない。そこに彼独自の演劇の軌跡も重なっている。

それにしても、言語と闘うといっても、言語に穴をあけるといっても、あるいは言語をモノとしてあつかうといっても、じつは人間は、言語をそれほど思うままに処理し、解体し、あるいは変形することができるわけではない。もちろん無造作に新語を作り、音も意味も文法さえも、恣意的に改変することができ、それがいつのまにか定着することがある。けれども、言語をそのような操作の対象とすることはできても、とにかく私たちは言語のなかに生まれてくる。あらゆる遺伝的与件も、言語を学習することへと確実に乳児を条件づけている。ほとんど〈無意識〉のように堅固に構築された言語の秩序のなかへと私たちは、いやおうなく招き入れられる。言語とともにある生は、生理的構造だけでなく、社会的歴史的な構造によって準備され、条件づけられている。言語的秩序が、おそろしく堅固であることと、おそろしく脆く、あるいは不安定であることは、私たちの生の条件そのものに直結している。言語にどんなに穴をあけても、言語はなくならない。失語症になっても、痴呆になっても、まだなくならない。「全然わからない……自分が何を喋っているのか……想像して……彼女は自分が何を喋っているのか全然わからない……そこで必死に信じ込もうとする……自分のじゃない……これは自分の声じゃない」（ベケット「わたしじゃない」）。

3　引用三つ

それにしても結局はドラマなのか。もし作者のなかにドラマの電撃的な起源があるとすれば、この稲妻をつかまえること、空虚をあらわにする照明から発して言葉の建築を組み立てることは彼の任務である。言葉の建築とは、つまり文法的かつ儀式的なもので、空虚をあらわにする外見がこの空虚からもぎとられることが、こっそりと暗示される。

（ジュネ「……という奇妙な言葉」）

私たちは言語を一時に無くしてしまうことはできないので、少なくともその信用失墜に寄与しうるものは何も無視してはなりません。言語に次々穴をあけること、その背後に潜んでいるものが、何であれ、無であれ、滲み出てくるまで。

（ベケット、一九三七年のドイツ語の手紙）

言葉が死ぬときがある。／それは時間の停止とはちがう。／意味の死でもない。そしてまた、生き返ってくるとき／なぜかそこには匂いが落ちている。／匂いがない。だから痕跡もない。フケ。

（李静和『求めの政治学』）

4　リズムが味方なのか

もちろんほんとうに闘うべき敵は、決して言語そのものではありえない。スターリンの言語と、スターリンの政治とではいったいどちらが問題だったのか。その言語とその政治は深く絡み合い、その言語をつぶさに見ることによって、ただ政治的位相を見ているのでは見えないことが、えぐり出される。けれども言語が最終的な批判の対象ではありえない。

にもかかわらず、言語に対する闘いは、意味、形式、硬直、反復への抵抗とともに、繰り返される。とりわけ西欧で、言語に対して、ことあるごとに巻き起こる抗争は、それなりに激しい変化の歴史をくぐってきた日本語の世界にとっても、不可解な現象と映るにちがいない。

いま他のさまざまな世界の例と比べてみるだけの材料がないとしても、日本語の世界の作家たちは、言語に対して、かなり順応的であるといえる。外国語の語彙や構造をある程度まで受け入れることに関しても、あるいは日本語そのものを臨機応変に変容させることについても、まったく寛容である。さまざまな場で言葉を使い分けることは、むしろ推奨される。論理性や指示性に関しても、決して強い要求や基準が課せられることなく、言語の規則性や透明性（散文）は、あらかじめ放棄されているかのようである。そういう言語とは、闘うことさえできないのだ。そのように言語と馴れ合って生きられる人間には、演劇によって言語の体制と闘う、などという発想は成り立ちえない。演劇がもし言語との闘いであるとすれば、そのように言語と親和的な世界において演劇は成り立ちえない。もちろん現実の演劇はそんな闘い以外に存在理由をもち、それ以外の理由によって現に成立している。私の仮説のほうが、世迷い言と受けとられて当然なのだ。

たとえば、言語と明白に対立するのは、リズムである。言語は、ある角度からは、ひたすら情報、意味、論理、あるいは物語のような機能にむけて整序され純化される傾向がある。活字の技術（グーテンベルグの銀河系）は、すでに文字を画一化し、大量生産に供することによって、飛躍的にそのような機能を強化してきた。言語へのそのような強制は、言語から声を排除し、身体を、リズムを、さまざまな震動や偏差を消去するように働いた。

しかし、このことは決して、書き言葉対話し言葉のような、簡略すぎる区分によってはとらえきれない。話し言葉のほうも、書き言葉（文字）の変化の影響をたえず受けとりながら、冗長性を高め、効果的な伝達にむけて、たえず整理され、リズムを画一化し、身体性を排除していく可能性がある。むしろ話し言葉のそのような強い傾向に対抗して、作家たちは、書き言葉（エクリチュール）のなかにこそ、秘密の身体性やリズムを注入しようとしてきた。一九世紀半ば頃からの、作家たちの特異なモチーフは、しばしばそのような傾向を極限までつきつめることであった。

たとえば、「明晰でないものはフランス語でない」と書きながら、与えられた国語を引き裂くかのように書いた早熟の詩人が存在した。そういう記憶が生々しい国の一作家は、いまでもリズムについて、一大事のように語ることができる。「リズムに感染する可能性に対抗するようにして、書かれたものを尊重しようとする傾向は致命的である。今世紀のフランスで、ただひとり書かれたものを再リズム化したセリーヌは、まさに本能的に、野卑にそれを徹底したので、人はリズムを恐れるようになっている。それにリズムは、作家を作家たらしめるあらゆる条件を拒否するのである。その条件とは、教養と知識をひけらかすこと、何にもごまかされない賢さの証し、イデオロギー的な強弁、社会的優越性といったものだ」（ピエール・ギヨタ）。

二〇世紀フランスの作家でただセリーヌだけが実現しえたという「再リズム化」を要求し、みずからも実践しようとするこの作家は、リズムという言葉におそろしく濃密な挑発的内容をこめていたのである。
ピエール・ギヨタの作品では、器官、体液、細かい部位、身振り、性行為の記述が果てしなく続き、やがて言語そのものが通常の意味作用を失い、言語に与えられた形式や抑制を逸脱して波打ち、母音も子音も、その波打つ言葉の流れのなかに溶けていく。しばしば淫売窟で繰り広げられるこの性的なバレーは、あくまで貨幣を媒介にして隷属させ隷属する身体のあいだのバレーであって、それはエロティシズムなどではなく「より論理的な身体の流通」を記述しようとする。それは、身体性よりも、むしろ身体にまで浸透した経済と政治を解剖するような試みなのだ。そのような試みの焦点を、もっぱらリズムという言葉で示そうとするギヨタは、あまり納得のいく説明をしているとは思えない。しかし「リズム」が、言語の問いの見えにくい焦点にかかわっていることだけは十分想像させるのだ。経済（政治）を解体するリズムの経済（政治）があるにちがいない。そこでリズムこそが、言語の闘争の焦点であり争点であるかもしれないという仮説さえ想定させるのだ。

ベケットの「わたしじゃない」のような作品には、こうした問題のいくつかの焦点が結晶している。闇のなかで、ただ唇だけ照らされた口が語る。顔はない。顔が消滅しただけで、すでに人格的なものは消えている。そこにあるのは、あらゆるコネクション（人格、関係、文脈、記憶の連合）を外されて、ただ語る機械である。あるいは未知の獣の咆哮である。それが自分の声であるのか、誰の声であるのか、口は繰り返し自問する。叫んでは沈黙し、その叫びを聞こうとする。語っているのが自分の声かわからない。幽かな光が明滅し、耳鳴りのようなざわめきが聞こえる。幻聴なのか、幻視なのか、記憶にすぎないのか。それらがどこからくるのかわからない。それを知覚しているのは誰なのかもわからない。「何？……誰？……いいえ！……彼女！……」まるで脳のなかの自働機械が語っているようである。何か、誰か、決して定まらず、意味はたえず浮遊しており、意味を意味するのは、かろうじてリズムの役割である。ただリズムそのものが最小の意味である。「ざわめき？……そう……いつもざわめき……土砂降りの轟音……頭蓋骨のなか……」すべてが分裂し、ただリズムが、分裂した対象をかろうじて結びつけている。

もちろんリズムは、いつでも意味、物語、あるいは情報と対立するわけではない。韻文や定型詩は、リズムと意味の融合をめざし、あるいはまさに融合してしまうのではないか。意味だと思っていたものの正体はリズムだったのではないか。まったくリズムを欠いた言語が存在しえないように、まったく言語的な性質を排除するリズムもまれなのだ。リズムは確かに言語以前に存在し、言語を発生させるためにも不可欠な要素であった。

無言劇さえも、決して言語を排除するとはかぎらない。ほとんどすべての要素が、言語に還元され、物語に翻訳されうるような黙劇がある（パントマイム？）。しかし、ひたすら言語にも物語にも還元されまいとする身振りの劇がありうるだろうし、実際に存在してきた。言語の伝達可能性の閾そのものを問うような身振りは、関係の、時間の、記憶の、見えない位相にむけて身をよじるような行為でありうる。言語のなかの知覚しがたい意味の線とわずかに触れては、また身振りの生の独自の帯域に潜り込み、そこに錘をおろすような黙劇がありうる（「転形劇場」の試み?）。

言語を否定し、あるいは穴をあけ、破壊するという試みがある。身体に、あるいはリズムに味方して、もっぱらそれだけによって、表現を、あるいは行為を実現しようとする試みがある。それにしても、言語のなかから決して消えようとしない身体あるいはリズムがある。そして身体にもリズムにも、たえず「言語の生」が侵入してくる。ただ一途な肯定、否定、あるいは言語と非言語のあいだの二者択一によってアポリアをやりすごせるナイーヴな情況は、もはやないとすれば、ナイーヴであるためにさえも、いくつかの問いの交錯する場面をくぐりぬける必要がある。ベケットの書いた数々の風変わりな劇場用の小品は、そのような〈場面〉の実験でもあった。

（注）

（1）タデウシュ・カントール『死の演劇』松本小四郎／鴻英良訳、PARCO出版、二一八ページ。

（2）同、二二〇ページ。

（3）ジャン・ジュネ『アルベルト・ジャコメッティのアトリエ』鵜飼哲訳、「……という奇妙な単語」、現代企画室。

（4）アルトー『演劇とその分身』鈴木創士訳、河出文庫、一二七ページ。

Ⅸ　三つの演劇、言葉との抗争——アルトー・ベケット・ジュネ

アルトーⅠ

1　演劇を問うたのか

演劇人・俳優であったアルトーは、実にさまざまな問題の交点にいた人でもある。彼の〈演劇〉も、それらの問題の交点で生きられ、その交点への問いであり続けた。それゆえに演劇は、確かに彼に固有の問いを形成し、まさにその固有性が、現代の演劇に特異なインスピレーションを吹き込むことになった。強烈な影響をもたらしたと同時に、多くの誤解も生んだ。もちろん〈正解〉は、しばしば精神と身体の危機として現われたアルトーの固有性の入り組んだ深みに潜

んでいるだけである。

たとえば『現代フランス演劇史』というような類いの教科書的な本を紐解いてみると、アルトーについての言及はむしろ乏しかったりする。同時代に活躍し、若いときアルトーも影響を受けたに違いないシャルル・デュランやジャック・コポー、ジョルジュ・ピトエフ、ルイ・ジューヴェのような演出家が、はるかに重視されている。もちろんアルトー以外にも、演劇を現代の要請に照らして改革しようとした人びとが少なからずいた。しかし、たとえばコポーのテキストとアルトーのそれを比べてみると、そのコントラストは顕著なのだ。演劇の停滞を揺さぶり生気を吹きこもうとするコポーの姿勢は目覚ましいが、決して演劇の基本的な枠組みそのものを問うてはいない。アルトーにとっては、死滅しつつある演劇の枠組みそのものを改革することが問題である。しかし、いったい彼は演劇の革命について考えたといえるのか？　結局アルトーが考えたのは決して演劇ではなく、むしろ今では「パフォーマンス」という言葉でいわれるような、もっと超領域的な何かだろうと考えた人びともいた。

アルトーはまず〈戯曲〉という演劇の本体を明白に拒絶したのである。演劇の問題とはたいていの〈演劇人〉にとって、〈戯曲をどう演ずるか〉ということであったとすれば、アルトーの問題はそこから、かなり逸脱していた。たとえばスタニスラフスキーに関する資料を読んでみると、演出過程での俳優との対話の中で、彼は俳優に対してある種の心理的自己分析を求めている。(1) 戯曲に書いてある台詞、アクション、場面をどう解釈するか。その前後では何が起こっているのか。書いてないことまでよく考え想像するように、と俳優に要求する。そのようにして一つ一つの演技、場面を緻密に、有機的に構成していく。あらゆる背景、コンテクスト、台本に書かれていない心理まで想像する訓練を行う。戯曲の登場人物は、内的なモノローグをしているかもしれないから、そんな書いてないモノローグまで想像して演じてみよう。そういう方向で、スタニスラフスキーは、戯曲のテクストを超えて、とりわけ心理的なコンテクストの中で立体的に演技を組み立てていく方法を繊密に考えたようなのだ。

しかしアルトーの場合、演劇の問題は、そのように〈演技〉の心理的想像的次元にかかわることでもなかった。アルトーはむしろ戯曲の特権性とともに、戯曲を構成する心理的な奥行きをも拒絶しようとした。そして今日の演劇は、ある面ではアルトー的になったといえなくはない。演劇の文学性や心理表現の価値は下落し、演劇と他ジャンル、あるいは様々な〈パフォーマンス〉の間の境界が実際になくなってきた。端的にそういう意味でも演劇を古典的枠組みから解放した先駆者的存在であったと同時に、やはり別の角度からは、アルトーは演劇に対して全く独自の根源的問題をつきつけた、理解しがたい例外的な存在であり続けている。演出家であり、理論家であり、俳優でもあったが、画期的な戯曲も上演も残しておらず、演劇史においては、むしろ全く目だたない存在にすぎないと言える。少なくとも、このように両方の見方ができるのである。

2　生―政治学とのかかわり

話題が飛躍するが、ミシェル・フーコーの『性の歴史』第一巻、『知への意志』に出現する「生―政治学」bio-politique という概念には、すでに多くの人びとが注目してきた（いっしょにジョルジョ・アガンベンを思い浮かべる人も多いだろう）。それとアルトーとのあいだに関係がないかどうか考えてみたい。「生の政治」という観点から、アルトーの演劇の核心を照らし出すことができないか、と思うのだ。

ミシェル・フーコーの後期の探求の大きな課題は、ヨーロッパの権力機構の歴史であった。その前に彼は『監獄の誕生』を書き、監獄―刑罰のシステムに光をあて、従来なかったような観点から権力の問題、政治の問題を考察した。それは精密な制度史的研究を超えて、一つの世界と時代を貫通する権力の図式を浮かび上がらせることになった。やがて彼は『性の歴史』と題された一連の研究を発表し、これが最後の主著となるが、その第一巻の最後のほうで、セクシャリテの問題を、生あるいは生命をめぐる政治の一環として考えなくてはならないと提案したのだ。「知と権力の手法は、生のプロセスを自分の問題として取り上げ、それを管理し、変更することを企てる。西欧的人間は次第次第に学ぶのだ。生きている世界の中で生きている種であるとは如何なることか、身体をもつとは、存在の条件を、生の確率を、個人的・集団的健康を、変更可能な力を、その力を最も適した形で配分し得る空間をもつとは、如何なることであるのかを。恐らく歴史上初めて、生命の問題が政治の問題に反映される」（『知への意志』[2]）。

フーコーは、ある時代に政治の焦点が「はじめて」生命の問題になった、というのである。それ以前の絶対王朝の時代、あるいは封建制の時代に、権力は人間を死なせる権力、いわゆる「生殺与奪」の権力を持っていた。民が生きているのは、権力が彼らを死なせるのではなく生かしておく（laisser vivre）からである。むしろ「死なせること」が、この権力の原則なのである。西欧近代は確かに資本主義あるいはデモクラシーの成長と本質的な関係があるにちがいないとしても、ここでフーコーは、あくまで新しいタイプの〈生に対する権力〉の出現として近代を定義している。「生物学的近代性の閾」と彼は言う。そういう「閾」を超えてしまった新しい時代では、むしろ「死なせる」よりもなんとかして「生きさせる」（faire vivre）というタイプの管理が至るところに及ぶようになる。しかし「生きさせる」ことは、一方で「死の中に投げ込む」ということと対なのである。この「生きさせる」生―権力は、一方では多数の人間（人口）を「死に遺棄する」権力でもある。ナチズムのユダヤ人虐殺も、「生」の名において、「生命」を擁護するという口実で、ユダヤ人を「生命の敵」とみなして絶滅するという発想と一体であった。「生―権力」の突出したケースとして、フーコーはナチを定義をしているのだ。

生、生命というものは全く無垢な、不可侵の価値であり、政治も社会も超越する絶対的価値である、と信じたいところである。もちろんそのように、われわれは生を考えることもできるが、様々な力の体制によって生は限なく包囲されている。人間の生は、誕生のときから、生以外のものによって包囲され、生ではないものの力を受け取っている。そのような体制と力にとって、生は「確率」や「統計」によって計算され統制される事象でしかなくなる。生の意味も価値も、「生―政治学」的な世界と、それ以前の他の世界では全く違っている。そういう問題をフーコーは投げかけていた。

フーコーから受けとった「生―政治学」の問題を、ジョルジョ・アガンベンは、少し別の方向に展開して見せた。たとえば『アウシュビッツの残りのもの』の中で、アガンベンは「生」を意味するギリシャ語が、ビオスとゾーエという、異なる言葉で表されたことに改めて着目している。(彼によれば)ゾーエという言葉は、単なる動物的生、剝き出しの生、ただ生きているだけという状態を意味する。他方、ポリスにおいて様式化され社会化された生は、ビオスとして、そういう動物的生と区別される。強制収容所のユダヤ人、瀕死の限界状況に投げ込まれたユダヤ人の生は、ビオスというよりもゾーエというべきだ、とアガンベンは書いている。「生」といってもビオスとゾーエという二つの生の形態があって、強制収容所のユダヤ人はゾーエの状況に投げ込まれたとアガンベンは述べ、そこから生の限界的例外的条件を再考する問題含みの論を展開していた。権力と法が必然的に例外状態を内包し、出現させることを、その後もアガンベンは考え続ける。フーコーのほうは、むしろ統治の新たな目標と技術にともなう危険に注意をうながしていた。アガンベンは法と例外状態のドラマに着目したが、フーコーはあくまで法的空間の外部で作用する力関係のドラマに光をあてようとした。

3　演劇と生との結びつき

そこで『演劇とその分身』のアルトーの思考を、改めて「生―政治学」という言葉に照らして読むならば、何が見えてくるだろう。アルトー自身によるその序文を、注意深く読み直してみる必要がある。「生に触れるために言語を破壊することこそが、演劇を作ること、あるいは作り直すことである」。「演劇によって革新された生の感覚を信じなければならない」。「したがって生という言葉を口にするときにも、諸事実の外部を通じて認められる生のことではない、と理解しなければならない。それは諸形態が触れることのできない、壊れやすい動きやすい一種の根源のことなのである(3)」。こんなふうに演劇について語りながら、同時にアルトーは独自に「生」を定義しているのだ。ここに書かれた生（la vie）という言葉にもう一度注意を向けてみなければならない。それはビオスにもゾーエにも属さず、そのような分割とは決して相いれない「生」なのではないか。

要するにアルトーは、演劇と生との結びつきに、ある異様に強い関心を向けている。「生―演劇」bio-théâtreとでもいうべきものがアルトーの中で構想されていた。第二次世界大戦に重なる時期に精神病院に収容されていたアルトーは、自分はなぜ狂気に陥ったか、なぜ病院に監禁されているのかについて、ある種の歴史的社会的考察を試みている。この考察を執拗に続け、彼は最後にヴァン・ゴッホ論を書き、また『神の裁きと決別するため』というラジオドラマを書いて、みずから出演し、ロジェ・ブラン（演出家）やマリア・カザーレス（俳優）といった人物たちと一緒に録音している。これらの作品はまさに氷山の一角とでも言うべきもので、精神病院時代に開始して、パリに戻ってからも書き続けた数百冊に及ぶノートの思索は、巨大な氷山、氷河のようなものである。

そこに記された言葉は詩とも手記ともエッセーとも言えず、分類不可能である。短く行分けされ、しばしばその間にデッサンが描いてある。何語でもない「異言」めいた言葉が挿入されている。こういうノートを、彼は死の直前までたえまなく書き続けた。ここでもやはりアルトーは、生について、とりわけ身体の問題について、また演劇の問題について再考している。そしてそれらすべてを、ヨーロッパの歴史、文明、政治の問題としても考えなおしている。フーコーのように生をめぐる政治について語ってはいないとしても、自分が生きる世界の中で、身体が奇妙な仕方で拘束され統制され、生がくまなく包囲されている、ということが大きな問題意識になっている。こうしてアルトーもまた、「生」という主題に特異な関心を持ち続けたのだ。かつてニーチェの放った「生の哲学」という矢は、アルトーのなかにこそ本質的反響をもたらしたといってもいい。「生の哲学」そして「生気論」は、必ずしも政治的文脈で、権力の問題にかかわって思考されてきたわけではない。しかし「生の哲学」は、「生—権力」という問題に照らし合わせたときにこそ、はじめて本質的に問い直すことができるのではないか。生の哲学には、しばしば生をめぐる権力への問いが欠けていた。アルトーの演劇は（ニーチェにとってギリシャ悲劇がそうであったように）生の問題として問われ、生を包囲する政治と対決するかのようにして実験されたと考えられる。この仮説を念頭において、改めてアルトーの足跡を辿ってみることにしよう。

4　異質なシュールレアリスム

若いアルトーはシュールレアリスムの重要なメンバーであり、ある時期には最も過激な主導的メンバーであった。アンドレ・ブルトンではなく、アルトーのシュールレアリスムが確かに存在したのだ。シュールレアリストとして生、言語、身体を革命しようとしたアルトーもまた、アルトーの活動の重要な部分として記憶されるべきだろう。たとえば土方巽の『肉体の反乱』というようなパフォーマンスは、アルトーの演劇論よりも、むしろアルトー的なシュールレアリスムのほうからインスピレーションを与えられていたように思える。

アルトーはまた、若い時期から、東洋の文献に、たとえば（エジプトの）『死者の書』や『易経』に親しんでいた。ラフカディオ・ハーンの怪談の一つ『耳なし芳一』の物語を翻案して書き直したこともある。あの盲目の琵琶法師の怪談を書き改めているのである。平家の幽霊たちの呪いを払い除けるために、芳一は、身体にじかにお経を書いてもらう。耳たぶにだけ経文が書いてなかったので、それが幽霊に見られてしまい、耳を切られて持っていかれる。身体の上にじかに文字を書く、それによって悪霊の呪いを払う、というくだりにアルトーは特に惹かれたようである。そこにもアルトーにとっての言葉の問題、言葉と身体の問題が端的に現れている。

やがてアルトーは、一九三〇年代にメキシコに大旅行を試みる。首都で講演をした後には、先住民のタラウマラ族の居住地に行くことになる。それより少し前、『演劇とその分身』の文章を書いたのとほぼ同時期に、ローマの少年皇帝ヘリオガバルスをめぐる小説を書いている。この皇帝は、ローマを破局的、倒錯的な混乱状態に陥れて、結局殺されてしまう。歴史家たちには大変評判が悪いが、逆にアルトーだけでなく、D・H・ローレンスなども、このヘリオガバルスを高く評価しているのだ。ヘリオガバルスは帝国の辺境シリアからやってきてローマに〈アナーキー〉をもたらすが、このアナーキーは太陽神を奉じるシリアの異教という背景をもっており、この異教の教義を厳密に実践したものである、というわけでアルトーはその教義を綿密に再構成することから物語を始めている。こういう歴史的想像力を発揮するアルトー、『死者の書』を読み、ラフカディオ・ハーンを脚色するアルトー、アメリカの先住民やシリアの異教に人類学的な関心をむけるアルトーもいた。アルトーは一部では異例の神秘主義者、神秘家のように受けとられてきた。アルトーのそのように神秘主義として現れたような側面については、慎重な読解が必要である。神秘主義的な〈妄想〉や〈幻想〉の時期を通過しながら、結局アルトーは厳格に神秘主義を吟味し批判して、そこにも彼の「生の哲学」ための材料を発見していたのである。

日本では一九六五年に『演劇とその分身』の訳が（『演劇の形而上学』と題して）刊行されたが、この時代にアルトーは、むしろシュールレアリストの一人として紹介されてきた。アルトーがフランスで知られる契機となった作品は、ジャック・リヴィエールとの往復書簡であった。リヴィエールは『ランボー論』の著者でもあった批評家であり、『NRF』という重要な雑誌の編集長であった。『NRF』とアルトーとの関係は長く続き、ジャック・リヴィエールの後の編集長ジャン・ポーランという、やはり大変繊細な、深い教養を持った作家からも、アルトーは援助されている。その『NRF』に、まだほとんど無名だったアルトーは自分の詩の掲載を願って手紙を書いたのだ。ジャック・リヴィエールは「あなたの詩は興味深いけれど、掲載できるほどの完成度に達していない」というふうに答えるが、何か特別な印象を受け、気にかけている。リヴィエールの答えに対するアルトーの反応は実に興味深い。リヴィエールの見方を厳しく批判しつつ、彼は根本的な反駁を試みるのである。自分がどういう心身の状況を生きているか、どういう問題の渦中にあるか、自分の詩がどのような出来事に直面しているか、その詩がいかに特異な危機の経験であり、詩としての形式的な完成を拒むものでしかありえないのか、周到に説得していく。自分にとって詩の技術的形式的均衡などは、ほとんど二の次の問題であり、それよりはるかに根源的な問題を、思考の根本的危機、思考の不可能という問題を自分は生きている（「生とは問題に焼き尽くされることである」とアルトーは書いたことがある）。そういうアルトーの問いの凄まじさに、リヴィエールは否応なしに引きずりこまれていく。リヴィエールはやがてアルトーとのこの往復書簡そのものを刊行しようではないかと提案し、このような例外的出版物によってアルトーは注目されるようになる。シュールレアリスムの一員として、かなり目覚ましい活動を主導することにもなっていく。本格的な実験演劇の試みにも乗り出す。こういうことが起きたのは一九二〇年代のことである。

リヴィエールとのこの往復書簡は『思考の腐食について』というタイトルで、飯島耕一氏によって日本語に訳された。訳書は目立たない薄ぺらな本だった。これを東京・自由が丘の古本屋で手に入れて読み、私のアルトーとの出会いが始まった。何かとても特別なことが記されている、と胸騒ぎがした。詩でもなく哲学でもなく、分類不可能な何かが起こっていた。

シュールレアリストとしてのアルトーは、やがてブルトンと仲たがいしていった。ブルトンの主導するシュールレアリスムのグループはだんだん排他的、党派的になっていく。アルトーも、あるいはバタイユのような人物も排除されていった。芸術運動としてのシュールレアリスムは詩と絵画に集中していて、演劇は、シュールレアリスムにとってむしろマイナーなジャンルであった。またシュールレアリストたちは共産党に入党し、芸術の革命を政治革命と合流させようとした。アルトーはこの〈政治参加〉に真正面から衝突する。アルトーの立場は毅然としていた。彼にとって、シュールレアリスム革命は、共産党の革命とは全く違う次元にあるべきものであり、〈物質的必要〉とは異なる必要に忠実なものでなければならなかった。

この問題は、後のメキシコ旅行にまでもちこされることになる。メキシコに行ったのは、その革命の後だったこともあり、当時のメキシコで、アルトーは、シュールレアリスム革命とは何だったのか、何であるべきだったのか、メキシコ革命に照らして考え直している。シュールレアリスム革命は、彼にとって政治革命であるよりも根源的な生（la vie）の革命でなければならなかった。そういう意味で、政治的な要求に従属する言語や思考の中にシュールレアリスム革命を閉じ込めることは耐え難いことだった。メキシコでの講演は、ほとんどフランス語の原稿が残っていない。滞在費をかせぐために即興で書いた文章が、その場ですぐスペイン語に翻訳され、それが講演原稿になり、新聞等に掲載されたのである。メキシコのアルトーは、そういう切迫した状況で、もう一度、独自にシュールレアリスム革命を考えなおそうとした（これらのテクストは『革命的メッセージ』としてまとめられている）。

5　ヴァルター・ベンヤミンへの迂回

いったい「シュールレアリスム革命」とは何だったのか（これを題名とする雑誌にアルトーも参加している）。決してこれは古い問題とはいえない。いまアルトーについて考えるということは、やはりシュールレアリスムとは何だったのか、何を生み出したのか、何を排除したのか、どんな「革命」を試みたのか、と問うことを強いるのだ。ヴァルター・ベンヤミンの「シュールレアリスム論」は、その点で示唆にみちたテキストである。(4) ベンヤミンはこのテキストで、「イメージ空間」という言葉を使っている。「イメージ空間」とは身体の空間でもある、と書いている。従来の詩的言語にとっては「暗喩」がとても大きな要素であった。暗喩あるいは象徴といってもいいだろう。しかしベンヤミンの大きなテーマの一つ「アレゴリー」とは、まさに「象徴」に対立し、それを批判する言語の用法なのである。アレゴリーを「形象とその意味のあいだの慣習的関係」によって成り立つ「古臭い」修辞とみなすようなロマン主義的伝統に抗して、ベンヤミンは中世からバロックにいたるアレゴリーの表現に、彼の批評的モチーフの酵母になるものを発見していた。「意味と記号のあいだの関連が何重もの闇につつまれていても……むしろそれに刺激され、描出する対象のますますかけ離れた特徴をもちいて寓意に仕立て上げ、新たにこじつけることによってエジプト人をも凌駕しようとした。そこへさらに、いにしえの人びとから伝わるさまざまな意味のドグマ的な力が加わり、その結果、同じ一つのものが徳をも悪徳をも表わすことになり、そうやってついにはありとあらゆることを寓意化できるまでになる」[5]。ここに引用された一節が説明しているようなアレゴリーの重層から、ベンヤミンは記号や形象の有機的総体性のみならず、時間、死、歴史哲学にかかわる壮大な思想を展開している。ドイツの「悲哀劇」は、アルトーの「残酷劇」とも無関係ではありえない。

ベンヤミンという批評家が、一九八〇年代ぐらいから盛んに読まれるようになった理由を考えてみよう。歴史哲学から、技術、メディア、資本制、都市の変容を考える論考、そして多彩な作家論にいたるまで、めくるめくような批評的考察を続けながら、決して体系的、総花的にではなく、それぞれの主題の特異点を抽出してはモザイク状に問題を提示していくという書き方をベンヤミンは確立していた。その中には同時代を過ぎてから、ようやく切実に見えるようになった着想が数多く含まれていた。その後に流れた時間が、堆積してその着想を忘れさせるのではなく、逆にそれを掘り起こしてきたようなのだ。ベンヤミンの後の時間がそういうふうに流れたかのようだが、もちろんベンヤミン自身が、別に予言者のようにではなく、彼の時代の圧力を敏感に受けとりながら、そういう時間差と時間性を持つ思考を作り上げてしまったのである。

ベンヤミンのいう「イメージ空間」とは、従来の詩的方法としての「暗喩」に依存するのではなく、ある直接性を持つ身体性の空間である。「暗喩」に対する、ひいては「意味」に対する批判をはらむ言語空間が、シュールレアリスムの中にはっきりとした形を取っていると彼は言うのだ。「イメージ空間」とは、実にありふれた言葉にみえる。「シュールレアリスムの触れた全てのものが統合された。目覚めと眠りの間の敷居が、満ちては引く潮である大量のイメージに侵食されたかのように、各自の中で消滅してしまう時にのみ、人生は生きるに値すると感じられた。音とイメージが、イメージと音が自動機械のような精密さでうまく嚙み合い」（この指摘はアルトーの描いたバリ島演劇の「イメージ」と重なるところがある）、「その結果、意味などというつまらぬものが入り込む隙間がない時にのみ、言語は言語そのものであるように思われた」。そして「イメージと言語が優先する」と言うのだ。これは同時に「身体空間である」とベンヤミンはほとんど何の説明もなしに付け加えている。[6]「全てのものが統合された」といっても、統合の原理などなく、要素の間の閾を無にする「自動機械」が作動しているだけだ。ベンヤミンの説明は、それほど緻密に論理化されてはいない。しかしイメージの自動機械と「身体空間」に注目し、それらが意味でも暗喩でも象徴でもなく、中心化を避けて部分を増殖させるアレゴリーとともに作動することを指摘ながら、アンドレ・ブルトンが必ずしも意図してはいなかった方向に、シュールレアリスムを誘導していたかのようだ。

アルトーの側からシュールレアリスムを見るのと、ブルトンから見るのと、あるいはトリスタン・ツァラのような（ダダイストでもあった）詩人から見るのと、あるいはエルンストやダリ、ミロなど画家たちの視線から見るのとでは、もちろんシュールレアリスムはきわめて個性的な人物の集まりであり、それらの差異こそが興味深い。シュールレアリスムは、そのようなおびただしい差異の生成装置であったが、ブルトンはそれを党派として統制するかのようにふるまったふしがある。ベンヤミンの指摘には一九六〇年代頃までに日本に移植されてきたシュールレアリスムからは、あまり見えてこなかった面が指摘されている。彼は同時に「複製技術時代の芸術」という形で、写真や映画についても考えようとした。カフカを読みながら、カフカ作品における「身振り」についてユニークな指摘をしてもいて、これは演劇の問題にも繋がるのだ。

アルトーとシュールレアリスムとの交点とは何であり、どこですれ違っていったかを考えるうえでも、ある政治学（共産主義）とともにあったベンヤミンのいうイメージ空間、身体空間は示唆にみちている。アルトーが好んで使った「分身」という言葉にも、改めて注目させられる。演劇と分身、メキシコ革命、イメージと身体の空間、これらを連動させる一つの目覚ましい詩学——政治学が浮上していたようなのだ。

6　アルトーの〈狂気〉

先にも触れたように、アルトーは一〇代から異様な心身の苦痛を病んでいた。しかし一九三〇年代後半まで、つまり約四〇歳くらいまで、もちろん彼は非妥協的で過剰な、孤立しがちな人格であったにちがいないが、文体は堅牢で、作品はよく構築されて明晰であり、いつも異様に濃密だったのである。

心身の麻痺という奇妙な症状に堪えるため、彼は早くから麻薬を使用していた。アルトーと麻薬の関係は相当に深く、彼の〈症状〉は輪をかけて特異なものになった。それはアルトーと他者とのあいだに厚い壁を作ったかもしれない。メキシコを訪れたときには、中毒症状からけんめいに脱しようとして、しばらく薬を断っているが、これはタラウマラ族のもとでペイヨトルという「神聖な」麻薬を体験するためだった。この時の恐るべき禁断症状を、アルトー自身が最後にパリに戻った時の講演の中でつぶさに語っている。そういう状況で、目に映ったメキシコの山岳地帯の凄まじい光景を描いている。晩年にロデーズの病院を出て自由になった後も、彼はかなりの量の薬を常用していた。阿片チンキ、コカインやモルヒネまで使っていたようである。ジャンキーとしてのアルトーという問題に私が触れようとしたときに、アルトーを敬愛し、映画でみずからアルトーを演じたこともある俳優サミー・フレーは「アルトーはジャンキーだったわけじゃない。苦痛にたえるため仕方なしに薬をやっただけだ」と憤慨していた。私も基本的にそうだと思う。アルトーを、ビートニクスや、ウィリアム・バロウズ、あるいはボードレールなどと似たタイプの麻薬服用者に分類することはできないだろう。

しかし、それにしても彼独自の麻薬の使用法が確かにあった。アルトーにおける知覚の凄まじい加速、異様な停滞、分類不能な硬質性といったものは、やはり何かしら麻薬吸引状態と関係があるようだ。それは何らアルトーの創造性の評価を貶めるものではない。心身の麻痺という彼の症状も含めて、いくつかの兆候は分裂症を考えさせる。日本の精神科医、森島章仁は、アルトーについて長大な評論を書き、まさにアルトーに照らして分裂症を考え直している。[7] ところが中井久夫や木村敏は、アルトーは分裂症などではなかった、と彼らの臨床経験に照らして確言したことがある。ドゥルーズ／ガタリの『アンチ・オイディプス』の中で、アルトーは「資本主義と分裂症」という副題を象徴するかのような分裂症者として扱われている。分裂症は、彼らにとって、創造的無意識のおびただしい生産工場のようなものである。

分裂症とは何か、アルトーは分裂症であったのか、という問題はこのように錯綜している。精神医学の専門家たちの見解が、すでに四分五裂している。分裂症などというものは結局、臨床の対象となる実体としては存在しないのではないか、と渡辺哲夫は述べたことがある。分裂症とは、人が分裂症と呼ぶもののことにすぎず、医者と患者との関係の中で浮き上がってくる一つの〈現象〉そのものにすぎない。「分裂症」と名づけられるが、実は名づけられないものでしかない、ということだ。

『アンチ・オイディプス』の中では、パラノイアとスキゾフレニーという対立概念が根本のテーマになっている。精神病の分類表の中には「分裂症」という大きな枠組みの中にパラノイアという症状があって、通常の分類では、パラノイアは分裂症の中の一部門にすぎない。パラノイア症者も妄想に苛まれるとしても、人格が破壊されるほどではなく、おおむねまだ社会的生活をこなすことができたりする。しかしパラノイアと分裂症の対立は、ドゥルーズ／ガタリの文脈ではほとんど政治的な意味を持っている。パラノイアは国家主義、ナショナリズム、保守的な道徳や家族関係の中に生を閉じ込める自己抑圧的な症状と一体である。他方、資本主義の限りなく越境していく傾向（グローバリゼーション？）はむしろ分裂症的であり、分裂症の要因でもある。国家にしがみつき、国家を復活させ、強固にしようとするパラノイア的体制があり、一方にはむしろそこから限りなく越境していく分裂症的運動がある。資本主義そのものに二つの傾向が内在し、それが合体して、つねに両義的に作用する。資本主義は、まさにこの両方の傾向（ダブルバインド）の入れ子状から成り立っている。

けれどもアルトーの「分裂症」という問題よりも、アルトーが病気だったのか、狂気だったのか、それともまったく正気だったのか、という問題よりも、はるかに本質的な問題があるにちがいない。少なくともアルトーはある種の病の〈過程〉を生きたのだ。その過程とは何だったのか。その過程と、彼の演劇、彼の表現、彼の足跡は切り離せない。『アンチ・オイディプス』は、その〈過程〉を分析しようとする特異な試みだった。アルトーの〈症例〉は、いわば地球規模の、世界史の水準での、身体、無意識、言語、思考を貫通する出来事として、その表出として考察されることになったのである。

アルトーII

1 「映画の早発的な死」

初期のアルトーの実験的演劇は、アルフレッド・ジャリ劇場という名で実践された。アルトーは、ダダイスムにもシュールレアリスムにも関わって戯曲や詩を書いていたロジェ・ヴィトラックと共同で活動した。その後『演劇とその分身』という書物にまとめられる一連のテクストを書きながら、これと並行して、「残酷演劇」(Théâtre de la cruauté)の活動に入っていった。この時代にアルトーは多くの映画に出演し、また映画制作にも関心を持った。映画は、アルトーの探究の中で決してマイナーな要素だとは言えない。彼自身の構想した映画作品で残っているのは『貝殻と僧侶』というサイレント作品である。これは『アンダルシアの犬』とか『黄金時代』といったシュールレアリスムの傑作映画が生まれる少し前に制作されたのである。アルトーはこの『貝殻と僧侶』という作品のシナリオを書いて、みずから監督しようとしたのだが、結局ジェルメーヌ・デュラックというシュールレアリストであった女性が監督した。『貝殻と僧侶』は、加速された夢のようにめまぐるしく幻想を走らせる作品である。

彼はこの時期に、映画について注目に値するエッセーをいくつか書いている。そこでアルトーが目を向けているのは、映像が網膜に作用し、じかに脳に働きかけるという側面である。現代のサイバー空間や電脳空間と言われるような何かを、アルトーは映画の中に見ていた、とも言えよう。それは光と脳とが直接交通するような事態であり、ほとんど思考以前、イメージ以前の映像である。ベンヤミンは『複製技術時代の芸術』で、映画は視覚の対象なのに、むしろ触覚に働きかけ、触覚的レベルで人間の知覚様式を変えてしまうという意味のことを書いた。やがて映画、映像の、もっぱら視覚的な側面が強化され、身体から切り離されて視覚ばかりが肥大した人間、視覚的次元のほうが当然のように強化されるようになる。しかし、ヴェラ・バラージュのような映画理論の先駆者たちは、映画が新たにもたらした事態として、むしろ〈身体を可視的にした〉ということをかなり重視している。映画は、人類が未だ見たことのない身体を、見たことのない視点、距離から、眼の前に出現させた。そういう意味では、映像は決して非身体的ではなくて、身体を見えるものにし、われわれを身体に近づけてくれる。視覚に与えられる身体が、視覚を逸脱する次元に身体の認識を導いていく。人間は身体と新たな関係を結ぶ。少なくとも、そういう可能性が開かれる。

こうして映像は触覚に、身体に、あるいは脳に、網膜に、じかに働きかける。アルトーは、ほとんどこのことだけにこだわって、彼自身の動機に忠実に映画を構想し、いくつかシノプシスを書いたりもしている。結局、映画産業の要求に順応することはできず、トーキー映画の普及にも絶望して、また演劇に戻っていくが、そのように真剣に映画にたちむかったアルトーを思い出してみることは決して無意味ではない。「生」、「身体」という問題だけでなく、「力」にかかわる問題が、アルトーのなかには一貫してある。「生—権力」とは生（の力）を包囲する別の力なのである。映画は、イメージとして存在する力を、じかに脳に、思考に作用させる。イメージと力の交点に、イメージと力を変形し媒介する映画という機械が介入する。そのような技術、機械、つまりメディアと呼ばれるものに対しても、アルトーは鋭敏に独自の問いをむけていた。

ジル・ドゥルーズの『シネマ』の第二巻『時間イメージ』では、アルトーについてかなりの頁が割かれている。そこではまさに、脳（思考）と力に直接かかわる次元で映画が捉えられる。そういう問題意識の中で映画を構想しためざましいケースとして、アルトーの映画論が取り上げられている。確かにアルトーは、心理や物語に媒介されるのではなく、人間の身体、肉体によってじかに演じられる演劇を通じて、そういう意味で〈直接的な〉芸術を通じて、生を変え社会を変えようとした。しかしアルトーの試みは、すさまじい直接性（残酷）だけではなく、ある種の間接性、媒介、つまりメディアに対する切実な関心を同時にともなっていた。ある種の技術機械や自動機械の介入に対する強い関心が、彼の中にあった。

自動機械はアルトーの心身の状態とも関係していて、彼はたびたび自分の心身の硬直状態を、異様な自動機械、自動人形と捉えている。アルトー自身でもある自動人形は、ただ麻痺し、硬直し、何も実現しない。この自動人形は、夥しい生の力に取り囲まれていて、しかもその生の力を決して調和的に分節し循環させることができないまま凍りついている。若いアルトーは、そういう自動機械としての自己の心身について延々と語り、描写している。ジャック・リヴィエールとの往復書簡には、その片鱗が現れていただけである。この自動機械の意識は、やはり映画の構想にも結びついた。しかし「映画の早発的な死」というような題のテキストを書いて、自分がやりたいことはやっぱり映画ではない、と彼は結論を下すことになる。アルトーの発想した映画は社会に受け入れられない。脳にじかに作用する力として映像を捉えるようなアルトーの発想から、映画はますます遠ざかっていく。映画のまさに機械的産業的な側面、一度撮影され、完成された作品がどこまでも反復されて流通するという、この機械的反復にもうんざりだと言いつつ、映画と決別してしまうのだ。

アルトーは、もう一度演劇に戻り、「残酷演劇」を発想するだろう。しかし自身のモチーフにまったく忠実に映画を発想したアルトーの思考をもう一度たどってみることで、アルトーの演劇とはいったい何だったのか、とりわけ演劇で何をアルトーは実現しようとしたのか、ということも新たに照らし出される。

2　疫病としての演劇

『演劇とその分身』の序文の後には、まず「演劇とペスト」というテキストが配置されている。かなり意識的なテクスト上の〈演出〉が、すでにこの演劇論のなかに含まれている。演劇について書いてあるかと思うとそうではなく、しばらくペストの話が続くのだ。地中海の島サルデニアの王が、ペストに感染した船が接近してくる夢を見る。夢のお告げにしたがって、さっそく王は船の着岸を拒否して災厄を免れるが、別の地方についたその船からやがてペストが大流行していった。一八世紀の古文書に記されたそういうエピソードからアルトーは始めている。ペストの歴史について語りながら、実はペストとはまさに演劇なのだ、というふうに、やがて話を急転換する。疫病の原因としてペスト菌が発見されたかもしれないが、実はペストは、むしろ〈演劇菌〉とでもいうべきものの現象なのだ。

黴菌（microbe）という言葉に対する奇妙なこだわりがアルトーにはある。『神の裁きと訣別するため』の中でも、「神は黴菌である」と書いている。アメリカでは人工授精によって、試験管ベビーが、それも選りすぐりの軍人の精液を使って兵士が作られようとしているらしい。そういう最新の生命操作の技術さえも、神の黴菌からきている、というのだ。アルトー独自の生物学的、医学的想像力があってこのような思考に及ぶのだが、もちろん彼は科学技術の還元的な思考を決して受けつけはしない。

ジャック・デリダは『エクリチュールと差異』（一九六七年）の中に、アルトーについてのエッセーを二つ収録して、「表象」(représentation)に対するアルトーの一貫した批判に着目している。同時にデリダは「器官」(organe)に対するアルトーの批判にも注意をむけていた。器官に対する拒否が、意味や表象や主体の批判に連鎖するということを、いちはやく指摘していた。ドゥルーズ/ガタリの『アンチ・オイディプス』、『千のプラトー』は、やはりアルトーについてかなりの頁を割き、「器官なき身体」をさらに資本主義の「身体」まで問うような大きな射程をもつ概念として練り上げたのである。

なぜアルトーは演劇について語るのに、まずペストについて語り始めたのか。ある町がペストに襲われる、恐怖、狂乱、絶望のカオス状態が噴出する。その中でアルトーの構想する演劇に似たアナーキーな状態が訪れる(ベルイマンの『第七の封印』という傑作映画があり、この中でやはりペスト患者の行列とおぼしい劇的な場面があって「残酷演劇」を想わせた)。

ペストとしての演劇、または演劇としてのペストについて語るために、アルトーは異様に精密な描写を展開している。「体液はあわてふためき、ぶつかり合い、混乱し、体中を駆けめぐっていくかのように思われる。胃が込み上げ、腹の中のものがすっかり歯の穴から噴き出そうとしているかのようである。脈は、時にはあまりに遅く、微かに、まるであるかなきかになり、時には早駆けとなり、体内の燃えさかる熱や、精神のとめどもない錯乱に呼応する。あわただしい脈とともに心臓は激動し、膨れ上がり、音を立てる。目は真紅に燃えさかり、やがてどんよりする。舌は巨大に膨れ、喘ぎ、まず白く、やがて赤く、ついには炭のように黒くなって、ひび割れる」。

こういう過程を通じて、物質の全般的腐敗あるいは石化が進んでいく。「すべてはかつてない肉体の嵐を知らせている。やがて、電光に引き裂かれた大地のように、地下の嵐にさいなまれた火山のように、患者の体液は外への捌け口を求める。斑点の中央に灼熱の点が出来、この点のまわりの皮が火膨れして、溶岩の表面に浮かぶ気泡のごとく持ち上がる」(8)。ペストの状態は、ほとんど火山の爆発のように描かれている。確かにペスト菌という原因が発見されているが、ペストに侵された患者の器官を解剖して調べてみても「有機的には傷ついていない」。つまりペストは有機的なレベルでの病気ではない、とアルトーは断言するのだ。有機的 organique とは、また器官的という意味でもある。ペストはとりわけ脳と肺という、とりわけ精神に直結する器官だけを変調させる、とも彼は言うのである。

アルトーはある種、独特の仕方で「呼吸」にこだわり続けた。『演劇とその分身』の最後には、「感情の体操」athlétisme affectif（あるいは「情動の体操」とでも訳すべきか）というテキストがあって、ここでアルトーは、呼吸によって身体を波打たせ、その波打つ身体から演劇を作り上げていこうとする。「陰陽」のような東洋思想の概念を、この発想に結びつけてもいる。呼吸もまた、単に肺という器官の機能ではなく、器官を超える（器官なき身体の）作用としてアルトーは考えている。

いずれにせよ、この「演劇とペスト」という異様なテキストは、ペストの状態を演劇に重ねて描写すると同時に、〈有機的には何ら損傷がない〉というように、ペストという病いの「非有機性」を指摘する。決して精神の病いだというわけではない。しかしペストとは有機的ではないレベルの「器官なき身体」の現象である。アルトーはそう言いたいのである。

アルトーのこの〈器官あるいは有機性の拒否〉という姿勢は、意外に早い時期から表現されていた。『神経の秤』、そして『冥界の臍』といった散文詩からなる作品がある。神経を計るとは、つまり神経の波動を計ることであり、形態ではなく、器官でもなく、固定したイメージでもなく、波動のなかに生を見出すことである。「臍」という胎生のイメージは、同時に冥界にあって、無形態、無器官を指示している。「シュールレアリストテキスト集」という作品群においても、これらの発想は一貫している。心身の異様な加速と麻痺を通じて波打つ身体、異様に加速された崩壊状態の身体、胎児であり死体でもあるような無形の生が、はてしなく記述されている。

たとえばシュールレアリストのあいだで「自殺についてどう考えるか?」についてアンケートが交わされたとき、アルトーは明白に、「わたしは自殺したい」と始めている。なぜなら、器官を持つ自分の身体は堪えがたい、器官を持つこの身体といっしょに生きることは不可能だから。こういう奇妙な拒絶を表明している。小説『ヘリオガバルス』では、「器官が敷き詰められた道を通っては、決して人は神に到達することはできぬ」と書いてもいる。

いったいその「器官」とは何なのか。器官とはあらゆる身体器官である。器官と見なされる身体の部分である。胃であり肺であり、脳であり、あるいは手足でもあり、とりわけ性器であり、あらゆる臓器である。「精神病院」で思索を続けるアルトーは、繰り返し諸器官を列挙しては弾効する。器官に対する宣戦布告を行ない、その戦いはますます激しいものになる。

「演劇とペスト」のアルトーは、この拒絶を、演劇の本質的な問題として提案したのである。これはただアルトーという破壊的人格にとっての、まったく特異な問題（つまり症例）にすぎないと退けることもできよう。これを単に、特異な身体と演劇との、特異な邂逅の例にすぎないとみなすこともできる。しかし演劇の中心にこのような身体と器官の問題が横たわっているし、それは時空を超えて普遍的な問題でありうると考えることもできるのだ。アルトーのこういう演劇論と問題系が本格的に注目され解読されるようになるのは、アルトーの死後（一九四八年）ほぼ二〇年ぐらい経ってから、世紀の思想と芸術が新たな位相に入ってからのことである。最初はまず実験的な演劇（方法）論として読まれたが、徐々にそれは演劇をはるかに逸脱する問題提起として読まれるようになった。

3　器官なき身体の問題化

なぜ身体器官の問題は、演劇の問題であり、演劇を超えた問題でもあるのか。ドゥルーズ／ガタリは『千のプラトー』で、器官そして有機性を、意味作用、表象作用、主体化作用の連環と一体のもの、世界を私という主体のまわりに現前させるプロセスと軌を一にするものとして、この大著が批判をむける基本概念のひとつとしている。「プラトー」は、中心化され階層化された構造ではなく、これに抗して、別様に構成される隣接部分の集合なのである。アルトーは、身体の根本的なあり方として、彼自身の基礎的な〈体感〉として、器官を違和とみなしたが、彼のなかで、この器官への抵抗は、同時に意味や、表象や、主体化への批判と一体になって進展した。すでに『アンチ・オイディプス』は終始、器官なき身体をテーマとし、モチーフとする本であったが、器官なき身体の最も明白なモデルは、卵の状態であり、形態発生途上の生命なのである。卵において、まだ器官はなく、ただ白身と黄身があるだけである。形態発生は、生物学の難問の一つであるらしい。遺伝子情報が、具体的に器官を形成していくその一々の過程を説明することは大変難しい。それには遺伝子と形質という二つのレベルがどう結合するのか、という難しい問いに立ち向わなくてはならないからである。

卵という高エネルギーの状態にはまだ器官がない。ある種のエネルギーの勾配、傾き、差異だけがある。そこに遺伝子情報に従ってエネルギーの勾配、差異化が起きる。そのときのエネルギー状態に起きる凄まじい捻れによって、分化が起き、器官形成が進行する。この状態は、大人、成体にとっては、ほとんど堪えがたいような急激な過程であるにちがいない。もしかしたら、器官に分割される以前の生命の自覚というようなものが、われわれの身体感覚の基軸にあるのかもしれない。『仮面の告白』(三島由紀夫)の主人公は、母胎から出てきたときのことを覚えている、などと嘘を言うけれど、それなら形態発生以前の、あるいは途上の生の記憶があってもいいだろう。それは、もしかしたらわれわれの基礎的な体感の中に、生存の感覚の中枢にあるものかもしれない。

器官は機能をもち、形態をもつ。大きさ、長さ、容積をもち、延長、外延に属する。移植し交換することもできる。器官は空間を占める。空間の分割とともにある。それなら時間はどうだろうか。時間を「引き延ばす」というけれど、時間とは、延長だろうか。われわれは時間を一秒一分というふうに分割して教えるが、時間は、広がり、長さ、秒、分の単位に還元しえないものでもある。生きられる時間は、奇怪な、分割不可能な位相を持っている。だからこそ哲学者たちもさまざまな時間論を考えてきた。延長の分割、あるいは等質的な単位によっては捉えられない〈持続〉の感覚というものがある。延長 étendu に対立し、内包とも強度とも訳しうる intensité の概念は、おそらくこれと関連がある。〈強さ〉、そして〈弱さ〉は、大きさ、長さ、延長に還元できない位相を持っている。総じてドゥルーズの哲学は、一貫して強度という概念をめぐる哲学であったといえる。強度とは、形態発生に固有の、形態にも延長にも還元することができない深さの次元である。

この問題を、アルトーもまた果てまで、身をもって生きたのである。彼の「分裂症」はこの問題と切り離せない。分裂症は今では〈統合失調症〉と、まるで症状の印象を緩和するかのような名称で呼ばれるが、それを〈統合しえない〉失調状態という、単なる否定的状態に還元することはできない。分裂症的な傾向を持った作家たちは、むしろ一九世紀、二〇世紀の創造の最も力強い流れを形成したといってよい。ランボー、シューマン、ニジンスキー、ジョイス、ベケット、カフカ……。

『演劇とその分身』には、「錬金術的演劇」というテクストが入っている。確かにアルトーには、少し神秘主義的な、オカルト的に見える面がないわけではない。しかし、アルトーほど神秘主義に敵対した人もいないのだ。錬金術は、基本的に無機的な物質（鉱物）の操作という性格を持っている。神秘主義としての錬金術では、さまざまな金属が何を象徴しているかが重要であり、金属の性質に対応するシンボリズムが錬金術という神秘主義的な体系の基本的な性格をなすだろう。アルトーの演劇にかかわる錬金術は、これとはかなり違う性格を持っている。金属を操作するという技術は、有機物の制限を脱して、金属を操作する、金属を溶かす、あるいは精錬する、合金を造ること等々、無限に可塑的な性格を持っている（あるいは持とうと夢見る）。そのように金属の非有機性を扱う技術的側面が、アルトーの演劇の一つのモデルとなっていた。

アルトーは、それを「形而上学」という言葉に結びつける。「あまり適切な言葉ではないが」と断りながらも、この言葉を使っているが、これさえもアルトーはまったく特殊な限定された意味で、ペストについて「有機的には傷ついていない」と述べたような意味で、何かしら有機性を逃れるもの、超えたものを指示するために用いている。

ルーヴル美術館の片隅にあった『ロトとその娘たち』という、ほんの小さな絵について注釈しながら、何が「形而上学的」なのかを彼は説明しようとする。そこには旧約聖書に書かれたロトと娘たちの近親相姦的光景、世界のカタストロフ、世界の終わり、破壊されたソドムの記憶が描かれている。そのカタストロフを背景にした前景には、ロトと娘たちの奇妙に静かなたたずまいが描かれているだけである。背景には不吉な空、華々しく燃える町や船が見えている。この絵はまさに演劇的なものの「形而上学的」エッセンスを示している、とアルトーはいうのだ。

そして、ここには近親相姦という根深いテーマがある。近親相姦と「器官なき身体」との関係は何だろうか。フロイトが問題にするはるか以前に、ギリシャ悲劇、あるいはローマの演劇は、近親相姦と密接な関係を持っていた。ハイデガーは『形而上学入門』で、「存在」とは近親相姦である、とあの荘重で慎重な文体には似合わない大胆なことを言ってのけている。父を殺し、母と交わったことをオイディプスが知ったとき、まさにそこに「存在」が開かれたというのだ。

あるいはアルトーと同時代の作家ローベルト・ムージルの『特性のない男』では、ファシズム前夜の社会に生きる人間たちの物語が、やがていくつかの話に分岐し、途中で中断してしまう。それが迷路に踏み込んでいく分岐点には、ウルリッヒとアガーテの近親相姦の物語がある。近親相姦は二〇世紀においてもなお、存在と身体を根本的に試す主題でありえたのである。

アルトーが「残酷演劇」の例として書いた唯一の戯曲らしい作品『チェンチ一族』は、父チェンチが娘のベアトリーチェを犯し、最後にはベアトリーチェがチェンチの頭に巨大な釘をぶち込んで復讐するという史実にもとづいている。アルトーはみずから、そのチェンチを演じた。それにしてもアルトーにとって、近親相姦の問題とは何だったのだろう。

ただ単に道徳の侵犯というようなことではないだろう。器官として分断されている両性、父、母、子という家族の基本的な単位、世代による時間的な分離が、近親相姦という出来事によってカオスに投げ込まれる。決してこれだけで演劇が成立しはしないとしても、これによって何か演劇的なものが開始される。近親相姦も、おそらく「器官なき身体」の問題と本質的な関係をもっている。

アルトーの「残酷演劇」は、混沌の中に投げ込まれ、「有機的には侵されていない」といわれ、有機的な次元を逸脱する力のドラマ、近親相姦のドラマ、錬金術という無機的なものをめぐるドラマの系列の結論であるかのように提唱された。それが具体化されたもう一つの例は、「メキシコの征服」というシノプシスとして書かれた作品である。これはメキシコの植民地戦争の物語であり、スペイン人(コルテス)による征服と先住民(モンテズマ)の最後の抵抗を、二つの異なる生と身体のシステムとして対決させる試みである。戯曲ではなく、対話はない。アルトーは「名作との縁を切ること」というテキストを書いて、もう戯曲はなくていい、傑作はいらない、という。言語もいらぬ、というわけではないが、言語は一つの材料にすぎない。とにかく言語が演劇空間を支配することは、もう終わりにしたいというのだ。

パリで見たバリ島の演劇が、アルトーにとって模範的な例となる。バリ島の「演劇」とは、言語なしで、心理描写も一切なしで、要するにダンスではないか。そのバリ島のパフォーマンスを描写するアルトーの筆致は、まったく雰囲気は違うとはいえ、あの「ペスト」の描写と似ているのだ。バリ島のダンサーたちの動き、身ぶりの根底を貫くある力のイメージは、ペストにおいて

「器官なき身体」の描くイメージと同型的で、同じ強度、同じ図式が根底にはある。両方ともアルトーの演劇理念のエッセンスとして描かれているのだ。「事実、奇妙なのはあのすべての身振り、ごつごつしていきなり途切れる態度。喉の奥からしぼり出される小刻みの抑揚。急変する音楽的なフレーズ。鞘羽根の飛翔、小枝のざわめき、くりぬき太鼓の響き、あのロボットの軋み。命を与えられたマネキン人形の踊りの中で、身振りと態度と、空に向かって投げられる叫びの迷路を通して、舞台空間のいかなる部分も使わずにはおかない動きの進展とカーブを通じて、もはや言葉ではなく、記号を基盤とした新しい物理的な言語が生まれてくることなのである」(9)。それは「物理的な言語」、「記号の言語」である。いわゆる戯曲の言語ではなく、分節言語ではなく、身振りの言語、光、音、衣装、眼球の動きなどの言語である。それらすべてを、なおかつ「言語」と呼ぶアルトーは、単に演劇にマイムやダンスを導入するというよりはるか以上の、言語と身体の存在にかかわる実験として残酷演劇を構想していた。

土方巽の「アルトーのスリッパ」というテクストは、アルトーの実験の射程と方向を驚くほど敏感に読み取った記録である(10)。アルトーは死んだとき、片手に靴を握り、ベッドで座った状態であったらしい。その前まで麻薬を吸引していたらしい。伝記にはそう書かれてる。しかしなぜか土方の想像力においては、靴がスリッパになり、臨終の間際にアルトーはそれを口にくわえていた。その身振りは「いかなる思考」であったのか。この閃光のようなアルトー論は、容易に知覚されない思考の身振りが、いっぱいにつまった文章である。アルトーの演劇論は、単に新しい過激な方法論などと受けとる以上に、演劇による、演劇を通じた、演劇をめぐる一つの存在論として読むべきなのだろう。しかしハイデガーの存在論ではない。アルトーは最後に記したノート群のなかで、「存在」とも訣別しなければならぬ、と書いている。

ちなみに、長いあいだ舞台に立つことのなかった最後の土方巽は、ひそかに「アルトー論」と題した舞踏作品を構想して、再開をもくろんでいた。

ベケット

1　ベケット伝

アルトー、ジュネ、ベケットは、それぞれ稀有のユニークな表現者であり、また強烈で特異な人格でもある。そういう意味では三人に似ているところなどあるはずがなく、三つの名前を不用意に並べることはできない感じがする。しかし、決して似ていないとも言えないのだ。何かの共通点がこの三人にはあるといえる。そんな「共通点」とはいったい何だろう。それはほとんど生と存在の根底に触れるような特性でもあって、結局「共通点」などという言葉を使う必要さえないのだ。この三人の残した書物を、私は異なる時期に集中的に読み、翻訳し、試練として作家論的な文を書くことを促された。そのうちの一人を読んでいるときには、別の誰かのことはほとんど考えなかったのは、その一人の特異性が、他の存在の特異性とみずからを峻別するかに見えて、それさえも包含し、代表していたからかもしれない。

ジェイムズ・ノウルソンによる『ベケット伝』は、通読するといかにも伝記として面白く読めてしまうので、むしろこの大作・労作を順序どおりに読まずに拾い読みを続け、ベケットのいろいろなエピソードと局面をモザイク状にたどっていくことが、ベケットの世界の別の風景を見ることにつながる、と私には思える。

あの徹底して孤独な厭人的表情の作品を書いたベケットが、特に演劇との関わりでは精力的に動きまわり、綿密に演出をするだけでなく、旺盛にスタッフたち、俳優たちと付き合い、異なる言語のあいだを往来しながら、テクストの手入れを続けている。自分でピアノを弾いたこともあって、音楽との関わりが相当深かったことも印象に残る。絵画についても、画家の親友たちが少なくなく、わずかだが凝縮された思索を残していて、これも彼の創造過程の一部に組み込まれていた。

ベケットが哲学者アドルノと会ったことがある。フランクフルトで出版社の社長と出会い、レセプションでアドルノに出会ったのだ。その社長が歓迎の辞を述べた後、「哲学者のテオドール・アドルノが「独特の淀んだ声」で『勝負の終わり』をめぐる長々しく深遠な論考を披露し、意味の喪失、アイデンティティ、堕落、崩壊といったテーマについて語った。最後にいまやわなわなと震えているサミュエル・ベケットが立ち上がった。そして、演壇に進み出て震える声で、失礼にあたらない最小限の言葉で謝辞を述べた」。社長の証言によると「アドルノはすぐにベケットの作品における語源論と思想と名前の意味について持論を展開しはじめました。彼はハム『勝負の終わり』の登場人物」はハムレットから来ていると主張したのです。彼の理論全体がこれに基づいていました」。ベケットはこれに答えて、「失礼だが、教授、ハムという名前を思いついたとき、わたしはハムレットのことなどみじんも考えていませんでした」というような場面があった。「それでもアドルノは主張を引っ込めませんでした。するとベケットは少々腹を立ててしまったのです。夕方、アドルノは講演し、案の定「ハム」は「ハムレット」に由来すると指摘しました。ベケットは辛抱強く聞いていましたが、わたしの耳にこうささやいたのです。ドイツ語でしたが、英語に訳すとこうなります——「これが科学の進歩というものだ」——。「教授たちは自分の誤りを推し進めていけばいい」[11]」。

ベケットは一九六五年、顎に腫瘍ができて、手術をしたという。「手術のせいで口蓋に開いた穴はいっこうに自然にふさがる気配がなく、ベケットはどうしても外科手術が必要だと言われた。それは痛いというよりは、違和感を感じる程度のものだったが、無理矢理装着させられていた義歯床は不快で、そのせいで食事が骨の折れるいやな作業になっていたため、すっかりやる気がなくなってしまった。どんな液体も鼻に流れこんでしまうため、飲酒も奇妙な体験に変わってしまった。またたばこの煙を肺まで吸い込むこともむずかしいとわかった。友人への手紙には、外科医が「形成」あるいは「口蓋の組織の移植」と呼ぶ処置を含む手術もたいしたことはなさそうだと書いた。けれども自分ではひどく不安だった。この「最悪の春」は、別の歯の膿瘍までもたらしたため、ベケットはさらに意気消沈し、田舎でも思っていたほど長く過ごせなくなってしまった」[12]。この頃ベケットは、『想像力は死んだ想像せよ』(*Imagination morte imaginés*)のような散文を書いたらしいのである。こういうエピソードをたどっていくと、作品の中のベケット的人物のさらなる分身のような、もうひとりの人物が浮き上がってくるのだ。

2 身体、物語、言語

ベケットの演劇に関しても、〈身体〉とは何だったのか考えてみなくてはならない。アルトーに比べると、ベケットは、端的に言って、むしろ身体を演劇から排除した、あたかも排除するかのようとしたと言いたくなる。しばしば身体の排除、行動の停止があからさまになり、主題にさえなっている。登場人物はますます動かなくなっていく。そもそも『ゴドーを待ちながら』が、ただ待つこと、その時間からなっている。主人公二人がゴドーを待っている。これはまず運動の否定である。時間だけが流れる。待つといっても、何を待つわけでもなく、待っているということさえときどき忘れてしまう。待つ時間だけが、時間そのものが主題なのか。これはまた物語

（そして出来事）の否定ということにもかかわる。

物語の否定は、二〇世紀の小説、あるいは演劇だけでなく、あらゆる芸術において起きた動きである。しかし物語の否定とは、それ自体どういう意味、理由を持っていたのか。物語を斥けるとは、物語の何を、なにゆえに斥けることなのか。大きな物語、小さな物語、というような区別も含めて、これ自体一つの問題として、まだ考えてみる余地がある。

物語には真実も現実も伝えられない。もはやあらゆる物語が紋切型で、空しいと感じられる。こういう感想が、いつの時代からか、おそらく一九世紀後半くらいから本格的に共有されるようになり、二〇世紀の世界では普遍化していった。しかし決して物語が消滅したわけではない。終末、救済、復活、冒険、新世界等々の物語は、それでも再生産され、ある局面ではますます華々しく、破廉恥なほどに跋扈している。

『ゴドーを待ちながら』。二人の男が空漠とした場所にいて、何も起きない、何もしない、動かない、ほとんど演技はない、何も演じない。退屈をしのぐだけの無意味な、乏しい会話。ただ待っている。誰もやってこない。そこに奇妙なカップルが加わって、なんとか劇になり、なりそこねる。『しあわせな日々』の中でも穴の中にひとりの女がじっとしているだけで、空しい独り言が繰り広げられる。あるいは『芝居』*Comédie* では、三つの壷の中に三人の男女が入っていて、やはり動かず、何をするわけでもなく、思い出すだけ。これらのあとには切れ切れの追憶だけからなる短い劇作が続く。何も待たず、何も持たない、無一物の人物たちの芝居。しかし舞台上の時間だけは確かに流れる。その時間の質だけが主題だったのか。「ほんの少しの純粋状態の時間」とプルーストは書いた。ベケットがめざしたのも、実は純粋な時間の演劇だったのか。

別の次元で二〇世紀の演劇を問題化したアルトーにとって、身体は全く別の形で、核心の問題になっていた。やがて彼は身体に敵対し、厳密には器官に、そして生の有機性に批判を向けるようになる。身体に対する彼の立場はまったく両義的だった。アルトーにとって身体を問うことは、同時に生命、生について問うことであった。身体を空っぽにするのではなく力でみたし、力を排除し擬装し隠蔽するあらゆるものをカオスに突き落とさなければならなかった。アルトーに比べれば、ほとんど対照的と言っていいベケットのこのような非—身体的、非—運動的な演劇、力を拒絶し、生を忌避するかのような演劇があった。そして、それはだんだん最小要素に切り詰められていった。そのような「還元」が何をめざし、結局何を肯定していたかに注意を向けなければならない。この「還元」は決して、ただ無に、あるいは混沌にたどりついたわけではなかった。最小の要素で構成された図式があり、要素のあいだに知覚されるものが確かにあった。アルトーの入院時代のノートにも、実はベケットに少し似た「還元」のプロセスは現れていた。「器官なき身体」をめぐる彼の追求も、ますます力を斥け、力を媒介するあらゆる観念を根こそぎにするかのような過程となったからである。

そしてアルトーとベケット、そしてジュネとのあいだにも確実に共有されたことがあった。それは言葉への恐るべき敵意である。アルトーは、演劇を戯曲、台詞なしで成立させようとする。

彼にとって精妙に編成された力の空間をどう実現するか、という問題があるだけで、言葉はその中のたった一つの要素でしかない。アルトーの演劇は、言葉への敵意を根本のモチーフにしている。言語の用法や文体の上では比較的クラシックに見えたジャン・ジュネも、たとえば、「単語と単語が貪りあう」言語と意味の混沌を、演劇の核心に見るような観点を示している（とりわけ「…という奇妙な言葉」を参照）。ホフマンスタールの『チャンドス卿の手紙』の奇妙な一節は、現代文学の核に横たわる問いを暗示していた。自分が言いたいことはもう英語でもドイツ語でもラテン語でも、どんな言語でも言うことができない。全く別の言葉が必要だ……。「別の言葉」とはどういう言葉なのか。それはもう人間の言葉でさえないのか。

言語へのこの異様に激しい敵意にもかかわらず、ベケットもアルトーもジュネも、言語の作品を書き続け、言語の作品を残したのである。若いときドイツ語で書いた手紙のなかでベケットは「言語に穴を開ける」べきだというのだ。既成の言語を改変するのでなく、むしろ言語に「穴を開けて」穴の向こうに出なくてはならないというわけなのだ。言語へのこういう激しい敵意が根底にあって、しかもベケットの演劇においては、ほとんど非―身体、非―運動という傾向が徹底されていく。ベケットは、芸術のミニマルな傾向を深い必然性をもって実践した、ある種のパイオニアであったと言ってもいい。

演劇においても、さまざまな最小化、稀少化の試みが現れた。たとえばイェジュイ・グロトフスキは少なからずアルトーから影響を受けたが、戯曲、舞台装置、衣装、照明、音楽といった演劇の諸要素をすべて排除すると、そこにはただ俳優がいるだけ、俳優の肉体があるだけ、というところまで演劇の要素を収斂させ凝縮させ、そこから演劇の純粋な力を再発見していこうとした(『持たざる演劇めざして』)[13]。そのようにして彼は、アルトーさえも、自身が提案した試みを十分やりとげなかったと批判して乗り超えようとした。まさに「アルトーは彼自身になりきれていなかった」と題した文章をグロトフスキは書いている。ベケットもまた彼独自の「持たざる演劇」を、そして極小の言語作品を目指したのだと思う。しかし必然的にグロトフスキとは異なる道を進んだのである。

ベケットのあらゆる作品において、ある種の図式化の傾向がみえる。四人の人物が正方形の四辺と対角線を歩くだけという「クワッド」には、その傾向の最も収斂した形が見られる。ずっと前に書いた『ワット』のような小説作品にも、「順列組み合わせ」が尽くされるまで延々続く場面があった。自分の服装や姿勢、身の周りの品物の順列組み合わせが延々列挙される。しばしば最小化、図式化が試みられ、順列組み合わせが尽くされる。このこと自体が、ベケットの重要な主題のひとつである(可能性を尽くすépuiserということを、ドゥルーズのベケット論は、彼自身の「潜在性」の哲学と結びつけて論じている。潜在性は可能性を斥ける)。

ベケットの演劇は、技術的にさほど込み入ったものではないにしても、ある種の機械を導入したことがあった。テープレコーダーで録音した声を用いる作品では、声を聞くこと、録音すること自体が演技の要素となった。あるいはヴィデオ撮影されることを予定した作品を作るようにな

テレビ用作品「クワッド」（「OBJET BECKETT」より）

る。テレビで放映するために制作された「クワッド」の四人の歩行の反復は、それ自体がいわば一つの機械を構成してもいたのだ。しばしば俳優の身振りばかりか、表情も肉声さえも排除される。「あのとき」のように声を聞くばかりの作品があり、「わたしじゃない」では、闇の中で喋る唇だけに光があたっている。やがて台詞さえもなくなる。しかしそこにきわめて簡素なものであっても、ある種のメカニズムが作成されている。それはしばしば知覚の習慣を解体するためのものである。

『伴侶』という散文の冒頭では、「おまえは闇の中で仰向けに横たわっている」という声が聞こえる。真っ暗闇で、声は誰の声で、誰が誰に向けていっているのかわからない。声はときどき異なる場所から聞こえてくる。いやそれは幻聴か何かで、語っているのは、この声を聞いている当人にすぎない。語りを成立させる場の最低条件が解体している。誰が誰に向けて語っているのか確かめられない。そのような問いを問う「機械」が構成されている。このような状態から見えてくるもの、知覚されるようになるものは何か。

『見ちがい言いちがい』という作品も、これに似た状況を提示する。「見ちがう」ということ、「言いちがう」ということ、決して確かに見ることも言うこともできないこと。「正常な」コミュニケーションが成立する場の条件が問われ、コミュニケーションは不可能になるが、ベケットはただコミュニケーションの不可能性という絶望やペシミズムを表現したいわけではないらしい。知覚やコミュニケーションの条件を最小化し、要素の間を分離し、その間にわれわれを突き落とし、その間をなお知覚させようとするのだ。

3　プルースト論

二四歳のベケットが書いた『プルースト論』を振り返ってみよう。慣習的な了解や伝達（コミュニケーション）の場が解体し、場を構成する要素が分離し、その間隙が、あるいは一つ一つの要素が剝き出しになる。その間に知覚が突き落とされる。こういう過程をベケットは『プルースト論』の中で鮮明に読解している。『失われた時を求めて』の話者が、祖母の死に出遭うことになる。その前に話者は田舎から、パリにいる祖母に電話をかける。『失われた時を求めて』には、まだ一九世紀の貴族的世界のことかと思っていると、少しずつ電話とか、自動車、列車などが登場して、これらの「機械」が案外重要な役割を果たす。プルーストの話者は、祖母の声を初めて電話で聞くのである。「彼は祖母の声、あるいは祖母の声と彼が仮定しているものを耳にする」。ベケットの文章である。「無理もない、今はじめてそれを聞くのだから」。電話を通じて聞こえるその声が、「彼には彼女の声として認められない」。「それは悲痛な声であって、そのはかなさは彼女の容貌の上に注意深く整えられた仮面によって和らげられることがなく……」。「この奇妙にリアルな声は、声の持ち主の苦悩をはかる物差しなのだ。彼はまたその声を、彼女が孤立しているということの象徴、二人が離れ離れになっていることの象徴としても聞く」、「死者から聞こえてくる声のように触知しがたいものとして聞くのだ」。

どうしても、すぐ祖母に会わねばならないと思い立ち、話者マルセルはパリに向けて出発する。パリに着くと、祖母はいつも通り彼女の愛読書、セヴィニエ夫人が娘にあてた書簡集を読みふけっていて、話者が部屋の中に入ってきたことさえ気づかない。そこで今度は、黙り込んだ祖母のイメージだけが話者には見えている。「旅と不安の結果として、彼の習慣は停止され、祖母へのやさしい思いやりの習慣はお預けとなる。彼が見るはずのものについての想念が、眼とその対象物とのあいだにプリズムを介在させる時間がなくなっていたのだ」。ふつう眼とその対象物とのあいだには、ある種の感情というプリズムが介在する。しかしいまはもうそのプリズムが作用しない。死に直面した祖母の顔がむき出しになっている。「彼の眼はカメラのもつ残酷なまでの精密さをもって働く。それは祖母の現実を写すのだ」。そしてこのとき、話者は先ほど電話の声を死者の声と感じたように、今じかに見る祖母の姿にも、まざまざと死を予感する。「永い歳月にわたって慈悲深く作りあげられ、彼の心に抱かれてきた親しいものは、もはや存在しない」、「この狂ったような老婦人は、書物に身をかがめてまどろみ、歳月の重荷を背負い、上気し、そして野卑で俗っぽくて、彼が一度も逢ったことのない見知らぬ他人なのだ」とベケットは、プルーストの文章を書き改めつつ説明している。プルースト論の、この実に印象的な数頁は、すでにベケット自身の問題に鮮明に翻訳されている。(14)

プルーストを読み解きながら、声とイマージュとの分離という問題をベケットは指摘していたのだ。『見ちがい言いちがい』の中にはこんな一節がある。「頭は裏切る眼を暴き、裏切る言葉はそれらの裏切りを暴く、靄だけが確か[15]」。

習慣の中に埋もれて生き続けているかぎり、知覚の間にそういう分離は起こらず、なんとか知覚の所与は統合されている。私が聞いている声と見ている顔は分離することがなく、おまけにそれを見聞きするものの感情（のプリズム）に包まれている。そうした有機的な結合が「私の祖母」である。それが突然ほどけ、統合は中断される。何人かの思想家たち（ブランショ、フーコー、ドゥルーズ……）は、視覚と聴覚、イメージと音声（そして言葉）のあいだの和合が引き裂かれる場面に特別な注意をむけていた。そこで新たに知覚されるもの、もはや知覚されないもの、そこに出現する別のイメージ、力、時間が、新たな思索の焦点となった。

そのような統合、和合、調和の亀裂を、やはりベケットはプルーストとは違う方向にむけて、独特の鋭角的、凝縮的なやり方で追究していった。様々な状況で、知覚、空間、時間の分離が起きる。たとえば眼が（あるいは声が）人物から分離する。典型的なのは、ベケットの作った唯一の映画「フィルム」である。カメラは人物から遊離した一つの眼である。誰も、自分自身の知覚（視覚）から逃れることはできない。このことが、ほとんど映画のテーマそのものとなる。

この眼に似たものが、晩年の作品『見ちがい言いちがい』の中でも出現する。一つの眼が空間を、そして時間を浮遊している。誰の眼かよくわからない。その眼の浮遊に対応して、時間と空間の分節が崩れ、脱臼する。このとき語る（言う）ものは眼をもたず盲目であり、見るもの（眼）

は語ることができない。

晩年のテレビ（ヴィデオ）の作品、たとえば、「幽霊トリオ」では、部屋の壁や家具が「つるりとした灰色の長方形」として次々映されてゆき、これらの断片は浮遊するかのように接続されないままである。ベケットは運動を否定し、物語を否定し、その否定は空間や時間にまで及び、様々な習慣的、自然的、有機的連結をほどいていくのである。やがて何も無くなっていくように見えるが、これは何かを発見する過程でもある。その何かを、イメージと呼ぶか、図式と呼ぶか、時間と呼ぶか、「名づけられないもの」と言うか、あるいは「機械」と名づけるか。分離、除去、最小化、最小要素の反復によって、そこにある空間、ある時間、ある機械、ある知覚が、消え入るようにして出現している。とにかく、そのような最小の何かが構成されている。そのような「何か」は、「全てはいつも終わっており、そして途上であり、終わりがない」というような時間とともにある。

ベケットの構想する演劇からは、俳優の姿も消え、ただ廃物の山があり、かすかな泣き声や呼吸音が聞こえるだけの舞台にまで切り詰められたこともあった（「息」という一分にもみたない作品）。ベケットが批評や学術研究の対象となり始めた時代には、この〈無〉に対する〈実存主義的〉な理解が流布し、ベケットにおける〈ニヒリズム〉、〈不条理〉がしばしば問題になっていた。ある種のニヒリズム、それも一筋縄ではない強度のニヒリズムがあることは確かだ。けれどもベケットの言葉への敵対、そして身体への、運動への敵対は実に厳密な射程をもっており、作品が次第に無に近づくとしても、その近づく過程は、ただ破壊的なものではなく、むしろ構成的であり、発見的である。この点が、あらゆるベケット論にとって躓きの石である。

たとえばジル・ドゥルーズは、『消尽したもの』で、ベケットの無への過程を、「イマージュを作り出す」過程と理解している。日本語のなかにイマージュというフランス語を挿入すると、それだけで少し意味深長な感触を与えるが、イマージュとは、ある種のリトルネロ、英語でいうリフレインのようなものである。短いフレーズやモチーフの繰り返しが、カオスの手前にあるものを知覚させると同時に、カオスに巻き込まれないように人を守ってくれる。ベケットは厳密な解体の手続きを通じて、そういうリトルネロ―機械、イマージュ―機械を生み出した。しばしば最小の要素を列挙し、尽くそうとするが、それもイマージュ、リトルネロを生み出すためである。何か崇高な記念碑のようなものを生み出すためではない。

ベケットの『プルースト』に戻ってみよう。初期の小説にはジョイスからのあからさまな影響が見られたが、プルーストの作品に似たものをベケットは書いていない。しかしこのプルーストについての評論のなかで彼は、時間（失われた時、見出された時）という問題に出会い、かなり徹底した時間の思考、時間の哲学を展開している。この哲学は、評論という形を取っているとはいえ、単に分析的、論理的な散文で書かれてはいない。「時間」という「責め苦と救い」があり、時間とは、そういう二つの頭を持った怪物であり、人間は時間というこの支配的な条件の犠牲者である、などと書いている。「習慣と記憶は、時間という癌に属する」などとも言う。『失われた時を求めて』の最後の巻「見出された時」で、最後の最後になって、自分は今こそ小説を書かなければならない、という結論に話者は到達する。しかしもう時間は残り少ない。プルーストは『見出された時』において、時間の真実を見出したわけではなく、時間はむしろ無くなった、廃絶された (il est aboli)。プルーストは「時間の外の存在」(être extra-temporel) を見出した、とベケットは書いている。[16] ここから出発しながら、プルーストの記憶を抹消するようにして、時間というモチーフを核心とする創作を、まったく独自に展開していったのだ。

ちなみに、ジャン・ジュネもまた、彼独特の仕方で、時間を思考している。空間は人を閉じ込め、閉じ込められた人間にとって、外の空間はもはや奪われたものである。しかしそれでもなお人間から時間を奪うことはできず、時間の中で、人間は根本的に自由である。時間の中にこそ人間の自由があり、それは空間の中にはない……。ジュネにとって空間とは、しばしば監獄のことである。

プルーストにとって、時間は責苦 (damnation) であり、しかも救い (salut) である。時間の中の人間は、意志的主体ではありえない。「無意志的記憶」は、明晰に整理される確かな記憶に比べると何の役にも立たないように見える。紅茶に浸したマドレーヌの味から、コンブレーの村の時空がふくらんでいくとき、時間の中に生きる人間は、自己の主体的意識によって時間を統制していくことなどできないことをまさに体験している。時間の中には、自己の意志によって制御できない生の広がりがある。時間の中の人間、たとえばアルベルチーヌは、ベケットの言葉によれば「矛盾の渦」そのものである。「矛盾の渦」であるこの主体は、あらゆる意志、あらゆる因果性から解き放たれている。時間は現在でも過去でもない。現在と過去に分割されない広がりの中に時間はあって、そこには主体の概念が成立しえない。ベケットは『プルースト』で、ここまで徹底した非主体的時間論を作り上げていた。

4　非身体？

ところで身体の問いは実に「躓きの石」なのである。ベケットはアルトーと比べて、はるかに非―身体的な表現者であるようにみえる。いつの頃からか、演劇、舞踏、パフォーマンス、あらゆる領域で、さらに学問もジャーナリズムも、さかんに「身体」に言及するようになった。アルトーはその問題提起のきっかけになった人物でもあろう。しかしアルトーはただ「身体」といったのではなく、「器官なき身体」といったのである。これはまさに身体に対する辛辣な逆説でもあった。そしてベケットは凄まじいまでに身体を排除したのである。一体このことの意味は何だろう。

人間の身体は、習慣の中で、単に生存の条件をみたす以上に、とりわけ社会的な要請の中で意味を持つ運動に向けて形成されている。こうしてベルクソンのいう「感覚運動的図式」が、人間の身体あるいは身体性の構成を規定しているといえる。ポール・ヴァレリーは「歩行」と「ダンス」の違いをとりあげながら、散文と詩の違いを語ったことがある。散文とは目的に向けて歩む言葉であるが、詩とは舞踏であり、言葉それ自体の運動以外に目的はない。まったく明快な説明にちがいないが、身体の問題がこれで一気に解明されるわけではない。習慣の中の身体は感覚運動的図式とともにあり、このこと自体は必然であり必要でもあって、いいことでも悪いことでもない。たとえばヨーロッパのバレエのような舞踊は、長い年月を経て洗練され、高度な厳しい訓練を要求する。バレエの動きそれ自体も、やはり厳密な感覚運動的な図式の中にあり、むしろそれを強化したものといえる。走る、歩く、回る、飛ぶ……。そういう意味では、ダンスの中にさえも感覚運動的な図式、思考、行動形態が、深く浸透している。それなら感覚運動的な図式の背後には、その間隙には、何か別の〈図式〉があるのかどうか。

ベルクソンは「イマージュ」という言葉を、かなり奇妙な使い方で使っている。一般には、イマージュは何かの物の似姿、想像の中の形姿であり、多くの場合それはまず視覚対象であるものの似姿であり、見えるものの再現としてのイマージュなのである。ところがベルクソンはそもそも観念と物質は区別できないし、区別しなくていいと考えている。そこで両方ともイマージュと呼んでもいいことになる。物質と記憶の違いは単なる度合の違いにすぎない。ある作用があって、その作用に対して物質が反作用する。作用と反作用の間に遅れが生ずる。するとそこに情動(affection)と言っていいようなものが生ずる。脳それ自体がそういう遅れを蓄積する、いわば遅延の装置であって、われわれは場合によってそれを思考と呼んだり、記憶と呼んだりする。観念も物質も、脳もそのようなイマージュであり、そのかぎりで違いはない。イマージュの間の作用と反作用があるだけである。ずいぶん大胆な単純化に見えるけれど、この単純化はより精妙な思考をめざし、新たに繊細な差異を識別することに向かう。

ベルクソンにとっての「イマージュ」は、ドゥルーズがベケットの究極の概念としてとりあげた「イマージュ」と関係があるのかないのか。一見するだけでは関係がないようである。しかしすべてがイマージュであるならば、なおさら「純粋状態」のイマージュが追求されなければならない。

感覚運動的な図式は、「習慣」のなかにある身体と運動の基本的あり方である。西欧は、この〈感覚運動的な図式〉を非常に洗練された形に組み立て構築してきたといえる。それはスポーツや健康法のなかにも浸透している。一方ヨーガや気功や禅が存在した東洋には、かなり異なる図式が存続してきたかもしれないのだ。感覚運動的な図式そのものにも、さまざまな形状があるといえる。もちろん東洋にもまた感覚運動的図式に相当するものがあり、それを斥けようとする図式があったにちがいない。たとえば能のような演劇を生み出した日本の歴史の中には――「伝統」というような言葉は使わないとしても――かなり違う形で、身体、知覚、運動の図式が形成されてきたのだろう。いずれにせよ、まず端的に、感覚運動的な図式の中にがんじがらめになった身体性を拒否し、運動を排除し、身体さえも排除するようにして、ベケットが捉えようとした何かが確かにあったにちがいない。

時間とは「責苦」であり、「救い」である双頭の怪物なのであるが、とにかく感覚運動的な図式には収斂されない。紅茶に浸して口にふくんだマドレーヌから出現するあの時間は、とくに無意志的記憶のなかの時間は、感覚運動的な図式から脱落したもので、まず脱落しなければ出現しないものだ。ベケットの試みた最小化、図式化、言葉と身体の分離、沈黙、不動、これらはみんな言語、知覚、感覚、運動を蔽い貫通する図式に穴を開け、背後にあるものに近づくための方法であった。

ドゥルーズはベルクソンを踏まえながら、映画における運動と時間を問題にしたが、こんどは映像が、カメラそしてモンタージュが、感覚運動的な図式の間にあるものを見えるようにする。このことが彼の映画論の一貫したモチーフであったと言っていい。ドゥルーズはベケットの唯一の映画、「フィルム」という、いかにもぶっきらぼうなタイトルの映画を重要な材料として取り上げ、映画論の出発点のところで分析していたのだ。「フィルム」は、知覚と運動の「自然な」連結を切断するような実験であったからだ。

感覚運動的な図式が、社会的な要請と根本的に結びついているのなら、それは決して一律なものではなく、それ自体歴史的なものであり、歴史とともに多様に変化するだろう。身体の規律、監視、調教、ついで「生―政治学」という形で、生きる身体に及ぶ権力を問題にしたミシェル・フーコーに照らすなら、感覚運動的な図式も、おそらく身体の社会的な形成や統制という問題と切り離せない。感覚運動的な図式と、それに深く浸透され決定されている身体が一体何かということは、歴史的、社会的な権力の編成という文脈とともに考えなければならない。

アルトーがただ身体ではなく、「器官なき身体」というとき、「器官」organes がないということは、非有機的 inorganique ということでもあった。有機的な身体は、感覚運動的な有機性に連結され、拡張される。目的を持ち、機能に従う器官と、これによって組織された優秀な身体が栄光を浴びる。一方、自分にはもう手足もなく、頭もなく、臓器も性器もない、というあの「器官」から脱落した身体において、感覚運動的な身体の図式は停止している。あるいはその図式が糾弾され、排除されている。身体は得体のしれないものになるが、それは怪物ではなく、ロボットでもない。ただの、ありふれた身体であり、栄光を浴びることはない。しかし別の光、色彩、生気がそこに現れている。ベケットは、確かに異なるかたちで、独自に身体の不随性を注視し続けた。絵画について考えた文章でも、しばしば非人間的なもの、そして非有機的なものにこだわった。アイルランドでは、芝居の書き割りのように非人間的に非有機的な自然を感じることができる、などと彼は言う。「ジャック・イエーツの絵画の特性とは、万物の最終的非有機性の感覚である[17]」。

ベケットからジュネへ

1 夜と夢

ドゥルーズがベケットを論じた『消尽したもの』というテキストの基本的な問いを振り返ってみよう。「消尽したもの」と「疲労したもの」とは全く異なる状況にある、とまず彼は始めている。この本を書いた頃、ドゥルーズは肺を手術して人工肺で数年生き延びていた。当然ながらそういう身体の状況も関係していただろう。人間が疲労するとき、彼はつもり重なる可能性によって疲労する。それでも数々の可能性の中で、選択しなければならない。「雨が降ったら出かけない」とか、「雨が降らないなら出かける」とか、雨が降っても出かけるとか、どちらにしても出かけないとか。この場合、天気は「排他的選言命題」にかかわる。「雨が降るか、雨が降らないか」という選言命題を前にして、あれかこれか選ばなくてはいけない。当然それは排他的な二つの命題の間で選択することである。ところが「雨は降っている、いや雨は降っていない」。ときに、こういう文がベケットの作品に登場する。あるいは「すべてはいつも終わっており、そして途上であり、終わりがない」。排他的 exclusive 選言命題ではなく、包括的 inclusive 選言命題である。

可能性は言語の意味性にもかかわっている。言語の意味とは基本的に排他的である。あれではなく、これを意味するという排他性がなければ、意味そのものが成立しない。言葉を用いる以上、私たちはつねに、意味をはっきりさせよ、という暗黙の命令にしたがっている。両義性、多義性はもちろん例外であり、一義性を前提としている。そして可能性とはたいていの場合、意味ある行動の可能性である。そして可能か可能でないかが、とりわけ問題である。

ところが「消尽する」とは、可能性も意味も行動も消尽してしまったということである。これはもはや疲労の度合にかかわらない異次元の現象である。姿勢、服装、家具、こういったものの組み合わせを延々と繰り返す『ワット』の中の、あの執拗で滑稽な順列組み合わせの列挙は、消尽ということと関係があるらしい。「クワッド」では、まさに正方形の四辺と対角線の上を、役者が一人現れ、二人になり、三人になり、四人になり、また三人になり、二人になり、一人になり、それぞれ規則通りの歩行の可能性を尽くして消える。彼らは正方形の中心でぶつからないように、いっせいに少し中心からそれて回る。単純な図式的な運動にすぎないが、悪夢を見ているような趣がある。

ドゥルーズはこのように可能性に属しながら可能性を消尽する言語を、言語（langue）Iと呼んでいる。この言語は、主としてベケットの小説に出現する。

そして第IIの言語は「声の言語」と名づけられる。それぞれの人間が、それぞれの声で、それぞれの可能世界において実現すること。それぞれの声が語る物語。今度はこの言語IIの、この声をいかに枯渇させるか、声をいかに消尽するか。このような声の操作が問題になる。ベケットの演劇は、テープレコーダーを持ち込み、あるいは語る口だけを見せることによって、語る人間、語る身体から声を分離させる。「わたしじゃない」という作品では、暗闇で語る声と口だけがある。このとき、口自体が奇怪な器官として身体を呑みこみ、声と口が分離したかのように知覚される。それぞれの人物が自分の声で、自分の可能世界を語る。けれども世界はただ声だけに還元され、その声も消尽される。これこそがベケットの演劇の縮減され、還元された形だったのである。

次に言語Ⅲ、これはまさにイマージュにかかわり、とりわけヴィデオ作品の課題となる。言語Ⅰは「物事の網羅的な系列を形成し、形成しつくす」。言語Ⅱは「声の流れを枯渇させる」。最後の言語Ⅲは「空間の潜在性を減衰させる」、そして「イマージュの力能を散逸させる」。言語Ⅲは、「間隙」、「穴」、「亀裂」の言語であり、「裂開の句読点」などと名づけられる。とにかく言語に穴を開けること。その穴、裂開を通じて、イマージュが現れるまで。

そしてイマージュとは、リトルネロでもある、まったく簡素な歌のリフレイン、繰り返しである。ドゥルーズの哲学は早くから「反復」を問題にしてきたのである（『差異と反復』*Différence et répétition*）。反復とは同じことの繰り返しではない。反復とは差異を繰り返すことであって、同一的なものを繰り返すことではない。同一的なものとは、感覚運動的な図式の反復に付随するものにすぎないのである。

「クワッド」の人物たちの動きは、ただ機械的で規則的にすぎないが、空間そのものがある種の潜在性を持っている。正方形の空間があって、そのいちばん密度の高いところは可能性の中心である。歩く人物たちが同時に中心に向かう瞬間があって、誰かがぶつかるかもしれない。何らかの遭遇、衝突、あるいは出来事が発生するかもしれない。しかし人物たちはちょっとだけ身をかわして、接触せずに図式的な歩みを続けていく。可能性は尽くされたかもしれないが、この空間の潜在性はある密度をもって持続している。

「幽霊トリオ」という映像作品の決して連結されない「灰色の長方形」のイマージュによって、空間は特性のない灰色の長方形に散逸していく。空間の接続が外されていく。絵画のキュビズムを思い起こしてもいい。ベケットは時間の消滅だけでなく、空間の解体の方向も突き進めた。しかし、それはむしろ時間（の消滅）を知覚させるためなのだ。

穴だらけの言語がある。かろうじてその間隙を通過するリズム、横断線、イマージュが現れる。うっすら浮かぶ手の形、顔。オーバーラップとしても異様な使い方である。あの「夜と夢」というヴィデオ作品において、イマージュの最後の形態は、いわゆる聖骸布、死んだキリストの顔を覆う布に写された痕跡である。顔から、肉体から剝ぎ取られ、最小化された希薄なイメージである。

イマージュは最小化された出来事であり、出来事の痕跡であり、出来事は非―身体のレベルにある。身体と身体が錯綜し、作用し反作用している次元には、出来事はただ無数にたえまなく起きるだけである。出来事として表現されなければ出来事はない。出来事はそういう意味では、言語、意味、表現の側にあって、物や身体の側にあるわけではない。物と身体が形成するぶ厚い層の中にあるのではない。出来事は、ほとんど厚さのない表面に発生する。ベケットは、厚さのないイマージュに味方して、身体の厚さを排除する。イマージュは、宙を漂う厚さのない表面として出現している。同時に、ある種の限界概念として提示されている。

2 ジュネ——身振りと支配

もはや短いエピローグでしかないが、最後にジャン・ジュネの演劇を回想してみよう。ジュネは本格的に戯曲を書く前に、主な長編小説を書き終えている。『花のノートルダム』のような作品には、ジュネがやがて演劇を書くことが予言されていたかのようだ。その主人公で、パリで男娼をしているディヴィーヌが結核で死ぬ。ディヴィーヌの母親、エルネスティーヌが「あの子は自殺したみたいだわ」とつぶやく場面がある。しかしディヴィーヌは自殺したわけではない。エルネスティーヌのつぶやきは「舞台の論理」である、とジュネは書く。

「舞台の論理」と切り離せないのは、ジュネの小説の中ではつねに身振り（geste）が本質的な意味を持つことである。サルトルは『聖ジュネ』という、ジュネのどんな本よりもぶ厚いジュネ論を書いたが、その中でジュネにとって「身振り」とは何かに触れている。たとえば『花のノートルダム』の中で、女装したディヴィーヌが、酒場で自分の入れ歯を落としてしまう場面がある。ディヴィーヌは、素早く入れ歯を頭の上に冠のように乗っけて、「私、女王様よ」と、その場を巧みに（演劇的に）とりつくろうのである。そういう身振りについてサルトルは述べている。「存在するために人が行う行為とは、もはや行為ではなく身振りである」と。これは単なるユーモアではなくて、「存在するため」の身振りなのだ。実存主義者サルトルに従うならば「実存するため」である。「実存するために人が行なう行為」。これもやはり感覚運動的な図式を離脱する身振りにちがいない。ジュネの小説の中に身振りは繰り返し現れ、最後の長編『恋する虜』

でも、強い印象を残す。

パレスチナ・ゲリラのキャンプにしばらく同居したとき、ジュネは、パレスチナの兵士たちが、カードなしに、身振りだけでトランプをするのを目撃する。闘うゲリラたちのキャンプで、トランプは禁じられている。彼らは鋭い目つきと、素早い手の動きで、仕草だけのトランプを延々と続ける。こういう場面を注視したジュネは、パレスチナの闘いそのものが、「カードのないトランプ」のようなものだ、と『恋する虜』に書くことになる。

アルトーの問題は、あくまで身体であり、それも「器官のない身体」という強度の逆説に穿たれた身体であった。ジュネのほうは〈身体〉ではなく、むしろ〈身振り〉にこだわった。確かに二つは同じことを意味してはいないが、〈身振り〉とは〈身体〉の様相であり、そこに現れる〈襞〉であるとも言いかえられる。

ジュネが彼の演劇の中で最も執着したテーマは、明らかに〈権力〉であり、支配―被支配のドラマであった。たとえば『女中たち』。それは実際にあった事件をもとにした作品で、ジュネの劇作の後にはその事件を忠実に映画化する試みもあった。二人の女中がいて、彼女らは姉妹である。はじめに、この二人が、留守中の女主人と女中の一人の役割を演じている。つまり何の前置きもなしにいきなり劇中劇が始まる。すぐにこれが女中二人の演技であるとわかってくるが、やがて本当の女主人が帰ってくる。こんなふうに、ジュネの劇の中では、支配―被支配がまさに演技として演じられる。小説においてよりも、ジュネは彼の演劇において、ずっとこの問題に、つまり支配―被支配の主題にこだわったのである。

『黒んぼたち』*Lès Négres* という、あえて差別語を使った黒人と白人の抗争の劇。そして『バルコン』*Le Balcon* では、娼館にやってくる客たちが、それぞれの部屋で将軍、あるいは司教、あるいは警視総監に変装して、娼婦たちを相手にサド・マゾゲームを展開する。それを娼家のおかみ、イルマという女がいつも覗き見している。やがて外で「本当の」革命が起きる。混乱の中でこのイルマが一時的に女王に化けたりする。ここでもやはり一貫して、支配―被支配の倒錯的ドラマが演じられるが、ジュネの「政治劇」は、決して非抑圧者が抑圧者を打ち倒す革命劇ではなく、かなり倒錯し屈折している。

ジュネは、支配―被支配の関係を、身振りの系列に還元して操作しながら、支配―被支配の関係を倒錯させてしまう。ドゥルーズの概念を援用するなら、このようにしてジュネは支配―非支配の表象と、その構成要素を「消尽」してしまう。ジュネはこのような倒錯の操作を、あくまで微細な身振りの連鎖によって実践するのである。もちろんその身振りに、さらに別の身振りを陰として付け加えるような精妙な科白がつきそっているのである。

アルトーとジュネ、ベケットに共通している、凄まじいまでの言語への敵意を、繰り返し想起しなければならない。ジュネもやはり「…という奇妙な言葉」(*Etrange mot de*…)というテクストの中で、言語への敵意をあからさまに示している(「…という言葉」として省略されているのは「都市計画」という語である)。「どういうわけか生き延びてきたフランス語は、単語が敵味方としてたがいに引き裂きあい、愛しあいながら繰り広げてきた闘いを、隠してはまたあらわにする。もし伝統 tradition と裏切り trahison という単語が、もともと同じ所作から生まれ、」(二つの言葉は tradere〔移す、渡す〕というラテン語を語源としている。「伝統」は前の世代から次の世代に技芸をいいい譲り渡すこと、「裏切り」とは自分の友を権力に売り渡すこと)「それぞれに独自の生を生きるために分散したとすれば、歪みながらも、しかし結び合っていることを、それぞれの単語は、どんなふうに認知するのか。別にこの言語は他の言語に比べて酷い扱いを受けてきたわけではない。この言語は他の言語と同じく、発情した動物のように単語が交わることを許してきた。われわれの口から出てくるのは、無垢であるかどうかに関係なく、交わりあう言葉の乱交であり、これがフランス語の言説に、迷ったすえに動物たちが落ち着く森林地帯の健康的な空気を与えている。こんな言語で書くこと、あるいはそれを喋ることは、何も言わないことに等しい。それじたい散逸し、花粉の混合、運まかせの接ぎ木、ひこばえ、挿し木のせいで不均質になった植生のまっただ中で、無数の存在または、あいまいな単語が、神話の動物のようにますます増えて蠢いている[18]」。ここにはジャングルのようにもつれあう植物的な言語のイメージが浮かんでくるのだ。

ジュネのこういう言語のセンスは、彼の最初の長篇小説から一貫していた。そしてジュネという名前は、エニシダという植物の名前でもある。ちなみにプルーストの作品には植物の比喩、暗喩が実に多い。性倒錯者たちはしばしば植物に比較される。植物を「恋人」とみなした雀蜂がやってきて種の閾を越える交配が行われる。ベケットもやはりプルーストにおける植物性に注目していた。それならベケット自身はどうか。彼の関心は、しばしば鳥や昆虫や小動物にむかったようだ。アルトーはどうか。アルトーはむしろ鉱物（無機物）ではないか。

ジュネのこの文章のもう一つのテーマは、演劇は墓地で行われ、葬儀として行われるべきであるということ、つまり死と演劇の関連である。まずこれから墓地に葬られる死者を演じる役者を先頭にして、墓地を行進すること。そもそも演劇はいつも葬儀のようにして、死と隣あわせで実践されなければならない。

ジュネの小説の一つに『葬儀』という、わけても奇怪な幻想をふくらませた小説がある。ヒトラーが登場し、総統の愛する親衛隊員、話者が愛したレジスタンスの闘士、対独協力者となったやくざな少年が、占領されたパリを暗躍する。話者は、それぞれのあいだに奔放な性的幻想を増殖させていくのだ。この作品はまさに「葬儀」と題されるが、ジュネの演劇も、やはり濃密な死の想像力と切り離せない。

大作の戯曲『屏風』*Les Paravents* は、アルジェリアでの植民地戦争がテーマになっている。これもまた支配─被支配の問題をめぐって繰り広げられる微細な身振りの演劇と言っていい。ジュネは上演のために細かい覚え書を書いている。身振りと、それに連結される装飾、衣装、化粧に、細心の注意を払っている。演出について注釈する彼の文章自体が、ある種の駄洒落になっている。「この戯曲、つまり『屏風』の読者は私がでたらめを書いているのに気づくだろう。たとえば薔薇について。ブランケンゼー氏〔植民地の入植者〕は、薔薇よりも棘を歌いあげる。ところで園芸家は次のことをよく知っている。あまりにも多くの棘は、丈夫な美しい花びらに不可欠な精気や成分を奪ってしまう。過度の棘は有害なのである。ブランケンゼー氏はそんなことには気づかない。彼の仕事は喜劇であって、薔薇の栽培ではない。しかし、この大将と彼の薔薇園を考え出したのはこの私である。私の誤りは一つの示唆になりうるし、なるにちがいない。ブランケンゼー氏が花ではなく棘（エピーヌ）を、なんなら睾丸（ピーヌ）を美しくしようといそしむなら、まさに私が犯すこの過ちによって、氏は薔薇園を去り、演劇のなかに入っていくのだ。他のシーンに関してもたぶん同じことで、何らかの方法で、このようなずれを認識すべきなのだ[19]」。「私はでたらめを書いている」、「ずれを認識すべき」というジュネは、演技の迫真性とか、舞台のリアリズムとかには、およそ関心がないのだ。

パレスチナ人のカードのないトランプは一つの模像にすぎない。しかし、その模像のほうが、花ではなくて棘のほうが、ずっと本質的であり、もっと強度な意味を持つことがありうる。支配と権力に関しても、単にそれに政治的に反抗するということ以上に、別の反撃が、身振りと模像と棘によって実現されるかもしれない。演劇は嘘であればある程いいかもしれない。模像であればある程いいかもしれない。ジュネの〈身振り〉は、ある種の徹底的なマニエリスムなのであるが、仕方、やり方、方法（マニエール）は、実体、身体とは別の生、力、効果を持ちうる。

ジュネの演劇は、あくまでも権力を焦点として、きわめて政治的であるが、まったく特別な仕方で政治的なのである。決して支配されているもの、反抗するものにただ味方し、そのスローガンに応えようとする演劇ではない。そういう立場からは奇妙にずれている。身振りに注目することは、また別の政治学を構築することでもある。その倒錯的な方法は、アルトーの、ベケットの問題と根底で繋がっている。私はまだ充分説明しえていないが、説明しうることであるかどうかわからない。アルトーは「器官なき身体」に収斂する強度の身体を、ベケットはあたかも身体を抹消するかのような声と、演劇の最小要素を、ジュネは身振りの迷宮を発見していたが、それぞれの演劇が、身体と言語に対する根本的な問いを内包していた。これほど異なる三人の演劇について、三つの演劇論と身体論を思い浮かべながら、それを貫く根底の哲学のようなものを私は考えていたが、そんなものはないし、なくてよいのだ。

（注）

（1）コンスタンチン・スタニスラフスキー『俳優の仕事第一部：俳優教育システム』岩田貴・堀江新二・浦雅春訳、未来社を参照。

（2）ミシェル・フーコー『性の歴史I　知への意志』渡辺守章訳、新潮社、一八〇ページ。

（3）アルトー『演劇とその分身』安堂信也訳、白水社、一八ページ。

（4）ヴァルター・ベンヤミン『ベンヤミン・コレクションI』浅井健二郎編訳、久保哲司訳、ちくま学芸文庫「シュルレアリスム」。

（5）ベンヤミン『ドイツ悲哀劇の根源』岡部仁訳、講談社文芸文庫、二七六ページ。
（6）前出『ベンヤミン・コレクションI』四九五ページ。
（7）森島章仁『アントナン・アルトーと精神分裂病』関西学院大学出版会。
（8）アルトー、前掲書、二九ページ。
（9）アルトー、前掲書、八六―八七ページ。
（10）『土方巽全集』〔普及版〕I、河出書房新社、二五八―二五九ページ。
（11）ジェイムズ・ノウルソン『ベケット伝』下巻、一一二ページ。
（12）同、一七三―一七四ページ。
（13）イェジュイ・グロトフスキ『実験演劇論――持たざる演劇めざして』大島勉訳、テアトロ、一九七一年。
（14）ベケット『プルースト』大貫三郎訳、せりか書房、二六―二七ページ。
（15）ベケット『見ちがい言いちがい』六三ページ。
（16）ベケット『プルースト』八八―八九ページ。
（17）Beckcett, *Lettres* I, Gallimard, 14/8/1937.
（18）ジャン・ジュネ『アルベルト・ジャコメッティのアトリエ』鵜飼哲編訳、現代企画室、一四〇―一四一ページ。
（19）ガリマール版ジュネ全集V、二四九ページから私訳。

ドゥルーズとベケット

X　イメージからイメージへ

「頭は裏切る目をあばき、裏切る言葉はそれらの裏切りをあばく」（サミュエル・ベケット『見ちがい言いちがい』）

1　思考のイメージ

文学と哲学はたがいに親密な言語活動であるとはいえ、二つの間には相いれない特性もあって、それぞれに存在理由をもっている。

それなら文学と哲学は、もし出会いうるとしたら、いったいどんな場所で出会うのか。こんなふうに問うとき私たちは、少なくとも哲学とは何で、文学とは何か、知っていることが前提となる。しかし、たちまち私たちは、出会うべき二つのものが、決して自明な領域をなしてはいないことに気づいてしまう。

出会いは、おそらくその不確かさにおいて起きる。その不確かさが二つを出会わせる。

ドゥルーズの〈哲学〉は〈文学〉と、ある特異な、親密な関係を結んでいたように思われる。彼の哲学だけがまったく独自な関係をそこに確立していたわけではないが、この関係はかなり例外的なものであり、一考に値する。

ドゥルーズの書物においては、哲学と文学という異なる領域そのものが両方とも脅かされ浮動している。いや、たがいに相手を脅かしているというよりも、二つのうちのどちらにも属さずに両方を脅かすような出来事が発生しているようだ。確かに〈思考〉をめぐって、文学も哲学も等しく逸脱するような何かが起きている。そのような思考が、文学を逸脱する文学と、哲学に離反する哲学とが交錯する場所に言語をみちびく。もちろんこのような場所では、言葉の用法、様態ばかりか、言語自体の地位、その〈存在〉の確かさ不確かさ、意味のあらゆる質量そのものが問われることになる。おそらく文学も哲学も、むしろこのような場所に仮に発生したテリトリー(ジャンル)にすぎないと考えるべきなのだ。

「出会う」ということとは、まさに思考のあり方と生成そのものについて問うことである。『差異と反復』第三章は「思考のイメージ」と題されているが、そこでドゥルーズは、まさにイメージが形成される以前の次元で振動する思考の様相そのものを問うていた。

思考は決して無垢ではありえない。あらゆる前提を解除して第一原理に逆上ろうとする思考が、それでも解除しえないイメージ（イマージュ）を含み、それに支えられている。あらゆるイメージから思考を純化しようとするコギトが、やはり背後に潜ませているイメージをドゥルーズは指摘している。

いったい思考を零に還元し、その発生状態に立ち会うことはできないのだろうか。思考を構成する差異そのもの、反復そのものを、一切の媒介なしに思考することはできないのだろうか。思考のイメージを批判しながら、ドゥルーズがそこで試みたのは、決して別の第一原理をたてることではなかった。思考の建築を定礎するべき第一原理を追求するような演繹の身振りや「力への意志」そのものを（そのような大前提を）彼は批判している。別の原理をたてることではなく、原理の要請そのものを解体しながら、差異と反復を〈同一性〉へともたらす操作が実現する地点そのものに、異質な概念形成の〈可能性〉を発見することが問題になっている。思考の前提を零に還元することはできないとしても、その前提を、しばしば同一性として固定されるその傾向をまず斥けるようにして、別様に思考することを試みることはできる。

一切の思考の「イメージ」が解体するという出来事に直面したある詩人の体験について、ドゥルーズは語っている。

アルトーは言うのである。問題は（彼にとって）自分の思考に方向を与えることでも、自分が思考していることの表現を完成することでも、応用や方法を獲得することでも、詩作を完璧にすることでもなく、端的に何かを考えることに成功することであると。それこそ、彼にとって唯一の、ありうる「活動」なのだ。この活動は考えるという一つの衝撃や強迫を前提とし、これらが思考に至ろうとして、あらゆる種類の分岐を通過し、神経から発して魂に伝わるのだ。こうして思考が思考するべく強いられるのは、その中心の崩壊、その亀裂、それに固有の自然な「無能」でもあって、それはその最大の力能と、つまり思考サレルベキモノと、これらの秘められた力と一体であり、思考の剝奪や浸食と一体なのだ。アルトーはこうしたことすべてにおいて、イメージなき思考の恐るべき開示、表象されることのない新しい権利の獲得を追求した。このようなものとしての困難、様々な問題と問いの列は、事実にすぎない一つの状態ではなく、思考の権利をなす一つの構造なのだということを彼は知っていた(『差異と反復』[1])。

まず何が思考をうながすかを考えること。思考は、決して先天的で普遍的な本性などではなく、とにかく生み出さなくてはならない何かである。思考は思考を阻むもの、思考をうながすものと一体であり、これらと一体の生成としてとらえられるべき何かである。人は「思考されるべきもの」があるときはじめて、その〈暴力〉にうながされ、やむをえず思考する。思考は思考をうながす暴力の〈強さ〉と不可分である。けれども思考は、必ずしも思考をうながす衝撃そのものについて思考するわけではない。普遍的な本性とみなされ、〈常識〉として先天的に共有されるものとみなされる思考は、むしろそのような衝撃から、ある媒介を経て隔てられている。

「思考のドグマティックなイメージ」に明らかに異をたてているこのようなイメージなき思考は、単に分裂症的症候なのだろうか。確かにアルトーの場合のように「崩壊」においてとらえられた思考は、ドグマティックな思考像にとっては一つの症例であるしかないが、「分裂症とは単に人間的事実であるばかりでなく、思考の一つの可能性である」というドゥルーズにとって、〈普遍的な思考〉を〈分裂症の普遍性〉によって透視することは、一つの可能性であることを遠く越えて、『差異と反復』の思想の全体をつらぬく可能性である。

思考は理性に属する普遍的な能力ではなく、ある暴力と隣接してそのつど発生する特異性の活動である。思考をこのような視野でとらえるとき、思考と対立し、思考を不可能にするかに見える「愚かさ」にもまた異なる光があてられる。「怠惰、残酷、下劣、愚鈍は、単に身体的な力能ではなく、性格や社会に関する事象でもなく、思考そのものの構造である」。たぶん「愚かさ」とは、思考をうながす暴力に直結する力の様相なのだ。それは思考の欠陥などではなく、思考が思考をうながすものにむけて裂け、じかに開いている間隙を示しているのだ。だから哲学と文学は、「愚かさ」という問いにおいても出会いうる。

ドゥルーズはそのことを端的に述べている。「最悪の文学は愚言の集まりにすぎないが、最良の文学は愚かさの問題にとりつかれ、この問題にまさに宇宙的、百科全書的、認識形而上学的次元を与え、哲学の入口にまで導くことができた」（ドゥルーズのいう「愚鈍」に示唆を受けたこともあるわが国の批評は、それを逆説的な知の装置にしただけで、決して「愚かさ」にむけて開いた思考を実現したわけではなかった）。

思考を阻み、あるいは思考をうながす暴力、その暴力にじかに触れる場面にあらわれる「愚かしさ」は、たぶん哲学と文学との秘められた出会いの機会である。そしてドゥルーズのベケット論『消尽したもの』は、まさにこの「出会い」そのものをしるそうとした書物である。ベケットの人物たちは、いつも理性の外で思考し、しかも決してその奇妙な思考を中断しない。物語としては、ほとんど何も起こらず、人物はただ出来事を待望し、無為に時をすごすのだが、それでも思考は続けられ、そんな思考の時間だけが持続する。この思考はあたかも「不眠の夢」に似ているのだ。

2　言語を消尽するということ

〈疲労〉することと〈消尽〉することの間には、単に疲労の度合の違いがあるのではなく、絶対的な差異があると、ドゥルーズは冒頭で述べている。辞書によると、使い果たすこと、憔悴することを意味する「エピュイゼ」（épuiser）というフランス語は、井戸（ピュイ）の水を尽きさせることからくるのだが、「消尽したもの」とは、ドゥルーズにとって何よりもまず「可能性」を尽くした人である。

「可能性」とは、複数の可能性から排他的に選択されるもの（排他的選言命題）である。だからこそ可能性の次元には順序や組織があり、そこに意味作用も成立する。意味とは言表が何らかの実現にむけて、何かを排他的に指示することである。ドゥルーズも指摘しているように、『マーフィ』や『ワット』そして『モロイ』には、順列組み合わせや物の配置を延々と列挙する奇妙な頁が含まれている。これは可能性を尽くしながら、可能性の次元そのものを消尽させてしまう試みなのだ（ドゥルーズはこんなふうに可能性を尽くす言語を、言語Ⅰと呼んでいる）。

なぜベケットはこんなことを試みるのか。可能性を尽くすということは、極端な疲弊や、瀕死の状態を意味するのではなく、一切から退却して、ただ待機する姿勢を続けることである。確かにベケットの主人公は初めから、ただ待っていたのだ。マーフィの基本的姿勢は、ロッキング・チェアに裸になり、七本のスカーフで全身をチェアに縛りつけ、動かない目で軒蛇腹のかすかな光を見つめることである。ベケットの作品には、しばしばダンテ『神曲・煉獄篇』に現れるベラックワの主題が繰り返される。ベラックワは煉獄前域の岩影で両膝を抱え、その間に頭を沈めて待っている。生きている間ずっと怠けもので悔い改めなかった罰に、煉獄前域で、生きた時間と等しい時間、待たなくてはならない。人生は終わっているが、完全に終わってしまったわけではない。待っているといっても、とりわけ何も待っているわけではない。生きているのでも死んでいるのでもない。待つことは、可能性を消尽してしまって、もうどこにも定位できない状態を示しているのだ。あれかこれか、あれよりもこれ、というふうに分割され、選択される秩序は消滅してしまっているのだ。

けれども、可能性を消尽した次元にはいったい何があるのだろうか。ベケットもドゥルーズも、そのような作品(思考)において「消尽する」としたら、いったい何のために消尽するのだろうか。単にそこにはもう何もないのだろうか。

「消尽すること」は、ドゥルーズが「思考のイメージ」と呼んだような、思考に強いられるさまざまな前提や表象や媒介や拘束から、思考が脱落し、思考をうながすものに思考がじかに触れるような過程でもあるにちがいない。けれどもドゥルーズがベケットに見る「消尽」は、決してアルトーがときにドラマチックに示したような思考の凝固や爆発や沸騰や加速、つまり思考のマグマに似た場面にみちびくものではない。むしろ消尽の果てには、かすかな声や震え、知覚しがたい光や乏しいイメージが漂っているだけだ。すべてが終わっているが、終わりは終わっておらず、まだ終わりを終わらなくてはならない。だからいつまでも、また終わり続けなくてはならない。「消尽」はこんな次元を示しているのだ。

そして「消尽」は小説において構成される世界と、世界を構成する人物そのものにも及ぶ。それぞれの人物たちの「可能世界」を実現し、物語を可能にする声そのものも、やがて消尽されるのだ。ベケットは『名づけられないもの』を書いて、マーフィ、モロイ、マロウン、ワットといった主人公たちを一堂に会させ「消尽させる」。もうこの小説の後には、名前をもつ主人公が一つの声(ドゥルーズはこれを言語IIと呼ぶ)をもち、それによって世界を構成するようなことは、ほとんど不可能になる。「あらゆる声を失い、したがって私について語るにしても、マホッドの声でしか語ることができず、ワームであろうとしても、やはりマホッドになることによってワームになるのだ」。人称、声、固有名、可能世界といった物語の成立の核となるや要素やコードは、網羅され、散逸し、まさに消尽されてしまう。そこには「同じ異国語、死語」だけが残っている。

このような「消尽」に似たプロセスを、ドゥルーズは例えば『意味の論理学』でも考えたことがあった。ルイス・キャロルについて論じながら、言語自体の存在を、具体的な指示対象からも、話す主体の表出（欲望、信念）からも、いわゆる概念としてのシニフィエからも切断して、本質的に無意味なもの（ナンセンス）として定義したとき、ドゥルーズは、言語の意味が「消尽」されたところに現れる、他の何にも還元できない一つの「表面」として言語を定義していた。言語とはそのような純粋な表面であり、意味作用は、ちょうど思考にイメージが強いられるように、外部から言語に強いられるものにすぎない。

言語についてのこのような思考は、言語自体を形式化して、還元不可能な次元（象徴界）としてとらえた〈構造主義〉と決して無関係ではないが、言語という表層を、不安定で流動的な「前個人的」なものとしてとらえ、そこに特異性の展開や、突然変異の契機さえも見ているところは、構造主義からかなり隔たっている。ドゥルーズは、ベケットについて書きながら、確かに『意味の論理学』の思考を反復しているけれど、過去の著作を決して引用することがないこの人は、いつものように、同じ思考を別の次元に移動させて反復しているのだ（ここにも差異と反復のかたちがある）。とにかく新たな差異が提案され、反復されているが、この差異が以前の差異からどう変化したのか、その説明はない。おそらくこのことは、彼の創造性の秘密に属する。隠そうとしたわけではないが、それを言わないことには確かに動機があり、なんらかの効果をともなった。

3　もう一つのイメージ

消尽された言語、消尽された物語の声は、「イメージ」にたどりつくとドゥルーズは書いている。もちろんこのイメージは、かつて思考を拘束し、差異と反復の思考に「同一性」を強いるものとして批判された、あの「思考のイメージ」ではないだろう。

言葉が限界に触れ、自身の間隙や穴や亀裂に直面するような場面が問題になっている。確かに〈思考の一つの可能性としての分裂症〉が、あらゆる可能性を消尽したはずの言葉において復活している。

少しも損なわれていない純粋なイメージ、まさにイメージそのものを作りだすこと、一切の人称的なもの、合理的なものを保存することなく、十全な特異性のうちにイメージが出現するような地点に到達し、天上的な状態に似た無限定なものに接近することは実に困難である。[2]

つまりイメージはその内容の崇高さによって定義されるのではなく、その形態、つまりその「内的緊張」によって、それが発揮する力によって定義される。こうしてイメージは空白を生み出し、あるいは穴をあけ、言語の拘束を解きほぐし、声のうるおいを乾かせ、みずからを記憶と理性から解放する。非論理的、記憶喪失的で、ほとんど失語症的なちっぽけなイメージが空虚の中に保たれ、開かれたものにおいて震えている。イメージは一つの物ではなく、「プロセス」である。このようなイメージは物の観点からは実に単純でも、その力能は未知のものだ。[3]

イメージは見られるものであり、聞かれるものでもあるが、とにかく言われることなく、見られ聞かれるものである。それは言語の極限の非言語として現れるが、もちろん非言語なら無条件にイメージをもたらすわけではない。イメージは、可能性を尽くしたところに、ある「内的緊張」とともに現われ、イメージそれ自体が、可能性を尽くす消滅、消尽のプロセスである。

言語に穴を開けるといっても、一体どうすればいいのか。穴をあけること自体も、穴をあけたところに侵入してくる〈外部〉に耐えることも、いずれも険しい過程にちがいないのだ。『意味の論理学』のドゥルーズは、言語という本質的にナンセンスな表層を、部分対象がマグマのように混沌として荒れ狂う世界（深層）に対して精神を守るものとしてとらえている。深層にむけて、ざるの目のように抜けている精神は、まさに分裂症的であって、アルトーはまさに深層の人としてとらえられているのだ。

言語という薄い氷の膜のような表面に亀裂が生じるところにだけイメージの生成を見ることは、決して深層の混沌を讃えることではない。内部を破裂させて吹き上げる外部の暴力のマグマに讃歌を送っていればいいわけでもない。

たぶんイメージは、言語の内在的な限界に接した、言語という表面の裏面に接するかたちで成立するのだ。言語の穴は、一つのリフレイン（リトルネロ）によって生じる。それは、空しい繰り言や鼻唄、ささいな片言隻句にすぎないかもしれないが、ささいであって重い意味を担わないからこそ、イメージが結晶するための核になることができる。それは確かに細かい孔であり、かすかな亀裂であって、深層にむかっての爆発などではないのだ。しかもイメージは、可能性を消尽するプロセスでもあるから、それ自身が散逸し、消滅するプロセスなのだ。イメージが消えてしまうたびに、言語は爆発するどころではなく、間隙や穴や亀裂を修復してまた持続することになる。けれども、そのよう間隙、穴、亀裂を、まるでさまざまな「句読点」のように操作する技術といったものも存在するのだろう。ドゥルーズにとって、ベケットの芸術はまさにそのような技術でもある。

それにしても、ドゥルーズが引用している書簡のなかでベケットが表明した言語への敵意はすさまじいものだ。「私たちは言語を一時に無くしてしまうことはできないので、少なくともその信用失墜に寄与しうるものは何も無視してはなりません。言語に次々穴をあけること、その背後に潜んでいるものが、何であれ、無であれ、滲み出てくるまで」。ただし、この手紙が書かれたのは、ようやく創作を発表しはじめた時代（一九三七年）で、後には「滲み出るものなどない」と、これを否定するように書くベケットもいる。晩年の作品は、ますます簡素な要素とその反復だけからなり、ベケット語とでもいうしかない極限まで削がれた文体で書かれている。まさに穴だらけの言葉のようでもある。穴（裂開）それ自体が言葉である。しかし詩的修辞によって言語の出来事自体を際立たせるようにして書いているのではなく、散文的な構成と規則はかろうじて保持されている。ベケットは、言語への敵意を決して和らげたのではない。可能性が尽くされたところには、破壊の可能性も乏しい。むしろ破壊のプロセスは、ますます洗練され、厳密に持続されうるものになったのだ。言語の亀裂をさぐりながら、言語の向こう側へ行ってしまうのではなく、あくまで言語という薄い表面の裏面を描きだそうとしたのだ。

そしてテレビのための一連の作品には、確かにそのようなプロセスが描かれている。

4　空間そのもの

「クワッド」のヴィデオを見たときの第一印象は、四人の人物がまとう床までとどくチュニカ（ガウン状の服）のせいか、人物の移行には床に粘着するような感じがあることである。薄暗い照明の中、フードで顔を隠した人物が、ベケットのシェーマにしたがって規則的に歩くのは、ほとんど強迫的な夢に似ている。人物は正方形の辺をそれぞれに歩み、次に対角線上を中心にむけていっせいに進み、中心の少し手前で他の人物との出会い（あるいは衝突）を避けて対角線のむこうに行く。しかし映像を見ていると、中心をそれるとき、それぞれがまるでいっしょに輪舞しているような印象を与える。この回転によって、人物は決して出会うことも衝突することもなく、四角形の上の運動を続けることができる。一人で始まった動きに、次々新たな歩行者が加わってやがて四人になり、また一人ずつ消えていく。正方形の四辺を滑るように歩むとき、人物はたがいに無関係に、同じ距離を保ったまま孤独な行為をしているように見える。そしてそのたびに何か決意したかのように、四隅から中心に向けての歩みが再び始まる。距離が縮まる。何かが起きようとしている。けれども中心の手前で、歩みは切断される。四角形の辺の上で行われていた同じ孤独な歩みが、小さな見えない正方形の上で反復される。この小さく旋回する動きが出会いの可能性を消してしまう。可能性が消えるかわりに、人物はもとの孤独にもどり、また同じ孤独な運動を反復することができる。こうしてそれぞれの人物は、ついに他者と出会うことなく、正方形の外の闇に次々消えていく。少ない要素のあたうかぎりの組み合わせとその反復、それを続けるためのわずかな偏差、つまり規則的な移動と、それを持続するためのわずかな不規則が、そこにはあって、まるでベケットのあらゆる創作をつらぬくシェーマを、ぎりぎりまで還元したかたちで示しているようなのだ。

そしてそこには奇妙な空間が現れている。あたかも四人の人物の動きは、このような空間を作りだし、あるいは出現させるためにだけ行われたかのようである。何かにみたされ、何かを発生させるはずの空間には何も起きないまま、最小限の変化と運動が反復される。空間は別のものに変質するのだ。

ドゥルーズはこれを「任意の、廃れた、無用の空間」と呼び、ベケットはこの空間について「ここでもあそこでもなく、大地を踏むすべての歩みは、何にも近づくことがなく遠ざかることもない」と書いている。空間はそれをみたすものにも、それをみたすものの間に生起する出来事にも、その間の距離にも無関係に、ただそこにある。あるいは、ここには空間そのもの、純粋な空間それ自体が現れているとでもいおうか。私たちは、まれにしかこのような空間にむきあうことはなく、いつも空間をみたしている物や人、空間に生起する出来事によって、あるいはそのような物や人や出来事にかかわって伸び縮みする距離として空間をとらえているだけだ。空間そのものを、私たちは想像することができない。いっさいの想像が死んだところにだけ、空間そのものは出現する。まさに「想像力は死んだ、想像せよ」である。空間そのものがあるとすれば、それは「消尽された空間」なのだ。

「クワッド」の人物たちの歩みは、いかにも簡潔で、子供じみた遊戯にも似ているが、同時に悪夢に似ている。規則正しい繰り返しは、絶対にどんな出来事も、出会いも生み出さない。それはあらゆる夢想が尽きたところにやってきて、果てしなく繰り返される悪夢である。空間そのものという悪夢なのだ。

イメージが言語の限界に震えながら散逸するものであるように、たぶん空間もまた同じ限界に同じように不安定に存在しては散逸するものである。

イメージはこのような空間に出現する。ベケットはしかも、世界中のイメージや空間を侵食し、それらを支配するようになったメディアとしてのテレビによって、このようなイメージと空間を出現させようとした。

5　夢を貪る夢

三つのテレビ作品「幽霊トリオ」、「……雲のように……」、「夜と夢」の世界は、ベケット晩年の代表作『伴侶』や『見ちがい言いちがい』の世界に限りなく近い。簡素な剝き出しの空間で、人はわずかな同じ動きを繰り返し、あるいはほとんど動かず、誰かを待っている。あるいは夢の中で何かを待っている。まだ生きている人物が、自身の死後をみつめているようでもある。あるいは今は亡い人物を誰かが回想している。結局、人物が待っているのは「イメージ」である。イメージとは言葉以外の「音楽あるいは光景」なのだ。

人物は決して眠りこむわけではない。言葉も身体も消尽しているけれど、睡眠は訪れず、あくまで覚醒している。どんな可能性も尽きた空間で、人物が待っているのは、もうどんな可能性でもありえない。

空間はもう何にもみたされず、何も起きない空間そのものであり、待つことは、どんな可能性もなしに待つことであり、そこで見られる夢は、決して眠ることなしに見られる「不眠の夢」である。ドゥルーズは三つの作品にこのような状況を見ながら、肉体を消尽する以上に可能性を消尽した老年に訪れる厳しい精神的緊張をそこに重ねているが、肉体が消尽されて精神だけが残るといっているわけではない。それは「二重の消尽」であって、ついに精神もまた消尽されてしまうところに、イメージは現れるのだ。

最晩年の評論集『批評と臨床』でドゥルーズは、D・H・ローレンスの『翼をもつ蛇』から次のような文を引用している。「夜、夢の中で私は灰色の犬たちをみる。この犬たちは腹這いになって夢を貪りにやってくる」(4)。だから「不眠の夢」とは、夢を貪る夢、睡眠を貪り、可能性も空間も言葉も物語も貪るような夢なのだ。

このベケット論の最後でもう一度ドゥルーズは、イメージを作りだすことにおいて、言語の芸術は絵画よりも音楽よりも不利なことを指摘している。「音楽は一人の娘の死を、〈ある娘が死ぬ〉に変形することができる。それは、表面をつきぬける純粋な強度としての、究極的な無限定の限定というものをなしとげる。〔……〕言葉には『裂開の句読点』、芸術に固有の『津波』に由来するあの『脱関係』といったものが欠けている」[5]。それでもベケットは、硬い言語の表面に穴をあけるようにして、言語を消尽し、イメージを発見したにちがいないのだが、決して言語から飛び立ってしまうわけではない。決して、音楽や絵画と同じ次元に言語を移動させるわけでもない。

「消尽」は結局、言語そのものに向けられるが、消尽があらゆる可能性の消尽である以上、消尽の果てに、別の可能性が現れることはありえない。そこには、果てしない不眠の夢が続くことになる。睡眠は訪れず、その夢には終わりがない。これはすさまじい悪循環に見えるが、この循環もまた言語そのものから由来する。消尽された言語は、一つの夢（イメージ）に等しいものになるが、それもやはり言語に属している。言語の内に属しているのでなければ、その限界に、界面に、あるいは裏面に属しているのだ。

イメージはたえずそれ自身を消尽する、際限のない運動である。消尽し果てた心身がもらす最後の吐息のようなベケット晩年の散文やテレビ作品は、決して終わりを告げるのではなく、終わりがないことを告げる。消尽は決して閉じられることがなく、開かれたままのプロセスである。こんな悪循環に見える反復によってだけ、見つめられ、抽出され、少しだけ裂けては変形される言語そのものの表面があり、そのような亀裂にかすかに現れては散逸するイメージがある。あらゆる可能性を組み合わせて尽くす言語Ｉから、物語を可能世界として与える声を繰り広げて尽くす言語IIに移り、さらに消尽して言語の外（言語III）に達し、ついにイメージにたどりつく過程としてベケットを読み解いたドゥルーズのプログラムは、決して時の流れに沿う進化の過程として理解するべきではない。それは絶えず繰り返されては、たがいに交代と浸透と変形を繰り返す言語の過程であり、言語そのものに向きあっては、またそれを離脱し、空間に出会い、イメージに出会う過程でもある。ドゥルーズの思想もベケットの創作も、言語との厳しい闘いと交渉という難しい課題を私たちに示唆している。

（注）

（1）Gilles Deleuze, *Différence et répétition*, P.U.F., p.191-192.（ドゥルーズ『差異と反復　上』財津理訳、河出文庫、三九二―三九三ページ。）

（2）ドゥルーズ／ベケット『消尽したもの』宇野邦一／高橋康也訳、白水社、一八ページ。

（3）同、一九ページ。

（4）ドゥルーズ『批評と臨床』守中高明・谷昌親訳、河出文庫、「裁きと訣別するために」二六八ページ。

（5）『消尽したもの』四二ページ。

XI　犬の思考

はるか遠くの、そしてすぐ近くの音、傷を負った肉体、ほとばしる血、不意に捻挫した関節、これらすべての下に何かとても大切なものが、遠くにあってもやはり孤独のうちに保つべきものが形を現した（ヴァージニア・ウルフ『波』）。

『マーフィ』の哲学

作家の肖像と、それを論じた人の肖像を交互に思い浮かべる。やがて二つの肖像がほとんど溶け合って、もうどちらか識別できなくなることがある。そうでなければ双方が重なったところに、もうひとつ別の顔が見えてくる。アルトー、プルースト、カフカ、クライスト、メルヴィル、フィッツジェラルド、ヘンリー・ジェームズ、マルコム・ローリィ、D・H・ローレンス、ヘンリー・ミラー……他にもドゥルーズが、彼自身の思考の根源的モチーフに照らし合わせるようにして読解した作家は多い。それにしてもドゥルーズの晩年に誰よりも深く肺腑に入り込んだ作家は、おそらくサミュエル・ベケットである。

ベケットの中にドゥルーズが読みとった問題はひとつではない。最晩年のテクストのひとつ『消尽したもの』というベケット論に収斂する問題系は、〈可能性を消尽する〉という恐ろしい問題の束である。可能性が尽くされてしまったところに別の次元が現れる。無でも、死でもない。この次元は端的に「潜在性」と呼ばれる。可能性の次元における苦痛、恐怖、幸福は、潜在性の次元の苦痛、恐怖、幸福と同じものではない。可能性における貧しさと、潜在性における貧しさも同じものではない。同じ灰色ではない。それらはしばしば反転して、可能性における貧しさは潜在性における豊かさとなる。当然その逆もありうる。「潜在性」の概念を、ここまで本質化するのには、ベルクソンの『物質と記憶』が欠かせない契機になったにちがいないが、ドゥルーズの哲学はさらにそれを広大な次元に浸透させていった。そして彼のベケット論は、その「潜在性」の思考を最後に仕上げるかのような作業であった。

たった三個の要素の順列組み合わせを、私たちは何とか思い浮かべることができる。ところが五十音や二六文字から合成しうるあらゆる単語の数は、たとえ計算可能でも（可能性は計算可能である）、すでに無限に等しいと直感する。計算によって私たちはいとも簡単に無限にたどりついてしまうようだが、いうまでもなく無限とはいつまでもたどりつけないものなのだ。ベケットの作品はいたるところにそういう〈小さな〉無限の痕跡をしるしている。この無限とは潜在性のことでもあるのだろう。可能性にとって有限なものも、潜在性にとっては無限である。

それにしてもベケットは早い時期から、かなり例外的な〈哲学者〉だった。またこの世界で哲学者の生が何を意味するのか、そういうことを考えさせてしまう奇妙な（非）哲学者でもあった。『マーフィ』の中にこんな一節があったことは忘れられない。「彼は身体として息を引き取るにつれて、精神として復活し、彼の精神の財宝の間で自由に動き回れるのを感じた。身体はみずからの備蓄をもつが、精神はみずからの財宝をもつのだ。／三つの地帯があった。明るみ、薄明、暗黒であり、それぞれに特別な形式をもっていた[1]」。

精神と身体をこんなふうに区別するベケットは、まったく時代錯誤的な二元論者だったのか。そうだとしても、明るみから暗黒にいたるこのグラデーションは何を意味するのか。前にも私はこのことをとりあげているが、あの「三つのゾーン」がどういう問題提起だったのか、改めて点検してみよう。

「第一のゾーンは、相関する物をもつ形態、犬の暮らしの輝かしい縮図、新しく処置されることになる肉体的経験のさまざまな要素。ここでは快楽は行動的で、肉体的経験をくつがえすことが快楽であった。ここでは、肉体的なマーフィが受けた足蹴りは、精神的マーフィが与えたものであった。それは同じ足蹴りで、ただ方向が修正されているのだ[2]」。精神の能動性は、身体の能動性に対応する。それはスピノザの心身並行論を思わせる主張だが、デカルトにもゲーリンクスにも共感したベケットは、精神と身体のうめがたい誤差と隔壁を決して無視することができない。しかしベケットの哲学はまずこの「犬の生活」を、そして「犬の思考」を第一の基盤とする。挑発的な悪あがきに見えても、その哲学は、あるいはゴドー（を待ちながら）の思想は、ここから出発して、ここに繰り返し戻ってくる。

「第二のゾーンでは、形態は相関物をもたない。快楽は美的なものであった。現実的な類似物に苦しめられることなく、作為を必要としなかった。ここにはベラックワ幻想や、他の劣らず甘美な幻想が繰り広げられた」[3]。『神曲』はベケットにとって特別な書物であり続けたが、その中の「煉獄前域」にあって、頭を両膝にうずめた姿勢でいつまでも神の裁きを待つ男ベラックワに、ベケットは繰り返し触れている。ベラックワは、初期の小説の主人公の名前にもなった。その名前が出ないときでも、ベケットのあらゆる作品の終始変わらないヒーローらしからぬヒーローである。神の審判を待つベラックワは実はもう何も（どんな可能性も）待ってはいない。待つことは、潜在性の状態そのものである。

第一のゾーンでも第二のそれでも、マーフィは何とか自己の支配者であり自由な主体である（支配と自由は相容れるかどうかという問題があるとしても）。足蹴りには足蹴りで答える、犬の自由。あるいはまったく足蹴りなど関知せずにすませてもいい。待機し、瞑想する自由はまったく別の自由であり、ベケットの静寂主義的立場とも関連する。

それにしても、やはり第三のゾーンに注目すべきだろう。「第三の暗闇のゾーンは、形態の流動であり、形態はたえまなく合体しては解体した。明るみは、やがてくる多様性を従順なまま閉じこめていた。身体の世界は玩具のようにばらばらになる。薄明は、平和な状態だった。しかし暗闇を形作るのは、もう要素でも状態でもなかった。ただ生成しては、また新しい生成の微粒子の中に砕けていく形態があるだけで、愛も憎しみもなく、変化の原則など何も認められなかった。彼はここでは自由ではなく、絶対的な自由の暗闇の中の一個の原子にすぎなかった。ここでは彼は動かなかった。彼は、沸きたつ線の中、発生の中、たえまない無条件な線の崩壊の中の一点にすぎなかった[4]」。

やがてモロイは「あらゆるものの散逸」、「急激な崩壊」に出会うだろう[5]。『モロイ』から始まる長編三（部）作で、ベケットはこの暗闇、混沌、生成、崩壊の次元に接近し、ときにはその真ったただ中をくぐりぬけるように書いていった。とりわけ『名づけられないもの』、「わたしじゃない」の分裂、混乱、崩壊、破局。これ以降のベケットの作品は、その破局を乗り越え、整序したかのように見えないこともない。いやむしろ、その混沌から、ある種の図式を、リトルネロを抽出する作業を持続していったのだ。

どうやら「自由」という問いが繰り返しめぐってくるが、マーフィによれば「明るみ、薄明、暗黒」のそれぞれに対応する自由があった。「犬の生活」に対応する自由、そして「待つこと」の甘美な瞑想の中の自由、そして「絶対的自由の暗闇の中の原子」の自由というものがあった。そして、実はどこにも自由などない。行動することをやめてただ「神の審判」を待つベラックワは、生と死の間に宙吊りになっているようで、ここにはひたすら動かず観照する自由だけがある。第一の状態（犬の生活）の自由とは、ほとんど冗談にすぎない。「同じ足蹴り」はいつも「修正される」。何ひとつ予想通りにはならないということでもある。肉体に発するものと精神が受けとるものの間にはずれがある。そのずれ（方向転換）にはほぼ規則のようなものがある。「犬の生活」の規則である。犬の生活とは、もちろん本物の犬の生活ではなく、やはり人間の生活なのだ。犬のようにみじめな生活だろうか。みじめ、貧しさ、無為、空しさ等々は、ベケットの人物の一貫した特徴であるが、それは犬のような生活でもなく、本物の犬の生活でもなく、また「人間らしい」生活でもない。決して非人間の生活でもない。これらの間で、それでも「犬の生活」という言葉は正確な意味をもっているようだ。

犬になる人間は、人間以外のものになり、また犬以外のものになる。これはドゥルーズがガタリとともに執拗に追求した「動物への生成変化」の基本的な説明だった。犬になりながら、犬でも、人間でも、怪物でも、天使でもない、同定不可能なものになるということである。実はもはや何になるかは問題ではない。犬を目指して人間を脱するとき、何が起きるか、何が消滅し何が出現するか、どんな微粒子が生成されるかが問題なのだ。その微粒子にはもはや名前がない。『ゴドーを待ちながら』では、まさに犬のようだが犬ではない新たな存在に、ラッキーという名が与えられ、彼は新しい言葉を喋り、新しい思考をするのだ。

イメージの敵

あのラッキーの〈犬の言葉〉に少し似た〈支離滅裂な〉発話を、ベケットはその後も繰り返すことになる。「全然わからない……自分が何を喋っているのか……想像して……彼女は自分が何を喋っているのか全然わからない……そこで必死に信じ込もうとする……自分のじゃない……これは自分の声じゃない」（「わたしじゃない」(6)）。しかしこの発話は、奇妙な分裂であり、分析でもある。分裂しながら、同時に分析している。

暗闇の中で口だけにスポットライトがあたり、ただその口が喋る。人物からも、体からも、顔からも孤立して、ただ口が喋る。やがてその口と声、そして口と言葉、声と言葉も分離して、それぞれ浮動するようだ。「自分の声じゃない」と発語するのはこの口であり、それを表明するのは語る言葉そのものである。声と口と言葉は、それぞれ分離された別のものである。そこには闇に埋もれた人物の頭で明滅している思考もある。それらは言葉それ自体、声それ自体、口それ自体、思考それ自体でもあり、別々に存在しうる。それぞれがすれちがう。私たちは考えてもいないことを言うことがある。言いちがえることがある。自分の声を他人の声のように聴いている。そして、もちろん声と言葉は同じものではない。声なしの言葉、言葉なしの声、声も言葉もない思考というものもある。そんなものを知らない身体がある。

「わたしじゃない」は、もはやモノローグの芝居でさえない。モノローグを成立させる要件そのものが解体され、実は分析されてもいる。

見えるものは聞こえるものではない。見ることと言うこととは一致しない（『見ちがい言いちがい』）。聞かずに言う。言わずに聞く。言葉を失ってただ見る。何も見えないまま、ただ語る。しかしあらゆる視聴覚装置は、見ることと聞くこと、そして見ることと言うことの〈一致〉への、実は習慣的な根強い信頼を根拠にしている。

人間、身体、器官、声、光、言葉の脈絡がほどける。あえてほどこうとする。私たちはただ体の熱を感じ、それぞれに孤立した器官の存在を感じ、声だけを聞き、光だけに感じていることがある。そして世界からも意味からも分離し脱落した言葉を知覚し、読んでいることがある。そして、それらの間にもまだ無数の要素、振動、消滅と出現があり、種々の微粒子がある。生きているもの、生きて動かないもの、死んで動かないものがあり、それが別の生の兆しであることもある。

しかしベケットは、このような分裂的分析によって、世界をただ機能不全の分裂状態に陥れようとしたわけではなかった。「想像力は死んだ、想像せよ」と言いながら、彼はイメージの外のイメージとともにあろうとした。イメージは視覚の前に現れる対象ではないし、視覚の刺激を通じて精神に「投影」される映像のようなものでもない。あのマーフィはベラックワのように動かないまま、ひたすら世界を見つめるが、彼の目に映るのは「軒蛇腹の亀裂の入ったくり型模様の上の青ざめ縮んでいく虹色の跳ね返り」でしかない。もはやベケットの思考と知覚を前にして、ほとんどイメージは成立しないか、奇妙に灰色の「雲のような」イメージが現れるだけだ。

ドゥルーズはベケットとともに、イメージへの深い疑いと信頼を共有した。

　イメージのエネルギーは散逸的である。イメージは早々に終わり、散ってしまう。イメージそれ自体が、終わるための手段だからである。それは可能なことのすべてを捉え爆発させてしまうのだ。「私はイメージを作った」と人が言うとき[7]、それは、今度こそ終わった、もう可能なことは何もない、と言うことを意味する。

　可能性が消尽されたところに、そこにだけイメージが現れる。イメージは可能性を終わらせる手段として、可能性を終わらせるが、それ自身も散逸し、散逸しながら実現される、とこの文章は言っているようである。イメージはまるで可能性の自爆装置でもあるかのように。イメージは潜在性そのものとなり、潜在性のイメージとなったのか。

　そもそもドゥルーズの哲学はイメージに対して最初からひどく警戒的である。「器官なき身体」にとっては、およそイメージなど存在しないかのようだ。

　それにしても器官なき身体とはいったい何だろう。蜘蛛もまた何も見ず、何も知覚せず、何も思い出さない。ただ巣の片隅で、蜘蛛は自分の身体に強度の波として伝わってくるかすかな振動を受けとり、肝心な場所に飛びかかっていく。眼もなく、鼻もなく、口もなく、蜘蜘蛛はただしるしに反応し、かすかなしるしにみたされるだけだ。(『プルーストとシーニュ[8]』)

この身体にとって対象のイメージはなく、この身体自身もイメージであることを拒否している。これはプルーストの小説における話者についての説明であり、イメージではなくしるし(シーニュ)を読解するという「文学機械」が何をしているかの説明でもあった。そしてドゥルーズが映画論にいたるまで尊重し続けたベルクソン哲学が、そもそもイメージを人間以前のカオスに導く発想からなっていたのだ。ある物とそのイメージという分割が成り立たない知覚以前の次元からその哲学は出発した。ベルクソンは、むしろ存在するものをすべてイメージと呼ぶことにした。そのような次元では、すべてがたえず作用し反作用しあっていて、知覚も知覚の対象(のような何か)も出現しない。「ただ生成してはまた新しい生成の微粒子の中に崩れていく形態があるだけで、そこには愛も憎しみもなく、変化の原則など何も認められなかった」と書いたときベケットは、まぎれもなくベルクソン主義者だった。「ここで彼は不動だった。彼は沸き立つ線の中、たえまない無条件な線の発生と崩壊の中の一点にすぎなかった」。つまり無方向、無原則の運動の中では、不動と運動の区別に意味がなかった。運動を観察し、動きを確かめる定点もないからだ。

ここにあげた人物はそれぞれにイメージと親和するのではなく、カオスと親和して思考し探求する芸術家であり、哲学者である。「わたしじゃない」では、広大な闇を背負った口のイメージしか見えないが、そもそも口のイメージというようなものはない。それだけ拡大された口とは、もはやイメージではない。イメージとは顔であり、上半身であり、全身であり、建物、風景等々なのだ。それは紋切り型でさえもなく、あらゆる紋切り型の基盤になっているものだ。ドゥルーズが集中的に論じた晩年のベケットのヴィデオ作品もまた確かにイメージを最小限にし、「消尽」しようとした。たとえば、それは床、壁、ドアなどの「つるりとした灰色の長方形」を繰り返し映し出す。「はっきり見えるのは頭部と、両手と、両手のまわりのテーブルの部分だけ」[9]。

そしてイメージに対してあれほど警戒的だったドゥルーズは、にもかかわらず（だからこそ）『感覚の論理』という絵画論を、そして二冊からなる映画論を残すことができた。「可視的でない力を可視的にすること」とフランシス・ベーコンの絵を定義するドゥルーズは、プルーストを蜘蛛にたとえ、巣をはりめぐらせて見えない振動に反応する身体として読解した方法を決して棄てはしないのだ。ただ暗闇を貪り、暗闇に貪られるような歪んだ口の図像は、初期のベーコンの暗い絵のオブセッションでもあった。その図像は「わたしじゃない」の、闇に浮かぶ口と遠くから響きあう。イメージと、不可視のものの広大な闇とのせめぎあい（そして親和性）は、ドゥルーズの映画論の根底を貫くモチーフでもある。『時間イメージ』には、こんな一文が含まれているが、ほんの一例にすぎない。「レネの『ヴァン・ゴッホ』が傑作なのは、内部の外観上の死、狂気の発作と、自殺という外部の決定的な死との間で、内的な生のもろもろの広がりと外的世界のもろもろの層が速度を増しながら、最後の黒い画面にいたるまで突進し、みずからを拡張し、たがいに交差するのを、彼が見せるからである[10]」。

「フィルム」そしてヴィデオ

『シネマ1＊運動イメージ』で、ドゥルーズはベケットの唯一の映画「フィルム」をとりあげ、運動イメージを構成する三つのイメージ、つまり行動イメージ、知覚イメージ、感情イメージを、ほとんど範例のように提出する映画として「フィルム」の映像を読解していた。「フィルム」から晩年のヴィデオ作品にたどりつくベケットのイメージ・映像をめぐる思考を、ドゥルーズの探求に照らしながらもう一度たどり直してみよう。

ベケットの映画の構成はきわめて図式的なのだ。年老いたバスター・キートンが主演し、せりふはない。サイレント映画なのだが、実はほんの一瞬、キートンが道ですれちがう女性が「シー」とささやく場面がある。Be silent! というわけで、この映画が単にサイレントではなく、何かしら言語を吸い込んでしまうかのような試みであることが明示されているのだ。キートンが通過した後には、それを追いかけるカメラをもつ人物が、あるいはそのカメラに等しい目をもつ不可視の〈人物〉がいる。その〈人物〉に対面した通りすがりの人々は、それぞれに驚愕したり、卒倒したりする。つまり映画の場面を知覚し見つめる人物の存在が初めから、映像の時空にひび割れを作っている。

そもそもキートンが画面に現れる前に（そして最後にも）観客が目にするのは、おそらくキートン自身のものにちがいない異様な大きさにクローズアップされた瞼の肉の襞であり、その中の瞳なのだ。そんなふうに肉、血管、神経に還元された目にとって、世界はただ光の渦巻く混沌としてあるだけだ。しかし、この後すぐに映されるのは、窓のない監獄のような建物の壁で、窓のあった開口部も塞いである。この壁の下を長いコートを着て、帽子とスカーフで顔を隠したキートン（の演じる男）が、今にも転がりそうに体を傾けて走っていく。あの「絶対的自由の暗闇の中の原子」であったマーフィの老いた姿を、私たちは見ているかのようだ。建物に入ったキートンは一人の老婆とすれ違いかけて陰に隠れ、次に階段をあがり、ほとんど何もない部屋の中に入る。

部屋に入ると、彼はすぐに自分の脈を測る。自分自身を知覚するこの試みの後、彼が続けるのは窓や鏡を被い、壁にピン止めした聖像を破り、そこにいる子猫や子犬を追い出し、金魚鉢や鳥籠もやはり布で被うことである。つまり自分を知覚するかもしれない、または知覚するように見える窓や鏡や画そして動物たちを消し去ることである。

最初に道を走ったキートンは、光を避け、他人を避け、カメラの目を避けるように移動した。それは行動とさえ呼べない行動であるが、あたかも知覚と行動は相容れず離反する二つの次元であるかのように、キートンは知覚を避けて行動しようとする。部屋の中のキートンは、自己を知覚しうるものを点検し、それらを「列挙」し「消尽」するようにしてひとつひとつ排除し、あるいは覆いをかけて消し去るのだ。もはやキートンを知覚するものは何もないはずで、彼は安堵してロッキングチェアに落ち着くが、そのキートンを追いかけてきたカメラの目は持続している。彼はもっていたカバンの中から大判の写真の束を取り出して次々それを見つめる。

ドゥルーズは不思議なことにこの場面についてまったく言及していない。キートン（の演じる男）は、母親に抱かれた赤ん坊の姿から、少年時代、学校時代、恋人（あるいは妻）といっしょの写真、幼い娘を抱いている自分、そしてほぼ現在の自分にいたるらしい七枚の写真を次々見つめる。こんどは逆に、それを一枚ずつ破っていく。もちろん写真も、窓や鏡のように、かつて自分が知覚し、自分を知覚したものの痕跡であり、知覚の交換を引き起こすものである。しかしここでキートンは、知覚ばかりではなく、イメージを、そして一つの人生の意味を構成する時間や記憶の痕跡までも抹消しようとしている。人生の出来事、家族のアルバム、誕生から老年までの時間の形（その連続と不連続）、そしてそれを語る物語の形式までもベケットは引き裂こうとしているようだ。

しかしベケットの主題は、これらを引き裂くこと、それ自体ではない。正確に時系列を追って伝記的ともいえる七つのイメージを順々に見つめ、写真の中の幼い娘を撫で、また順々に破いていく行為の正確な反復から生まれる印象も、「フィルム」の無視できない要素に違いない。それはドアの外に追い出した子犬が、次に子猫を追い出すとき部屋の中にもどってしまい、その子犬を追い出すときには子猫がもどってしまうという几帳面な反復（リトルネロ）とも通いあう。こんなふうに微小な要素の繰り返しを、何かしら新しい（潜在性の）表現として提示したことは、ベケットの芸術の、特徴のひとつにちがいない。

「フィルム」の最後では、すべてのイメージ、すべての知覚を追い出し、やっと落ち着き、ロッキングチェアで居眠りしかけたキートンの面前にカメラが回りこんできて、キートンの顔を映し出す。驚愕したキートンの前のカメラの位置に立っているのは、キートン自身の顔にほかならない。「存在とは知覚されること」（バークリー）であるとして、あらゆる知覚を抹消したつもりだったのに、まだ自分を知覚する自分がいた。自分自身の知覚は、「感情」と呼ばれる。バークリーの哲学に触発された「不条理」の主題のほうから、この作品を読みとるなら、絶望と厭世の文学者ベケットという解釈が補強されることになる。しかしドゥルーズの論点はもちろんそこにはない。「問題は、わたしたち自身の黎明より前にある人間以前の世界に戻ることである。その世界では、運動は反対に普遍的変動の体制のもとにあった。そしてたえず伝播する光は零になる必要がなかったのだ。このように行動イメージ、知覚イメージ、感情イメージの消滅を進めながら、ベケットは光り輝く内在平面へ、つまり物質平面へ、運動イメージの宇宙的な波動へ遡る」[11]。

もちろんベケットの作品に、そのような宇宙の壮大な幻想的場面が現れることはない。「宇宙的波動」は、微小な要素や、感覚の振動や、役立たずの廃物や、様々な反復や連鎖を通じて検知されるだけである。あるいは様々な知覚や思考の間隙に発見されるだけである。確かに宇宙はただ壮大な拡がりであるだけではない。素粒子や分子の世界にも、宇宙の現実はあり、その反映がある。決して零にならない無際限の光、中心も主体もない宇宙のイメージは、むしろドゥルーズが映画論の中でも繰り返し参照したベルクソンのものでもある。しかしベケットの関心の焦点は決してそういうところにはない。彼の関心はあくまで人間の知覚や思考によって覆われた拡がりの間隙にあり、そこで振動し、生成し、消滅するものにむかった。

ドゥルーズは、映画論の原理的な面では、人間以前の宇宙の知覚を哲学することのできたベルクソンを、もう一度本格的にとりあげた。そこでもベケットの「フィルム」をとりあげ、まるでベルクソンの同志のように、イメージを絶滅し、物質の宇宙に遡ろうとするかのようなベケットの思考を、やはり原理的な部分で参照している。

しかしベケットの関心は、そのような非人間的宇宙を、マーフィの見たあの第三の「暗闇」を注視しながらも、それ以上にその暗闇を地として、そこから浮かび上がってくる「波動」であり、そこに響く声、身振り、そして言葉であり、それらの間隙なのだ。間隙とは決して空虚ではなく、それ自体が様々に作用し機能しうる現実である。彼の思考の焦点は普遍的な連続性ではなく、むしろ無数の局所的な不連続であり、分離であり、亀裂なのだ。

そしてドゥルーズの映画論も、とりわけ『シネマ2＊時間イメージ』では、ますます音声と映像の間の分離に、映像におけるあらゆるタイプの「非合理的切断」のほうに思考をむけていった。そこでも「器官なき身体」にしたがう思考が貫かれている。それはいたるところで有機的な連続性を断ち、断裂を発見し、非有機的なシステムを構成しようとする。そのようなシステムにとって、あらかじめ前提されるようなモデルはありえない。ドゥルーズは「映画論」を終えたあとに、まさに最後の映像論として、ベケットのヴィデオを論じることになった。ヴィデオは、フィルムに光を焼きつけるという再現性から離れて、自然光から光を分離して操作しうる技術である。電気的な信号に変換された映像は、音声とともに、同じテーブルの上で操作される。再現性という統合的な原理がなくなったところで、映像も音声も単なる電気的信号として、随意に、果てしなく可塑的に分離され結合される。ヴィデオは、切断、分離、離接の技術となり、すべてのイメージを幻想として操作しうる手段でもありうる。いわゆる幻想的映像を作り出すのではなく、むしろ現実と等しく幻想を素材として新たな知覚対象を生み出し、その重合や間隙、強度や速度をしたたかに操作する芸術的手段にもなりうるのだ。

たびたび映画の終焉を唱えながらも、映画に対するノスタルジアを反復し続けたジャン＝リュック・ゴダールが、彼の『映画史』の手段でもあったヴィデオを、まったく新たな離接、間隙、切断のアートとしていたことに注目しなければならない。ヴィデオの宇宙に導かれた映画とは、すでに映画ではないイメージに変身していたのだ。おそらく晩年のドゥルーズは、ベケットとともに、それまでの哲学的姿勢を一貫しながら、実に控えめに、新しい芸術と存在の技法を提案していたのだ。それは必然的に、死という特別な不連続性に対する最期の思考と重なっていた。

（注）

（1）Beckett, *Murphy*, 10/18, p.103.（ベケット『マーフィ』三輪秀彦訳、ハヤカワＮＶ文庫一〇五ページ）

（2）*Ibid.*, p.103-104.（同、一〇五ページ）

（3）*Ibid.*, p.104.（同、一〇六ページ）

（4）*Ibid.*,p.104.（同、一〇六ページ）

（5）ベケット『モロイ』宇野邦一訳、河出書房新社、二四七ページ。

（6）Beckett, *Oh les beaux jours suivi de Pas moi*, Minuit, p.87.

（7）ドゥルーズ『消尽したもの』宇野邦一訳、白水社、二二ページ。

（8）*Proust et les signes*, PUF, p.218.（『プルーストとシーニュ』宇野邦一訳、法政大学出版局、二四四ページ）

（9）『消尽したもの』九三ページ。

（10）ドゥルーズ『シネマ２＊時間イメージ』宇野邦一／石原陽一郎／江澤健一郎／大原理志／岡村民夫訳、法政大学出版局、二九〇―二九一ページ。

（11）ドゥルーズ『シネマ１＊運動イメージ』財津理／斎藤範訳、一二二ページ。

XII 「道化」という果てしない問い——高橋康也『サミュエル・ベケット』について

カフカ、ベケット、フェルナンド・ペソア、二〇世紀の〈偉大な〉作家たちとは、しばしばもっともちっぽけ（マイナー）なものだけを見つめた作家たちである。アイルランド人の父をもちダブリンで育ったという点でベケットと縁があるラフカディオ・ハーン（一八五〇—一九〇四）も、小さな国（人口の問題ではない）、小さな存在だけをつぶさに注視する作品を書いた。「マイナー」という問題に関しては、スウィフトにまでさかのぼるアイルランドの作家たちの、祖国との容易ならぬ関係も思い浮かぶ。そのベケットのマイナー性に、高橋康也は「道化」(fool) という名前を与えた。

「道化の誕生」と題された序章から、終章「道化の遺言」まで、このベケット論は「道化」のテーマに集中して明晰な読解を進めている。「道化」としての作家から、「道化」としての登場人物、そして作品の本質的モチーフへと、「道化」の意味は変転していく。その論旨は鮮明で、それ自体に一つの小説のような物語的、ドラマ的展開も感じられる。刊行されてから約半世紀たってもこの本の批評は、ベケットが古びていないように、いまもまだ生気を放っている。

第二次世界大戦直後の時期にベケットは、画期的な小説と戯曲をかなり集中的に書いたが、後に世界的な評価をえるまでには時間がかかった。斬新で、奇妙で、難解な作品の読解は、すでに方々で試みられていたが、日本での批評的展望を一気に切り開いたのは、この小著だった。

まずベケットの修業時代の伝記的エピソードと、その時代の作品の紹介が興味深い。赤ん坊マーフィの調子はずれな「端息気味のソの音」がする産声……。私は『また終わるために』の中の小品の「おれは生まれるまえからおりていた」というリフレインを思い浮かべる。分裂的、観念的、思弁的、そして「道化的」な主人公たち。プルーストのような「恩寵」には欠けているようだが、特にジョイスの影響を受けた修業時代の作家は、音楽、絵画にも詩にも精通している。若い博学な〈道化作家〉は、腐りかかった卵を好んで食べたデカルトの話にこだわり、精神病院に安住の地を見出したマーフィをガス＝カオスのせいで死なせ、詩想、綺想とともに、辛辣なアイロニーを繰り出し続けた。

初期のベケットの創作は、抒情詩をちらつかせてはそれに冷や水を浴びせ、哲学的思弁を戯れに炸裂させ、それらのがらくたをひきずる異様な実験だった。「道化の誕生」と「道化の修業」を素早く追跡する高橋の批評は、若いベケットの問題とセンスに忠実である。

そして「道化の完成」。ベケットのいわゆる小説三部作（『モロイ』、『マロウンは死ぬ』、『名づけえぬもの』）とその合間に書かれた『ゴドーを待ちながら』の展開について語った三つの章は、この本のコアになるところだ。すでに『ワット』にいたるまでのユニークな準備的作品は、思考、小説、精神、そして言葉に亀裂をいれるカオス的、分裂的、道化的な試みでみちていた。けれども、これらの試みが〈小説の現代〉を画すような一貫性を獲得するには、この三部作が、三つの小説の間の反復、展開、変容、深化が確かに必要だった。深化と言っても、それは洗練でも、成熟でも、完成でもなかった（たとえ「道化の完成」と名づけられてはいても）。むしろそれは、崩壊であり無化のようであった。

『モロイ』は、一見まだ古典的な小説の枠組みを保存しているように見えた。冒頭で、死んだ母親の部屋にいるというモロイが、回想をはじめたらしい。ある日の外出、行く先があるともないともわからない。どうやら母親の住処に向かっている。しかしいつまでたってもたどりつかない。やがて自分がどこにいるかもわからなくなり、行く先も思い出せない。自転車で走るうちに犬をひいてしまう。飼い主の家に連れていかれ、犬を埋葬し、その女の家に居候するうちに、何もかも忘れてしまったようだ。ある日その家を出て、自転車は諦め、不自由な足で松葉杖をついて歩きはじめる。深い森の中に迷い込む。すべての回想は、そのあてどのない旅を遅延させ、迷いに迷うための試行錯誤をめぐるものでしかない。

「言葉のあらゆる意味で貧しさの岩盤に達しようとすること」。高橋はそう『モロイ』の実験を表現している。どこにもたどりつかないモロイの旅は、ドン・キホーテとも、ゲーテやフロベールの作中の旅とも、『夜の果てへの旅』（セリーヌ）とも、なんと異なっていることか。「言葉のまやかし、言葉の無力、意味の欠如」を徹底的に晒しだすこと、物語とは旅であり、旅とは物語であるという等式をすっかり解体してしまうこと、モロイ（そしてモラン）の空しい旅は、旅＝物語を形成する言葉を、そして文学の構成要素を、虱潰しに粉砕する実験的過程なのだ。

『マロウンは死ぬ』は、さらにこの実験をつき進めた。記憶喪失者マロウンは確かに、記憶というプルースト的恩寵からも見放されてしまった。もはや「回顧録を書く」などという考えは「冗談」でしかない。「ベケットによる主人公の剝奪、貧困化、空無化はついにここまできたのである」。「私の記録は記録するはずの対象をすべて消失せしめるという奇妙な傾向をもっている」。マロウンは確かに、記録も、記録対象も道連れにして行き倒れなければならない。そしてこれで終わりではなく、さらに『名づけえぬもの』が書かれなければならなかった。

「どこだ、こんどは？」「私は脳髄の内部にいるような気がする」。マロウンの死のあとで、もはや「名づけえぬ」ものは、「名づけえぬもの」として死後の次元に入って行ってしまったのか。高橋の読みにしたがえば、ここでも問われているのは言語であり、言語行為であり、限界上の不可能な言語である。「言語行為そのものだけが問題なのだと考えていいだろう」、「『私』は言語行為そのものの主体としてのみ存在する」。

「私は言葉の中にいる、私は言葉でできている、他人の言葉だ……私はこれらすべての言葉だ、これらすべての他者だ」。これはベケット自身の文である。

『マーフィ』に引用され、『マロウンは死ぬ』にも出てくる《Nothing is more real than nothing》という箴言を、高橋自身がもう一度引いている。言葉の存在をめぐる奇妙な循環的思考があって、三部作にも、やはり終わりはない。「続けよう」。

『ゴドーを待ちながら』が『マロウンは死ぬ』と『名づけえぬもの』のあいだ（一九四八年）に書かれた、ということは、果てしない暗闇を掘り進むような三部作の執拗な展開を思い浮かべると、よくわかる気もするが、謎をかけられる感じにもなる。三部作の苦行からの「気散じ」、「鮮やかな脱出」などにも見えるが、しかし決してそれは「息抜き」ではなかった、と高橋は書いている。すでにベケットが執拗に書いてきた、どこにもたどりつかない旅、(何を待つわけでもなく) 待つだけの旅、どこまでも目的を斥ける旅のなかに、『ゴドー』の内容は十分に準備されていた。それが迂回であったか、休息、気晴らし、偶然の副産物であったか、じつはどうでもいいことだ。言葉と存在に下剤をかけるような追求をした三部作のあいまに、一つの演劇が生みだされた。しかし、この演劇のモチーフは、すでにベケットの散文のなかに内包され熟成されていたもので、決して瓢箪から駒みたいなものではなかった。その散文はいつだって声、空間、身体、身振りとともにあったのである。もちろん戯曲として書かれ、舞台として構想されることによって、これらは新しい次元に入ったにちがいない。ベケットは確かに演劇を、演劇の時間と空間を必要としていた。おそらく空間よりも、時間を必要としていた。

高橋のこのベケット論は、最後の三分の一ほどでようやく『ゴドー』について論じ、後は駆け足でベケットの演劇作品を一覧している。あまりにも『ゴドー』といくつかの戯曲のほうに人々の関心が集中していたことに対する抵抗でもあったにちがいない。ベケットの創作と探求の過程は、三部作を中核とする散文の試みを知らないでは解きがたい。もちろんその試みは、演劇によってときにエッセンスを結晶させ、さらに反復し、強化し、増殖し続けたといえる。そのために演劇の構成要素は削減され、極小化されていった。それは演劇的なるものの純粋な元素を追求する過程でもあった。演劇はやがて書き言葉を消尽して、沈黙を造形するかのような特異な芸術となり、晩年の簡素な映像作品に収斂していった。

最終章「道化の遺言」は、歴史的思想的展望の中で、ベケットの「道化」の意味をもう一度考え直す結論部である。「道化とは〔……〕歴史を越えて人類の想像力に内在する原型《アーキタイプ》的イメージの一つであり、それゆえに合理的分析を拒否する象徴《シンボル》である」。道化（fool）はクラウンのことではなく、愚者・白痴・狂人であり、ルネサンス・中世にさかのぼる狂気の文化と切り離せない。フーコーの『狂気の歴史』は、「狂気」という主体が、精神医学の特別な対象として言説化され、管理され、拘束され、客体化される歴史的過程（「道化の終末」）を犀利に分析していた。それを参照しながら、高橋はベケットの「道化」を、現代をはるかに逸脱する歴史のなかに位置づけている。そのような文脈で、ボードレールやジョルジュ・バタイユの着想とも、ベケットを隣接させている。高橋がこの本を書いた時期に、フランスでは『アンチ・オイディプス』（ドゥルーズ／ガタリ）が書かれ、ベケットはその中で、分裂症圏の画期的作家として何度も引用されている。（ちなみにドゥルーズは、晩年にも、ベケットのヴィデオ作品を分析する『消尽したもの』を書いて、あらゆる可能性も意味も尽くしたかのようなベケットの表現に、彼自身の最後の哲学的思考を注入しようとした)。

しかしそれ以上に印象的なのは、高橋がもはや「道化の終末」ではなく、「終末の道化」として、キリストについて語っていることだ。「だがベケットとキリストという問題以上に重大なものはぼくにとって存在しなかったのではなかったか」。なにしろベケットの登場人物は、しばしばキリストを引き合いにだすのである。「ベケットの最も深い意味における宗教性、彼の道化の逆説的な聖性をぼくは疑うことができない」。それは高橋康也の読解の深いモチーフに触れることでもあって、本質的であり、明晰であり、一貫しているこのベケット論を、ある敬虔な姿勢が貫いているのだ。これは晩年のヴィデオ作品「夜と夢」にもはっきり表れたベケットという「道化」の敬虔さとも関係することで、私にとって最後に印象に残った指摘のひとつだ。

アタラクシア(無所有、無意志、無為、無意味、非知……)にいたるかのようなベケットの〈道化になること〉という敬虔な一面は、もちろん古典的処世術や、信仰や苦行の単なる復活ではない。ベケットは、そのように一見古典的な追求に対して、少なくとも新しい関係を作り出そうとしていた。キリスト教の「静寂主義」(キエティスム)に対して強い関心を示していたが、それは晩年の映像作品のなかにも影を落としている。ベケットとキリストとの関わりを高橋が最後に指摘していることは、おそらく大きな問いを内包している。この敬虔な姿勢は〈信仰〉よりも、ある〈信頼〉にかかわるのではないか。神ではなく、生への信頼? しかし、これ以上の出過ぎた解釈は慎むことにして、久々に開いたシモーヌ・ヴェイユの本の一節を記しておこう。「キリストは不幸な人であった。キリストは殉教者として亡くなったのではなかった。キリストは一般法による犯罪者として、盗賊たちと一緒に、ただかれらよりも若干滑稽なかたちで亡くなったのである。というのも、不幸は滑稽なものだからである[1]」。

「不幸は単なる苦しみとはまったく別のものである」とヴェイユは書いて、「不幸」にも「滑稽」にも、かなり異様な意味を与えている。キリスト、神の道化。ゴルゴタの丘の記憶は、ベケット晩年の散文『見ちがい言いちがい[2]』の最後にも現れた。

（注）

（1） シモーヌ・ヴェイユ『アンソロジー』今村純子編訳、河出文庫、「神への愛と不幸」二四七ページ。

（2） 「栄光にみちた先祖にならって。頭蓋骨という名の場所に。四月の午後。降架は完了」〔ゴルゴタは頭蓋骨を意味する〕。『見ちがい言いちがい』宇野邦一訳、書肆山田、七六ページ。

あとがき

　何か言おうとして、言葉が意味をなす前に、意味にならない淀みや震えを内に吸い込んでしまい、口ごもる。意味はすぐ間近にあっても、体のどこかの闇から浮上して、宙づりになったままだ。誰かが何かが言葉を遮った。あるいはみずから言うのを諦めた。意味が溶けた。舌がひきつり、唇が凍り、口をつぐむ。思いついた言葉の空洞に気流が吹きこまない。あるいは意味に達するまで注意が続かなかった。あるいは意味になりかけた形の脅迫に怯えてしまった。その重さに耐えられなかった。あるいは軽すぎて意味にさえ、ならなかった。いやいや、思い出せない滑稽な夢みたいなものでも、じつは忘れるはずがなく、たしかに意味があった。なにかに触れていた。しかしもはや手がかりがない。暗闇にもどったそれをとり返そうとして、それを言おうとして、また不可解な力に遮られる。意味にまでたどりつかぬうちに宙づりになっていた場所からも、ひきずりだされた。ねじれて裂けた斜面にずれ落ちた。いまはかすかな襞、虹彩のようなものしか感じられないが、これも錯覚か。

　そんな場面ばかり続くようなベケットの作品五編と五たび取っ組み合い、作中に書かれた場面に似た失敗、中断、宙づり、跛行を繰り返すように、〈翻訳〉という仕事を自分も繰り返すことになった。これは解剖しては組立て、格闘しては抱擁し、捕まえては取り逃がしということの連続という、ちょっと異様な時間になっていた。

これらの作品に、もう少し理知的な図式、論理、数列が紛れこんでいることもある。しかし推論や計算が強迫的に繰り返されて、やがてそれらも闇に呑まれる。

ベケットの作品は大全集ができるほど多くはないにしても、決して少なくはない。それでも、「稀少な」印象を与えられる。稀少なこと自体がその主題であり、乏しい要素の徹底した反復が本質的なモチーフになっていたからである。多くの作品が自らの手で、フランス語のものは英語に、英語のものはフランス語に訳され、草稿やノートも数多く残され、やがて四冊にまとめられた書簡も実は何倍もあるらしく、驚くほどの資料コレクションが、いまではいろんな場所に所蔵されている。インターネットの論文サイトにも、日ごとに世界中から研究成果が発表されているが、研究者たちのこういった旺盛な意欲と行動力は、ベケットとその登場人物の野放図、無為、稀少の印象とまったく対照的なのが奇妙だ。あまり学問的ではない私の追究も、精細な草稿研究など、内外の学界の成果から少なからず恩恵を受けている。

それでもあえて自分が、この世界に〈ベケット論〉とか〈ベケット研究〉に類するものを発表するとすれば、場違いきわまりないと思っていた。しかし五柳書院の小川康彦さんの何年越しかの根気強いおすすめに促され、ようやく一冊の本を思い描くようになった。様々な機会に書いてきたテクストを練り直しながら、新たに二つの論考を組み立てることになった。

この本にたどりつくまでには、いろんな幸運に支えられた。ベケット研究の経歴などないものが、『伴侶』と『見ちがい言いちがい』というベケット晩年の目立たない傑作を翻訳する機会をえた。やがて晩年のジル・ドゥルーズがベケットのヴィデオ作品をとりあげてエッセー（『消尽したもの』）を書いたので、それを訳すことにもなった。『伴侶』と『見ちがい言いちがい』をもとに舞台作品をつくる企画に協力することになり、劇場に響く声と可視化されるイメージを改めて模索することになった。時を隔ててそのあとも『モロイ』、『マロウン死す』、『名づけられないもの』をあわせて新訳するという、かなり無謀な冒険に乗り出すことになった。もちろんこの三作の迷宮をくぐりながら得られた眺望なしには、この本を書くことができなかった。

結局私にとってベケットは、ことあるごとに立ち戻って再考し、再発見すべき作家のひとりになっていた。ベケットは私を黙らせ、言葉のあいだに、言葉なのか言葉以外のものかわからない振動を感触しながら、そのまま立ち眩みするような時間を開いてくれた。かぎりなく微細な、薄弱な出来事だけに集中しているのに、そこから果てしないものが生成し、時空を横断している。そんなふうに乏しく豊かな構造さえも、この微粒子の記述は内に折り畳んでいる。この本を仕上げながら、いよいよそのことを確かめていた。

いまベケットのテクストを共有する時間をすごした人々の顔が次々目の前に浮んでくる。二〇〇六年シアター・トラムでベケットの『また終わるために』（高橋康也さんと共訳）をもとに太田省吾さんが演出した上演の印象はいまも鮮烈だ。演じたのは観世榮夫・鈴木理江子。鈴木さんは

〈地点〉三浦基の演出による『伴侶』と『見ちがい言いちがい』の舞台にも立ち、ベケットの小品を粘り強く演じ続けた。シアター・トラムでは他にも豊島重之による実験的上演があり、同時に開催したシンポジウムでは、吉増剛造、市村弘正、保坂和志さんたちの声を聴いた。保坂さんとはベケットについて二度対談する機会があった。クルタークが曲をつけたベケットの「なんと言うか」を日本語にしようとして苦心していた高橋悠治さんとやりとりしたこともあった。三井田盛一郎さんは『モロイ』以下の三作のために数えきれない版画を制作し、それをもとに小池俊起さんが装丁を担当した。昨年、田中泯さんが『名づけられないもの』の言葉とともに踊った東京藝術劇場の舞台も忘れないだろう。これらの記憶は、この本のいたるところに反映している。改めて感謝したい。

二〇二二年 秋　　宇野邦一

1953年	47歳	『名づけられないもの』（f） 『ワット』
1955年	49歳	『反古草子』（f）
1957年	51歳	『勝負の終わり』（f） 『すべて倒れんとする者』
1958年	52歳	「クラップの最後のテープ」を雑誌に発表
1961年	55歳	『事の次第』（f） 『しあわせな日々』
1963年	57歳	「フィルム」を執筆し、翌年、撮影する
1964年	58歳	『芝居』
1965年	59歳	「想像力は死んだ想像せよ」
1967年	61歳	「ねえジョウ」 「行ったり来たり」
1968年	62歳	『ワット』（f）
1969年	63歳	「なく」（f） 「息」初演 ノーベル文学賞受賞
1970年	64歳	『メルシエとカミエ』（f） 『人べらし役』（f）
1973年	67歳	「わたしじゃない」
1976年	70歳	『また終わるために』
1977年	71歳	「幽霊トリオ」（放映） 「……雲のように……」（放映）
1980年	74歳	『伴侶』
1981年	75歳	『見ちがい言いちがい』（f） 「クワッド」（放映）
1983年	77歳	「夜と夢」（放映） 『いざ最悪の方へ』
1989年	83歳	「なんと言うか」（f） 12月22日 ベケット 死去

ベケットの主な著作（略年譜を含む）

西暦	年齢	作品名
1906年		4月13日 アイルランド、ダブリン近郊フォックスロックで誕生
1927年	21歳	トリニティ・カレッジ・ダブリンを卒業
1929年	23歳	「ダンテ…ブルーノ・ヴィーコ・・ジョイス」
1930年	24歳	「ホロスコープ」
1931年	25歳	『プルースト』
1932年	26歳	『並には勝る女たちの夢』を執筆（出版は1992年）
1933年	27歳	年末からロンドンに滞在し、翌年にかけて神経症の治療のため精神分析を受ける
1934年	28歳	『蹴り損の棘もうけ』
1935年	29歳	『こだまの骨、その他の沈殿物』
1936年	30歳	翌年にかけて約半年ドイツに滞在
1938年	32歳	『マーフィ』
1939年	33歳	第二次世界大戦勃発
1940年	34歳	ナチス・ドイツがフランスに侵攻し、パリを占領。レジスタンスの一員として活動
1942年	36歳	パリから脱出し、南仏ヴォクリューズ県ルシヨンに避難
1944年	38歳	フランス解放 『ワット』第一稿完了
1945年	39歳	ヴァン・ヴェルデ兄弟の絵画について仏語のエッセー（「世界とズボン」）を書く ダブリンに一時的に帰郷（1946年 パリに戻る）
1947年	41歳	『マーフィ』（仏語　以下fと省略するが、英語版あるいは同時期に英仏語版が出ている場合は特に記さない） 『エレウテリア』（f）脱稿（出版は1995年）
1949年	43歳	「三つの対話」（f）
1951年	45歳	『モロイ』（f） 『マロウン死す』（f）
1952年	46歳	『ゴドーを待ちながら』（f）

初出一覧（いずれの原稿も本書のために改稿している）

I　言葉の死、言葉は死、しかし――書き下ろし

II　絵を見るベケット――書き下ろし

III　『伴侶』、声の裂開――サミュエル・ベケット『伴侶』書肆山田、一九九〇年四月一五日（あとがき）

IV　ベケットの散文、『見ちがい言いちがい』をめぐって――サミュエル・ベケット『見ちがい言いちがい』書肆山田、一九九一年一一月一五日〔宇野邦一『破局と渦の考察』岩波書店、二〇〇四年一二月一七日に再録〕

V　『モロイ』、果てなき旅――サミュエル・ベケット『モロイ』河出書房新社、二〇一九年五月三〇日（訳者あとがき）

VI　『マロウン死す』、臨死の位相――サミュエル・ベケット『マロウン死す』河出書房新社、二〇一九年八月三〇日（訳者あとがき）

VII　『名づけられないもの』、最小と無のあいだ――サミュエル・ベケット『名づけられないもの』河出書房新社、二〇一九年一一月三〇日（訳者あとがき）

VIII　言語は演劇の敵なのか――『舞台芸術』08／京都造形芸術大学舞台芸術研究センター／月曜社、二〇〇五年五月二〇日

IX　三つの演劇、言葉との抗争――アルトー・ベケット・ジュネ――岡室美奈子編『知の劇場、演劇の知』ぺりかん社、二〇〇五年三月三一日

Ⅹ　イメージからイメージへ――ジル・ドゥルーズ／サミュエル・ベケット『消尽したもの』白水社、一九九四年一月三一日（訳者あとがき）

Ⅺ　犬の思考――宇野邦一・堀千晶・吉川泰久編『ドゥルーズ千の文学』せりか書房、二〇一一年一月二五日（ベケットの項目）

Ⅻ　「道化」という果てしない問い――高橋康也『サミュエル・ベケット』白水社*U*ブックス、二〇一七年一一月五日（解説）

マ行

ラ行

ワ行

タ行

ナ行

ハ行

人名索引

※ベケットは、作品名のみを掲載した

ア行

カ行

サ行

宇野邦一
一九四八年島根県生まれ。哲学、現代思想、フランス文学などが専門。立教大学名誉教授。著書に『アルトー　思考と身体』、『ドゥルーズ　流動の哲学』、『ジャン・ジュネ』、『反歴史論』など、訳書にベケット『伴侶』、『見ちがい言いちがい』、『モロイ』『マロウン死す』『名づけられないもの』、ドゥルーズ『フランシス・ベーコン　感覚の論理学』、『プルーストとシーニュ』など多数。

ベケットのほうへ

著者　宇野邦一

二〇二一年十一月二四日　初版発行

発行者　小川康彦　発行所　五柳書院　〒一〇一―〇〇六四　東京都千代田区神田猿楽町一―五―一　電話〇三―三二九五―三二三六
振替〇〇一二〇―四―八七四七九　http://goryu-books.com　装丁　大石一雄　印刷・製本　誠宏印刷

五柳叢書 112